CHRISTELLE ZAURRINI

Lovely Hateful Christmas

IMPRESS

© privat

Christelle Zaurrini wurde 1992 in Luxemburg geboren und lebt heute in Brandenburg. Anders als bei den meisten Autoren lernte Christelle erst spät, wie schön das geschriebene Wort sein kann. In welche Welten es die Leser entführen kann. Ihre Leidenschaft sind Liebesromane, die einen Funken Drama und Tiefgang beinhalten. Und doch stets mit einem Happy End enden, denn wenn schon das Leben nicht immer eines bietet, sollten es zumindest die Bücher.

Prolog

16. Dezember

Levi

Wenn das, was da vom Himmel fällt, Schnee ist, dann habe ich in meinem Leben noch nie richtigen Schnee gesehen. Die Flocken sind so dicht, dass meine Scheibenwischer genauso gut aufhören könnten, sich in Lichtgeschwindigkeit von einer Seite zur anderen zu bewegen. Es würde keinen Unterschied machen. Vor gut zehn Minuten wurde die Musik, die aus meinem Radio dringt, von einem ungesunden Schleifen aus der Motorgegend des Autos durchbrochen. Weil Leugnen für mich meistens die naheliegende Lösung ist, habe ich das Radio auf volle Lautstärke gedreht, und das Geräusch auf meine Scheibenwischer geschoben.

Als es jedoch stärker wird und plötzlich ein lauter Knall ertönt, wird mir klar, dass ich am Arsch bin. Leugnen klappt ... oft jedoch nur für kurze Zeit. Da der Motor offensichtlich den Geist aufgegeben hat, versuche ich den Wagen noch mit seinen letzten Metern zum Straßenrand rollen zu lassen und hoffe, dass ich hier mitten in der Einöde nicht von einem Bären gefressen oder in seine Höhle geschleift werde. Gibt es in Finnland eigentlich auch Eisbären? Obwohl ich hier geboren bin, lebe ich seit meinem neunten Lebensjahr in England bei meiner Tante und bin bis jetzt nicht wieder hierher zurückgekommen.

Und besonders herzlich hat mich dieses Land nicht empfangen: Schnee, Schnee, Schnee und Dunkelheit. Genau das, was mein Herz nicht gerade höherschlagen lässt. Zu erwarten war es allerdings, als ich mich vor zwei Monaten dazu entschlossen habe, über die Weihnachtszeit herzukommen.

Mit gefrorenen Fingern suche ich nach der Telefonnummer eines Abschleppdienstes und gebe meine ungefähren Daten durch. Zumindest das Internet und das Netz funktionieren hier mitten im Wald einwandfrei.

Dass dieser verrostete Opel Corsa das einzig verfügbare Auto am Flughafen war, hätte mir zu denken geben müssen. Aber ich wollte mich einfach nur in meinem Hotel in Kittilä an die Bar setzen, ein paar Bier trinken und meine Gedanken vernebeln lassen. Da hätte ich eigentlich schon vor Stunden ankommen müssen, wäre mein Flug wegen der schlechten Wetterbedingungen nicht nach Helsinki verschoben worden, wo ich mir das Auto mieten musste. Mittlerweile bereue ich es, dass ich nicht auf den nächsten Flug gewartet habe, doch da mir niemand sagen konnte, wann der stattfinden würde, habe ich mich in meiner Starrköpfigkeit dagegen entschieden.

Frustriert schlinge ich meine dicke Winterjacke enger um mich und bewege meine Füße im Fußraum, damit meine Zehen nicht nacheinander abfrieren. Eigentlich bin ich niemand, der in Selbstmitleid versinkt, aber diese Reise verlangt mir alles ab. Als wäre ich nicht schon angespannt genug, weil ich wieder hier bin, da musste jetzt echt noch mein Auto den Geist aufgeben? Keine Ahnung, ob ich hier lebend wieder herauskomme. Okay, vermutlich werde ich das, aber das Warten auf den Abschleppdienst gleicht einem Urlaub im Gefrierfach eines Kühlschranks.

***

Eine halbe Stunde später begrüße ich einen bärtigen Mann, der in dicke Winterklamotten eingepackt aus seinem Abschleppwagen springt.

»Wie lange wird das etwa dauern?«, frage ich ihn zerknirscht, während eiskalter Wind um meine Nase weht und ich mich beherrschen muss, mich nicht in seine Arme zu werfen, um der Kälte zu entkommen. Ein bisschen Anstand habe ich zu seinem Glück noch, weshalb ich dem Drang nicht nachkomme.

Der Mann gibt lediglich ein paar bärenartige Geräusche von sich, während er die Motorhaube meines Wagens öffnet. »Hm. Na ja …« Wieder grummelt er etwas in seinen Bart. »Bis Weihnachten auf jeden Fall. Das sieht nach einem Motorschaden aus, Junge.«

»Bis Weihnachten?«, entfährt es mir.

Er blinzelt ein paar Mal, sagt jedoch nichts. Ein Schulterzucken und ein schläfriger Blick sind das höchste aller Gefühle, die ich von ihm ernte. Seufzend lasse ich die Schultern hängen. Weihnachten … Das Fest der Liebe. Für mich ist es nur eine Erinnerung an alles, was ich verloren habe. Es war eine echt beschissene Idee hierherzukommen. Leider erkenne ich das ein paar Augenblicke zu spät.

»Okay. Kann mich jemand nach Kittilä fahren?«

Er schüttelt den Kopf. Darauf zu warten, dass er mir einen Gegenvorschlag macht, stellt sich als vergebens heraus. »Okay«, wiederhole ich matt und suche online nach einem Hotel in der Nähe. »Fuck!« Wenn ich die Preise so ansehe, wäre ich doch besser von einem Bären mit in seine Höhle geschleppt worden. Vierhundert Euro für eine Nacht.

»Teuer, was?« Während er mein Auto an seinen Abschleppwagen hängt, wirft er mir einen amüsierten Blick zu.

Sadisten! Alles Sadisten hier!

»Ja«, murmele ich. »Scheißteuer.« Ich scrolle weiter, bis ich ein Angebot finde, was sich besser anhört als alle anderen. Hundertfünfzig Euro die Nacht und nur fünf Kilometer entfernt. Als ich den roten Schriftzug »nur noch ein Zimmer« lese, denke ich nicht lange darüber nach. Ohne mir Bilder anzusehen oder die Beschreibung zu lesen, gebe ich meine Daten ein und buche dieses Zimmer für eine Woche. »Fahren Sie mich an diese Adresse?«, frage ich und erhasche zum ersten Mal so was wie ein Lächeln. Ob mir das gefällt oder eher Angst einjagen soll, weiß ich allerdings nicht so genau.

Kapitel 1

Juna

»Komm her, Junge!«, rufe ich den schönsten Hund, den ich jemals gesehen habe. Snow ist ein Husky wie er im Buche steht. Eisblaue Augen – so wie meine – ein weiß-graues Fell und der anmutige Gang eines Königs. Er ist wunderschön und ich denke, dass er das ganz genau weiß. Er strahlt eine Arroganz und Überlegenheit aus, die man beim Menschen verurteilen würde. Nicht so bei Snow. Denn wenn er dich liebt, dann hast du einen Freund fürs Leben.

Es ist verrückt zu sagen, dass ein Hund dein bester Freund ist, aber bei mir trifft genau das zu. Ihn und seine Geschwister aufzuziehen war das Highlight meines Lebens. Unfassbar nervenaufreibend, aber auch eine wunderschöne Erfahrung. Aus irgendeinem Grund hat seine Mutter die Babys verstoßen und sie wären ohne unsere Hilfe gestorben. Das ist jetzt ein Jahr her und in dieser Zeit sind sie alle aufgeblüht. Bei seinen fünf Geschwistern blitzt hin und wieder noch das Welpen-Gehabe auf, Snow hingegen ist eindeutig der Rudelführer und ermahnt sie oft zur Ruhe. Er ist kein Schoßhündchen, aber mir weicht er nicht von der Seite. Ihn jetzt dabei zu beobachten, wie er seine Nase tief in das kalte Weiß gräbt, um sie Sekunden später mit voller Wucht hochzureißen und nach dem Schnee zu schnappen, lässt mich laut lachen. Erst eine halbe Stunde ist es her, dass die dicken Flocken weniger geworden sind. Sofort habe ich mich in meine Thermounterwäsche, meine Wollsocken und den dicksten Overall geworfen, den ich finden konnte, und habe Snow aus seinem Gehege geholt. Der Schnee liegt hoch und genau das liebe ich. Das Geräusch des Neuschnees, wenn er unter meinen Schuhsohlen knirscht und in sich zusammensinkt. Die Atmosphäre in diesem verschneiten Märchenwald, durch den ich gerade mit Snow tapse, lässt mich innehalten und die Augen für einen Moment schließen. Tief atme ich die sauerstoffreiche Luft ein. Wir befinden uns im Herzen des Winters. Das bedeutet hier lange, kalte Nächte und an guten Tagen zweieinhalb helle Stunden. Es dauert nicht mehr lange, bis die Sonne jeden Tag weiter in den Himmel steigt und wir die Chance haben, endlich wieder mehr Licht zu tanken. Mir machen die Dunkelheit und die Kälte nichts aus. Im Gegenteil sogar: Ich liebe den finnischen Winter. Nur noch mehr liebe ich Weihnachten und alles, was damit zu tun hat.

Das ist ein Grund, wieso ich vor zwei Jahren mit siebzehn von Helsinki nach Rovaniemi gezogen bin ... Na ja, genaugenommen ist das der einzige Grund, wieso ich es getan habe. Als ich Daddy erzählt habe, dass ich zukünftig als Elfe im Weihnachtsmanndorf arbeiten würde, hat er nur den Kopf geschüttelt und sich ein Schnapsglas mit Koskenkorva Wodka eingeschenkt. Erst als er es leergetrunken hat, kam er mit gerunzelter Stirn zu mir, hat sich auf unser braunes Ledersofa neben mich gesetzt und gefragt, was zur Hölle ich mir dabei denke. Er war nicht wütend, hat sich nur fürchterliche Sorgen um mich gemacht. Für meinen Vater bin ich immer noch ein kleines Mädchen. Zu meinem Glück waren meine Mutter und meine kleine Schwester Lene auf meiner Seite. Sie haben verstanden, wieso ich diesen Weg einschlagen wollte. Nicht nur für mich, sondern auch für Oma ...

Oma war mindestens ein genauso großer Weihnachtsfan wie ich. Zur schönsten Zeit im Jahr sah man unser Haus schon aus einem Kilometer Entfernung strahlen. Es war ein kleines bisschen kitschig, aber immer geschmackvoll. Oma war die Dekorations-Meisterin und ich war ihre Gehilfin.

»Was ist denn da?«, frage ich Snow, der wie vom Blitz getroffen stehen bleibt und den Kopf schnuppernd nach rechts reckt. Ich knie mich neben ihn, wobei ich mich konzentrieren muss, nicht das Gleichgewicht zu verlieren. Während ich versuche zu erkennen, was seine Aufmerksamkeit erregt hat, grabe ich meine Finger tief in sein flauschiges Fell. »Hallo?«, rufe ich, als ich ein Fluchen höre. Eigentlich müssen die Gäste nicht durch den Schnee stapfen, um zum Dorf zu gelangen. Der offizielle Parkplatz führt über einen Weg hinein, der stets freigeräumt ist. Obwohl es nicht meine Aufgabe ist, laufe ich so schnell ich kann in die Richtung, aus der das Fluchen kommt. Wütende Gäste sind keine einfachen Gäste, dennoch setze ich mein breitestes Grinsen auf. Snow ist schneller als ich und als der Mann ihn auf sich zustürzen sieht, fällt er rückwärts auf seinen Hintern.

Jetzt bloß nicht lachen! Dem Fluchen nach zu urteilen ist es ein alter Mann, der sich hier verirrt hat.

***

Levi

»Fuck!« Mein Herz hämmert wie verrückt in meiner Brust, während ich dieses Monster mit hastigen Armbewegungen verscheuchen will. Im ersten Augenblick dachte ich, ein Wolf käme auf mich zugestürzt. In diesem Hinterland wäre das wahrscheinlich gar nicht so ungewöhnlich. Ich war mir sicher, dass mein letztes Stündlein geschlagen hat. Alles, was ich jemals aus der Serie »Abenteuer Survival« über das Verscheuchen eines wilden Tieres gelernt habe, habe ich vergessen. Bear Grylls wäre schwer enttäuscht von mir! Ich glaube kaum, dass eine Taktik darin besteht, ängstlich auf dem Boden zu kauern. Ein Glück, dass es nur ein Hund ist.

Jetzt liege ich hier wie ein Käfer auf dem Rücken und spüre, wie meine Hose sich immer weiter mit dem unter mir tauenden Schnee vollsaugt und mich nach unten zieht. Plötzlich fühle ich mich nicht mehr wie zwanzig, sondern wie zwei. Zu allem Überfluss wurde ich bei dieser peinlichen Aktion auch noch beobachtet. Von einem Mädchen, das sich offenbar ein Lachen unterdrücken muss, als es mit fast tanzenden Schritten auf mich zukommt.

***

Juna

»Kann ich dir helfen?«, frage ich freundlich und erkenne, dass ich mich geirrt habe. Vor mir liegt kein alter Mann, sondern jemand in meinem Alter. Vielleicht ein wenig älter. Sein Gesicht ist zerknirscht und die Klamotten eindeutig nicht für diesen Spaziergang geeignet. Die Jeans, die er trägt, sind schon jetzt völlig durchnässt.

»Geht schon«, murmelt er. Unterdessen versucht er sich hochzustemmen, rutscht jedoch immer wieder mit seinen nackten, vor Kälte erröteten, Händen aus und landet wieder im hohen Schnee.

Bevor er sich noch einmal wehren kann, greife ich nach seinem rechten Arm und hieve ihn hoch. Im Augenwinkel erkenne ich, dass Snow ihn anspringen will, doch ich bringe ihn mit einem einzigen Kommando dazu, sich hinzulegen. Nur noch seine funkelnden Augen ruhen auf uns. Er ist der geborene Wachhund, was mir bei unseren Spaziergängen im Wald die nötige Sicherheit gibt.

»Ich bin Juna«, stelle ich mich vor, während ich in meinem Rucksack nach einem zweiten Paar Handschuhen suche. Ich bin immer gerne für alle Eventualitäten ausgerüstet. Auch mit größter Achtsamkeit kann es passieren, dass man eine vereiste Stelle übersieht und sich volle Kanne hinlegt. Kein zweites Paar Handschuhe zu haben, bedeutet hier draußen dann, dass ich mich zwischen meinem geliebten Waldspaziergang und abgestorbenen Fingerspitzen entscheiden müsste. Mit einem unerwarteten Besucher, der diesen durchkreuzen würde, habe ich allerdings nicht gerechnet. Ich notiere mir also auf meinem imaginären Merkzettel: zukünftig zwei Paar Ersatzhandschuhe einpacken.

»Levi«, brummt er. Snow lässt er dabei nicht aus den Augen. Snows Blick nach zu urteilen beruht die Skepsis allerdings auf Gegenseitigkeit. »Er ... er wird mir doch nichts tun, oder?«

»Nein«, antworte ich amüsiert. »Du darfst nur auf keinen Fall den Augenkontakt verlieren.«

Angestrengt starrt er den Husky weiter an, wirkt aber mit jeder Sekunde angespannter. »Ich ... habe eine Schneeflocke im Auge.«

Lachend gebe ich Snow mit einer Handbewegung und einem Pfiff zu verstehen, dass er zurück zum Dorf laufen soll, was er ein wenig widerwillig dann auch tut. »Das war nur ein Scherz.«

Zum ersten Mal sieht Levi mich wirklich an und nachdem er sich das Auge gerieben hat, tue ich es ihm gleich. Er sieht gut aus. Bei meinem Job lerne ich eher selten Jungs kennen.

Okay, das war gelogen. Nur sind diese Jungs entweder so jung, dass ich mich strafbar machen würde oder sie sind mit ihren Freundinnen hier. Und da vergebene Jungs zu daten für mich ein absolutes No-Go ist, sind auch diese von vorneherein ausgeschlossen. Ob Levi Single ist?

Seine Augen sind im Gegensatz zu meinen dunkel, genauso wie seine Haare. Wo meine in den vom Schnee reflektierenden Sonnenstrahlen weiß schimmern, verschlucken seine sämtliches Licht.

Als ein Zittern seinen Körper durchströmt, erinnere ich mich, dass ich immer noch die Handschuhe in den Händen halte und reiche sie ihm. Kurz begutachtet er sie kritisch, weil das pink-rote Muster eindeutig nicht seinem Stil entspricht, doch die Kälte überwiegt und er schlüpft hinein. Sie sind ein schöner Kontrast zu seinen schwarzen Klamotten und passen perfekt zu seinen roten Wangen, die aussehen, als hätte jemand minutenlang ohne Rücksicht auf Verluste hineingezwickt.

»Damit sehe ich aus wie ein verdammter Riese«, brummt er und dreht die Hände vor seinen Augen. Schmunzelnd muss ich erkennen, dass er recht hat. Levi überragt mich um einige Zentimeter und seine Hände sind eindeutig nicht so zierlich wie meine. Mommy sagt immer, ich habe die Hände einer Fee, woraufhin Dad dann sagt: Zum Glück nicht die eines Kobolds.

Und wo er recht hat, hat er recht.

Die Handschuhe enden bereits in der Mitte seiner Handfläche, aber da immerhin seine Finger geschützt sind, gehe ich nicht auf seine Nörgelei ein.

»Willst du ins Weihnachtsmanndorf?«, frage ich, während er sich bückt, um seine Tasche zu nehmen und sich über die Schulter zu werfen.

»Nein.« Er kramt nach seinem Smartphone und zeigt mir die Adresse, die darauf zu sehen ist. »Ich will zu dieser Adresse.«

Verwirrt bitte ich ihn, mir die Adresse noch einmal genauer zu zeigen. »Das …« Belustigt hebe ich eine Augenbraue. »Ist das Weihnachtsmanndorf.«

»Auch das noch … der dicke Mann mit dem langen Zottelbart ist mein Vermieter«, haucht er und vergräbt das Gesicht in der nun behandschuhten Hand. Als er wieder aufblickt, zieht er die Luft ein und nickt mir zu. »Hilfst du mir hinzukommen?« Er sieht sich um und für ihn muss es hier überall gleich aussehen. Bäume und Schnee, soweit das Auge reicht. »Sonst erfriere ich hier draußen noch und ende als Wolfsfutter.«

Obwohl ich nicht ganz verstehe, wie er hier landen konnte, ohne überhaupt ins Weihnachtsmanndorf zu wollen, gehe ich vor. Meinen freien Tag habe ich mir anders vorgestellt und obwohl er nicht gerade den fröhlichsten Charakter zu haben scheint, ist da etwas an Levi, was meine Neugierde weckt.

Kapitel 2

Levi

Junas Blick huscht über die schneebedeckten Bäume, als sähe sie dort etwas, was für meine Augen unsichtbar bleibt. Vielleicht liegt es daran, dass ich mich auf jeden meiner Schritte konzentrieren muss oder daran, dass ich die Faszination für Schnee nie so wirklich verstanden habe. Wo alle meine Freunde sich weiße Weihnachten gewünscht haben, habe ich sogar Regen bevorzugt. Bei beidem wird man nass, nur dass einem bei Schnee zusätzlich die Eier einfrieren.

Typisch für Finnland ist es in der einen Minute noch hell und in der nächsten sieht man kaum noch die Hand vor den Augen. Hätte Juna mich nicht im Wald aufgelesen, wäre ich spätestens jetzt hoffnungslos aufgeschmissen. Wahrscheinlich hätte mich schon längst ein richtiger Wolf in der Mangel, während ich erstarrt in irgendeinem Graben kauern und versuche würde, mich an irgendeine Survival-Regel zu erinnern. Die Henkel der Tasche graben sich schmerzhaft in meine Schulter, während ich Juna stumm folge und hoffe, dass kein Elch hinter einem der Bäume auftaucht. Wieso zur Hölle gibt es hier auch so viele mörderische Tiere? Die größte Angst vor einem Tier hatte ich in London, als mich eine übergeschnappte Gans verfolgt hat, doch das war kein Vergleich zu den Bedrohungen an diesem Ort.

»Was hat dich eigentlich hierher verschlagen?« Weil sie so nah vor mir läuft, sehe ich, wie sie ihre weißblonden Haare zur Seite wirft, um mich über die Schulter hinweg anzusehen. »Nach einem

Weihnachtstourist siehst du nicht gerade aus.« Ein Schmunzeln liegt in ihrer Stimme, dabei hat sie damit genau ins Schwarze getroffen.

»Mein Auto ist liegengeblieben.« Ich ziehe scharf die Luft ein. »Mit mir hast du wohl den größten Grinch der Weltgeschichte erwischt.«

Kichernd dreht sie sich im Kreis, die Arme weit ausgebreitet. »Spoiler: Am Ende wächst sogar sein Herz und er feiert mit allen anderen Weihnachten.«

Ich atme geräuschvoll aus. »Das Ende ist unrealistisch.«

Juna schüttelt den Kopf. »Wetten, dass sich deine Meinung dazu ändern wird?«

Ein Lächeln zupft an meinen Lippen. »Das bezweifle ich.« Vielleicht denkt sie, dass ich Weihnachten nur nicht mag. Oder, dass ich nur cool sein will – eine antrainierte Abneigung sozusagen – aber so ist es nicht. Früher habe ich Weihnachten geliebt und an alles geglaubt: an den Weihnachtsmann, fliegende Rentiere und an Weihnachtswunder. Nur habe ich viel zu früh die bittere Realität kennenlernen müssen. Das restliche Jahr bin ich nicht ganz so ein Miesepeter, aber die Weihnachtszeit holt das Schlechteste von mir an die Oberfläche. Sogar meine Freunde halten sich in dieser Zeit von mir fern. Es grenzt also an ein Wunder, dass ich Juna noch nicht innerhalb weniger Minuten verschreckt habe.

»Und dich? Was machst du hier so mitten im Wald?« Meine Füße beginnen langsam eiskalt zu werden. Wie lange dauert es wohl, bis Zehen abgefroren sind? Kleine Eiskristalle bilden sich zwischen Schuh und Socke und brechen bei jedem Schritt knisternd.

»Ich arbeite hier.« Sie nimmt meine Hand und beschleunigt ihre Schritte. »Da vorne ist es! Komm, du hast es bald geschafft!« Ich folge ihrem Blick und sehe die ersten Lichter, die sich um die Dächer der Häuser schlingen. Schon von weitem höre ich wie *Last Christmas* aus den Boxen dröhnt. Das wohl fürchterlichste und schnulzigste Lied auf diesem Planeten. Ich hasse es.

***

Juna

Ich liebe dieses Lied! Obwohl es hier draußen immer kälter wird, erwärmt sich mein Inneres bei jedem Ton, der meine Ohren erreicht. Summend schwebe ich durch den Schnee und lasse Levis Hand nicht los, weil ich befürchte, dass er sonst wieder langsamer wird. Er scheint sich nicht gerade darüber zu freuen, hier zu sein. Doch das wird sich ändern, wenn er sich endlich aus diesen nassen Klamotten schälen und in die Sauna hüpfen kann. Eine halbe Stunde in der Sauna und die Welt ist wieder in Ordnung.

Die bunten Lichter, die um mich herum funkeln, bestätigen mir mal wieder, dass ich hierhergehöre und ich die richtige Entscheidung getroffen habe. Das hier ist mein Zuhause. Das Dorf ist brechend voll, wie immer. Sogar im Sommer tummeln sich hier Menschen, die den Wohnort des berühmtesten Mannes der Welt sehen wollen. Doch im Winter und vor allem im Dezember ist hier die Hölle los.

»Hey, Kira! Hast du heute Schicht?«, frage ich meine Freundin, die gerade an uns vorbeiläuft und ihre rote Mütze aufsetzt.

Sie grinst mich mit einem gehetzten Gesichtsausdruck an. »Ich bin viel zu spät dran! Das wird dem Weihnachtsmann überhaupt nicht gefallen.«

»Halte dich besser von der Deko fern!« Lachend treibe ich sie zur Eile an. Seit wir auf YouTube ein Video gesehen haben, in dem ein Einkaufszentrums-Weihnachtsmann einen Teenager mit einer großen Zuckerstange verprügelt hat, ziehen wir unseren Weihnachtsmann damit auf, dass wir vor ihm sputen, bevor er uns auch verprügelt. Dabei ist unser weißhaariger Freund der netteste Mensch der Welt – der Weihnachtsmann eben.

»Hast du eigentlich immer so gute Laune?«, fragt da plötzlich Levi abfällig und ich überlege, ob ich ihn Grinch oder doch eher Scrooge nennen soll. Wobei Grantelbart auch ein passender Name wäre.

»Mit guter Laune lebt es sich leichter, Grantel.« Ich deute auf das Häuschen, in dem die Gäste einchecken sollen. »Da vorne kannst du dich anmelden. Ich muss los. Plätzchen backen.«

***

Levi

Während ich Juna hinterhersehe, frage ich mich, ob ich sie womöglich verschreckt habe und nehme mir vor, sie später zu suchen, um mich zu entschuldigen.

Sie hat mir ihre Handschuhe gegeben und mir aus diesem Wald hinausgeholfen und ich habe nichts Besseres zu tun, als sie mit meiner schlechten Laune runterziehen zu wollen? Dieses Land verwandelt mich wirklich in ein vorpubertäres Kind.

»Tief durchatmen, Levi!«, wiederhole ich die Worte, die mir meine Tante Ann immer eintrichtert, wenn ich mal wieder die Kontrolle verliere. Es war nicht leicht für mich mit neun Jahren zu ihr zu ziehen und ich habe mich oft falsch verhalten, hatte die falschen Freunde, falschen Ideale und keine Perspektive. Ich war verletzt und wütend auf die ganze Welt. Wütend auf meine Tante und wütend auf mich.

Meine Tante hat mir geholfen, mit meinen Dämonen umzugehen, aber jetzt ist sie nicht hier.

Nachdem ich drei Mal tief Luft geholt und sie wieder vollends rausgelassen habe, fühle ich, wie der Druck in meiner Brust weniger wird. Manchmal neige ich dazu, mich in Gefühle hineinzusteigern, die mich von innen vergiften.

Weil ich die nächsten Tage irgendwie überstehen und nicht wie ein Häufchen Elend in irgendeiner Ecke landen will, ringe ich mir ein Lächeln ab, als ich die Rezeption betrete. Sogar hier wird man von Weihnachtsschmuck, Girlanden und Lichterketten geradewegs erschlagen. Weiter lächeln, Levi!

»Hey«, begrüße ich eine ältere Dame, die in ihrer Elfenuniform nahezu kindlich wirkt.

Ihr Lächeln ist im Gegensatz zu meinem echt und herzlich. »Hallo und herzlich willkommen in unserem schönen Weihnachtsmanndorf. Wie darf ich Ihnen helfen?« Feine Fältchen bilden sich um ihren Mund und auf der Stirn. Es gibt Menschen, die mit dem ganzen Gesicht lächeln. Sie ist eine davon.

»Ich bin Levi Kaaro. Ich habe vor einer Stunde ein Haus hier gemietet. Für eine Woche.« Weil hier drin sicherlich dreißig Grad herrschen, schäle ich mich aus Junas Handschuhen und lege sie auf den hölzernen Tresen vor mir. Die Elfe tippt meinen Namen in den Computer ein und sieht mich mit einem Lächeln an.

»Das Super-Spar-Haus«, sagt sie überrascht. »Wir vermieten dieses Haus nicht oft, aber ich bin mir sicher, dass Sie viel Spaß haben werden.«

Während sie in einer Schublade nach dem Schlüssel sucht, macht sich in mir ein mulmiges Gefühl breit. Dass das Zimmer verdammt günstig war, hat mich in dem Moment nicht stutzig gemacht. Jetzt frage ich mich, was ich mir mit dem Sparpreis eingebrockt habe. Ob es gleich neben den Klos ist? Oder vor einer Müllkippe? Vielleicht spukt es aber auch darin. Vielleicht hätte ich mir die Anzeige doch mal durchlesen sollen. Na ja, jetzt ist es ohnehin zu spät. In dieser Dunkelheit werde ich einen Teufel tun und mir eine neue Bleibe suchen. Mit einem Geist komme ich schon zurecht.

Aus Angst vor der Antwort hake ich nicht weiter nach, was es mit dem Sparpreis auf sich hat und nehme den Schlüssel dankend entgegen. Er ist alles andere als filigran, doch vermutlich soll es zu dem rustikalen Stil dieses Ortes passen. Ich verabschiede mich, stopfe die albernen Handschuhe in meine Jackentasche und mache mich auf den Weg.

Meine Hütte ist eines von vielen roten Gebäuden, die sich mit genügend Abstand aneinanderreihen. Von außen lässt sich zumindest kein Nachteil gegenüber den anderen Hütten erkennen. Ich rieche keinen Müll und sehe keine Klos weit und breit. Die weißen

Bordüren, die sich um die Hütte ziehen, rahmen sie perfekt ein. Wäre ich nicht so erschöpft, könnte ich den Anblick beinahe genießen. Jetzt will ich allerdings einfach nur meine Schuhe ausziehen, ein heißes Bad nehmen und mich hinlegen.

Sobald ich die Tür mit meinem Schlüssel öffne, strömt mir der Duft von frisch gebackenen Plätzchen entgegen.

Eines muss man den Betreibern ja echt lassen: Sie haben wirklich an alles gedacht.

***

Juna

Zufrieden begutachte ich mich im Spiegel und finde, dass mein neues Lieblingsstück meine Augen noch mehr zur Geltung bringt. Wenn ich nicht gerade meine Elfenuniform am Körper trage, lebe ich in kitschigen Weihnachtspullovern – je kitschiger, desto besser. Ugly Christmas Sweater sind bei mir der Renner. Meine Eltern haben mir gestern ein kleines Paket geschickt, weil sie auf dem Flohmarkt einen gefunden haben, den sie für mich ergattern mussten. Von meiner rechten Halsseite bis zur Hälfte meines linken Arms ist ein wunderschönes Rot mit Schneeflockenprint zu sehen. Parallel dazu ist unten dasselbe Print gedruckt, jedoch mit einem mitternachtsblauen Hintergrund. Und das Highlight in der Mitte ist ein freundliches Schneemanngesicht, das jeden angrinst, der vor mir steht.

Weil meine Plätzchen mittlerweile die perfekte Bräune haben müssten, husche ich ins Wohnzimmer, wo es mollig warm ist und erstarre, als ich Levi entdecke. Er sieht mich mindestens so perplex an wie ich ihn.

Verwirrt dreht er sich auf dem Absatz um und verschwindet durch die Tür. Als er wieder reinkommt, wirkt er nicht weniger verdutzt. »Das hier ist doch die Zwölf?«

Nickend stehe ich da und ziehe meinen Pullover ein Stückchen tiefer, weil ich bis auf ihn und meinen Slip nichts trage. Sobald ich

Zuhause war, habe ich mich aus meinen Klamotten geschält und es mir gemütlich gemacht.

»Aber ... wieso ...« Er schüttelt den Kopf. »Was machst du hier?«

»Was machst *du* hier?«, gebe ich die Frage zurück, doch in demselben Moment beantworte ich sie mir selbst.

Während ich ins Badezimmer husche, um mir meine Yogahose überzuziehen, spüre ich seinen Blick auf mir. Für gewöhnlich begrüße ich die Neuen nicht halbnackt. Normalerweise werde ich allerdings auch vorher gewarnt, wenn jemand hier einzieht. »Du hast das Schnäppchenhaus gebucht, nicht wahr?«, rufe ich ins Wohnzimmer, in dem er jetzt steht.

»Ja?« Es klingt wie eine Frage. Offenbar hat er die Beschreibung nicht gelesen.

»Schon mal darüber nachgedacht, warum es Super-Spar-Haus genannt wird?«, will ich von ihm wissen. Als ich nun angezogen wieder zurückkomme, laufe ich an ihm vorbei zu dem großen Eichenschrank am Eingang und nehme eine meiner grünen Elfenmützen heraus. Dass Levis Hose den ganzen Boden volltropft, stört in diesem Augenblick keinen. Feierlich schreite ich auf ihn zu und vielleicht ... ganz vielleicht gibt es mir ein bisschen Genugtuung, als ich ihm die Mütze über den braunen Haarschopf stülpe. Ich bin kein schadenfroher Mensch, aber das hier nennt sich Karma. Sein schockierter Blick ist einfach ein Bild für die Götter. »Willkommen im Team, Helfs-Elf.«

***

Levi

Das kann doch nur ein ganz gewaltiger Scherz sein! Ich soll an diesem Ort arbeiten? Ausgerechnet ich, Levi Kaaro in der Rolle als Elf? Das wäre die perfekte Vorlage für einen dieser klischeehaften Weihnachtsfilme. Einer in denen der Weihnachtsmuffel schlechthin im allerletzten Moment ein ganzes Fest für seine Familie organisieren muss und alles außer Kontrolle gerät und er am Ende sogar

Weihnachten liebt. Nur dass ich bis auf Tante Ann keine Familie habe und dass das hier kein verdammter Film ist!

Ich spüre, wie das Seil meiner Frustrationsgrenze immer weiter gespannt wird, bis es zu reißen droht. Zum Durchatmen ist es längst zu spät.

Obwohl Juna offenbar immer noch auf eine Reaktion wartet, drehe ich mich um und schließe die Augen. Ich darf nicht ausflippen. Nicht jetzt und nicht hier, wo niemand ist, der mich wieder beruhigen kann.

Tante Ann wollte mich schon seit Jahren zu einem Psychologen schicken, aber ich habe immer abgeblockt. In den letzten Jahren habe ich versucht, ihr gegenüber immer mehr zu verschleiern, wie es mir wirklich geht. Sie hat genauso viel verloren wie ich und ich habe nicht das Recht, sie immer und immer wieder daran zu erinnern.

Doch vielleicht hatte sie recht. Sie wusste wohl, dass der Schein trügt. In England gibt es nicht so viele Faktoren, die diese Hässlichkeit in mir hervorbringen können. Hier in meinem »Heimatland« habe ich das Gefühl, dass ich von Sekunde zu Sekunde gereizter werde. So vieles erinnert mich an damals ...

Hastig greife ich in meiner Jackentasche nach meinem Telefon, öffne die erstberste Tür, die ich finden kann und finde mich in einem winzigen Gästeklo wieder. Ich wähle mit zittrigen Fingern Tante Anns Nummer. Es dauert keine zwei Sekunden, da hebt sie ab.

»Hallo, mein Junge. Wie geht es dir?«

Ich stoße die Luft aus, was Antwort genug für sie ist.

»Alles wird gut, Levi. Du bist so ein tapferer Junge. Ich bin unheimlich stolz auf dich.«

Ich grabe mir die Fingernägel in die Handfläche. »Du weißt nicht, wie ich mich fühle«, brumme ich in den Hörer.

»Doch ...« Ich höre ihr schweres Schlucken sogar durch das

Telefon. »Doch, mein Schatz. Das weiß ich.« Ein paar Sekunden verstreichen, in der niemand von uns etwas sagt. »Wie war dein Flug?«

Tante Ann ist der einzige Mensch auf diesem Planeten, der weiß, was damals passiert ist. Seit ich zu ihr gezogen bin, habe ich meine Vergangenheit verdrängt und mit keiner Menschenseele darüber gesprochen. Vermutlich ist Verdrängung nicht die beste Herangehensweise, aber die einfachste allemal. Während ich ihr erzähle, dass einfach alles schiefgegangen ist, was ich mir so gründlich vor meiner Abreise überlegt habe, ziehe ich meine Jacke aus und werfe sie ungalant auf den Klodeckel. In dieser Wohnung müssen es dreißig Grad sein, was vermutlich auch der Grund ist, wieso Juna hier ohne Hose herumgelaufen ist. Ein Fakt, der mich in einer anderen Situation sicherlich nicht kaltgelassen hätte, weil sie in diesem Aufzug echt gut ausgesehen hat.

Nachdem ich die ganze Leidensgeschichte der letzten Stunden in einer Tirade von mir gegeben habe, höre ich, wie meine Tante den Lautsprecher wieder ausstellt und den Hörer ans Ohr hält. Vermutlich hat sie nebenbei das Bett gemacht oder gekocht und seltsamerweise beruhigt mich dieser Gedanke. Sie war schon immer ein gelassener Mensch. Ganz anders als ich. Wo ich mich wegen einer lächerlichen Kleinigkeit aufregen kann, bleibt sie selbst bei einer Tragödie völlig ruhig.

»Versuch die Zeit irgendwie zu genießen. Vielleicht lernst du ja etwas in dieser Situation.«

Ich lehne mich gegen die Wand und lasse meinen Kopf dagegen fallen. »Und was sollte das sein?«

Sie lacht leise. Ich sehe die Lachfältchen vor meinem inneren Auge, die ihr Gesicht verzieren. »Dass das Schicksal dich manchmal aus einem guten Grund an bestimmte Orte führt.«

»Du weißt, dass ich nicht an Schicksal glaube«, murmele ich. Genaugenommen glaube ich an gar nichts mehr. Weil in diesem Augenblick die Lüftung angeht und dieses Geräusch mich wahnsinnig macht, verlasse ich mein Versteck wieder. Im Flur ist es jedoch nicht unbedingt ruhiger.

»Das solltest du aber, mein Junge.«

Ich verdrehe die Augen, bleibe dann jedoch an Juna hängen, die gerade völlig verkohlte Plätzchen in den Mülleimer wirft. Wahrscheinlich hat mein Auftauchen dazu geführt, dass sie nun erneut backen muss. Ich beobachte sie dabei, wie sie Mehl, Zucker und diverse andere Zutaten wahllos in eine Schüssel gibt und miteinander verrührt.

Als Juna erneut zu dem Mehl greift – wovon sie schon eindeutig zu viel drin hat – schüttele ich den Kopf. »Ich muss auflegen. Ich ruf dich morgen an.«

»Gut. Aber vergiss nicht: Ich bin da, wenn du mich brauchst.«

Ein letztes Mal schließe ich die Augen und lasse ihre Worte auf mich wirken. Wie immer schafft diese Frau es, mir einen Teil meines Ballasts abzunehmen. Sie ist nicht meine Mutter und hat auch nie so getan, doch bei ihr fühle ich mich verstanden und das ist mehr, als mir sonst jemand geben kann.

Nachdem ich mich verabschiedet und aufgelegt habe, gehe ich vorsichtig auf Juna zu und stütze mich mit den Händen auf die Arbeitsfläche, auf der sie gerade noch mehr Mehl verstreut, um den Teig zu verteilen. Auch in dieser Situation, die echt beschissen ist, kann ich den Drang nicht ignorieren, diese teigähnliche Pampe zu nehmen und in die Mülltonne zu schleudern. Jahrelange Prägung durch meine Tante haben dazu beigetragen, dass ich ein Perfektionist bin, was Backen angeht.

»Was machst du da?«, frage ich vorsichtig und ernte von ihr ein breites Lächeln. Ein Lächeln, das ihr verdammt gut steht. Juna ist eine finnische Schönheit und verdreht vermutlich jedem Typen hier den Kopf.

»Wonach sieht's denn aus?«, fragt sie, während sie ihre Hände tief in den Brei steckt, um zu kneten.

Ein kaum hörbares Lachen verlässt meine Kehle. »Das kann ich dir echt nicht beantworten.« Ich schüttele den Kopf. »Du benutzt viel zu viel Mehl.«

Schulterzuckend wirft sie ihre weißblonden Haare über die Schulter, damit sie ihr nicht ins Gesicht hängen. »Ich backe nach Gefühl.«

Zweifelnd hebe ich eine Augenbraue und werfe einen kritischen Blick auf die Pampe vor ihr. »Und das wird immer ein Erfolg?«

Erneut zuckt sie mit den Achseln und zwinkert mir mit ihren eisblauen Augen zu. »Es gibt gute und schlechte Tage.«

Ich gehe zur Spüle hinüber, um meine Hände zu waschen. Das warme Wasser ist eine Wohltat für meine Haut, nachdem sie den ganzen Tag gefroren hat. »Dann wird heute eher ein schlechter.«

»Schon möglich.« Kichernd stimmt sie mir zu, macht jedoch keine Anstalten, aufzuhören. »Kennst du dich mit so was aus?«

»Meine Tante ist Bäckerin«, erkläre ich knapp.

Junas Augen ruhen auf meinen und ich wundere mich, dass sie anscheinend keine Probleme damit hat, den Augenkontakt zu halten. Die meisten Menschen vermeiden es, mich lange anzusehen, wenn sie erst einmal die Narben an meinem Hals entdecken. Und das hat sie mit Sicherheit schon. »Die, mit der du eben telefoniert hast?«

Ich nicke knapp. »Ich bin bei ihr aufgewachsen.« Keine Ahnung, wieso ich ihr das erzähle, schließlich hat sie nicht nach meiner Lebensgeschichte gefragt.

»Wieso nicht bei deinen Eltern?« Okay, scheiße. Da ist die Frage nach der Lebensgeschichte. Weil ich nicht bereit bin, einer Wildfremden davon zu erzählen, ignoriere ich ihre Frage, stelle mich neben sie und suche alle Zutaten für die Plätzchen meiner Tante heraus. »Probier es mal damit.«

»Ich brauch keine Hilfe. Ich mag meine Plätzchen. Sie sind immer irgendwie anders. Aber du kannst gerne zeigen, was du kannst. Vielleicht lasse ich mich umstimmen. Aber ich ernähre mich vegan, also solltest du darauf achten.«

»Kein Problem.« Obwohl ich am liebsten in das nächste Flugzeug steigen würde, um dieses Höllenloch hier zu verlassen, weiß ich, dass das nur ein Wunschtraum ist. Und wieso sollte ich meine Zeit nicht wenigstens mit etwas verbringen, was mich entspannt? Nämlich backen.

Während Juna beginnt, den Teig auf der Arbeitsfläche zu verteilen und mit ihren Ausstechformen kleine Tiere auf dem Blech zu verteilen, folge ich dem Rezept in meinem Kopf. Mit meiner Tante habe ich diese Plätzchen so oft gemacht, dass ich es in und auswendig kenne. Und obwohl ich immer noch diesen Druck auf meiner Brust spüre, wird er mit jeder Zutat, die ich der Schüssel hinzufüge, ein kleines bisschen weniger.

***

Zehn Minuten später sind sowohl Junas als auch meine Plätzchen im Ofen und wir sitzen an dem Holztisch davor, um ihnen beim Aufgehen zuzusehen. Junas Tiere verwandeln sich langsam in runde Haufen, während meine eine perfekte Farbe annehmen. »Du scheinst Weihnachten nicht besonders zu mögen«, beginnt sie plötzlich ein Gespräch, dem ich nicht gerade zugeneigt bin.

»Nicht besonders«, bestätige ich murrend und das ist die Untertreibung des Jahrzehnts.

»Und wieso bäckst du so gut Plätzchen?«, will sie mit großen Augen wissen. Sie stützt sich mit dem Ellenbogen auf den Tisch und bettet ihr Kinn darauf.

Verwundert hebe ich eine Augenbraue. »Was hat denn das Eine mit dem Anderen zu tun?«

»Plätzchen backt man zu Weihnachten«, erläutert sie schulterzuckend.

»Das sehe ich nicht so. Was ist mit Ostern?«, kontere ich.

Sie legt den Kopf schief, sodass ihre Haare den halben Tisch bedecken. »Was soll mit Ostern sein?«

»Es gibt Ausstechformen als Osterhase oder Osterei. Deine Aussage ist diskriminierend gegenüber Osterfans«, erkläre ich mich. »Ich habe noch nie an Weihnachten Plätzchen gebacken.«

»Okay!«, sagt sie abwehrend und hebt die Hände zur Entschuldigung. »Ich habe mich geirrt. Aber eine andere Frage. Wieso bist du hier, wenn du Weihnachten so sehr hasst?«

Ich müsste ihr erzählen, dass mein Auto den Geist aufgegeben hat, während ich auf dem Weg zu *ihnen* war. Aber dann müsste ich auch erklären, wieso ich allein hier bin und wieso ich weder Freunde noch Familie hier habe, wo ich unterkommen könnte. Dazu bin ich nicht bereit, also schüttele ich abwehrend den Kopf. »Die viel wichtigere Frage ist, wieso zur Hölle ich als Elf arbeiten muss, wenn ich hier Urlaub machen will!«

Sie richtet sich auf, hebt kurzerhand den Zeigefinger, um mich zum Warten zu animieren – wo sollte ich auch hin? – und verschwindet in ihrem Zimmer. Kurz darauf kehrt sie mit einem Blatt Papier zurück, auf dem eine Anzeige abgebildet ist. Genauer gesagt die Anzeige, die mich in diesen Schlamassel geführt hat. »Lies!«

Anders als heute morgen überfliege ich das Angebot nicht nur, sondern nehme mir die Zeit, es wirklich zu lesen.

Du liebst Weihnachten?

Du hast dir schon immer gewünscht, ein Teil des Weihnachtsmann-Teams zu sein?

Dann ist dieses Angebot genau das richtige für dich! Nicht nur ein super Schnäppchen-Urlaub, sondern auch das Erlebnis deines Lebens!

Du hast die Ehre, in das Teilzeit-Leben eines waschechten Elfs zu schlüpfen.

Du darfst den Weihnachtsmann höchstpersönlich kennenlernen und ihm dabei zur Hand gehen, ein Lächeln auf die Gesichter der Kinder zu zaubern.

Wenn du jetzt neugierig geworden bist, dann schnapp zu, denn nur wenige haben die Chance, vom Weihnachtsmann selbst ein Arbeitszeugnis zu bekommen.

»Und du hast dieses Angebot freiwillig gebucht?«, frage ich skeptisch. »Weihnachtself … dass ich nicht lache. Weihnachtssklave passt wohl besser. Ich soll dafür zahlen, hier arbeiten zu dürfen?«

»Klar!« Ihr Strahlen wird noch heller. »Schon seit zwei Jahren. Nach drei Monaten haben wir aber ein Abkommen getroffen. Ich wollte einfach noch nicht gehen. Ich bekomme zwar nur ein kleines Gehalt für meine Arbeit, dafür wohne ich aber umsonst hier.«

So langsam frage ich mich, ob ich es vielleicht mit einer Verrückten zu tun habe …

Kapitel 3

17. Dezember

Levi

Ein Klirren weckt mich aus einem verrückten Traum. Ich bin mit meinem Rentier-Schlitten über eine hellbeleuchtete Stadt geflogen und habe Päckchen runtergeworfen. Erst dachte ich, es seien Geschenke, die ich den Menschen bringe, doch als sie unten aufprallten, habe ich erkannt, dass es Bomben waren. Ich war ein böser Weihnachtsmann, wie aus einem verdammt schlechten Weihnachts-Horrorfilm.

Als ich meine Lider flatternd öffne, muss ich mir die Hand vor die Augen halten, um nicht geblendet zu werden. Der Schnee draußen vor meinem Fenster reflektiert das Licht der Lampen. Mit einem Blick zur Uhr erkenne ich, dass es bereits halb zehn ist. Zuhause würde ich jetzt noch nicht einmal daran denken, aus meinem Bett zu steigen. Hier hingegen habe ich einen Job.

Nach und nach kommen die Erinnerungen an den gestrigen Tag und meinem Deal mit dem Teufel zurück. Ich bin jetzt ein verdammter Elf. Wahnsinn, mein Leben hat wieder einen Sinn …

Wieder dringt ein lautes Gepolter zu mir durch und obwohl ich mir am liebsten meine Decke schnappen und über den Kopf ziehen würde, schleudere ich sie wie ein eingeschnapptes Kind von mir und schiebe meine Beine über die Bettkante.

Eine gute Sache hat meine Situation: Ich habe lange nicht mehr so gut geschlafen. Von diesem verrückten Traum einmal abgesehen, habe ich geschlummert wie ein Baby.

Vielleicht liegt es an der permanenten leisen Musik, die von draußen hereingedrungen ist oder an dem weichsten Bett, in dem ich jemals gelegen habe. Es war, als würde ich auf Wolken schweben. Nur dass diese Wolken nicht im Himmel sind, sondern in der Hölle ...

Der Boden unter meinen Füßen ist schön warm und lässt mich einen Moment innehalten. Dieses Gefühl lässt Bilder von früher vor meinem inneren Auge aufblitzen. Mein Elternhaus hatte denselben Fußboden wie diese Hütte. Er war angenehm warm, sodass ich immer ohne Socken durch das kleine, gemütliche Haus gerannt bin. Ich erinnere mich daran, wie ich aufgestanden bin, um zu meiner kleinen Schwester Aava zu gehen. Sie hat geweint und ich wollte sie trösten. Ich wollte sie nur in den Arm nehmen ...

Ein Schmerz durchzieht meine Brust und ich schüttele den Gedanken sofort ab. Er soll an meiner errichteten Mauer abprallen, so wie alles, was ich mit dieser Zeit verbinde.

Weil ich auf andere Gedanken kommen will, schlüpfe ich in meine Jeans, die ich am Abend achtlos auf den Boden geworfen habe und wühle in meinem Koffer nach einem frischen Longsleeve.

Sobald ich dieses Zimmer verlasse, verschwinden auch die Bilder aus meinem Kopf, sodass ich endlich wieder aufatmen kann. Juna versucht etwas zu erreichen, was sich offenbar ganz hinten in dem obersten Schrank der Küche versteckt. Sie steht mit einem Bein auf einem Stuhl, während das andere sich gegen die Lehne presst. Dass sie so größer wird, bezweifle ich. Viel wahrscheinlicher ist es, dass der Stuhl bald umkippt und sie sich den Hals bricht.

»Suchst du nach etwas, das deine Plätzchen genießbar macht? Wenn du da keinen Feenstaub versteckst, wird das wohl nichts.« Mit einem Schmunzeln auf den Lippen gehe ich auf sie zu und greife mit beiden Händen um die Stuhllehne, um sie vor sich selbst zu schützen. Es gibt Menschen wie mich, die immer auf Nummer sicher gehen. Und es gibt Menschen wie Juna, die viel zu naiv durchs Leben schreiten.

»Witzig!«, sagt sie anerkennend und sieht mich mit hochgezogenen Augenbrauen an. Kurz frage ich mich, ob ich es als Kompliment oder Beleidigung annehmen soll.

»Soll vorkommen«, antworte ich, während ich den Blick über die vielen Dosen und Aufbewahrungsbehälter schweifen lasse, die ringsherum verteilt auf der Küchenzeile liegen. »Wenn es kein Feenstaub ist: Was suchst du?«

Ein letztes Mal reckt sie sich und legt den Kopf mit angestrengt verzogenem Gesicht zur Seite, sodass ihre weißen Haare meine Hände kitzeln. Wie zur Hölle kann jemand so viel Geduld haben, sich die Haare auf diese Länge wachsen zu lassen? Ich hatte eine Zeit, in der ich mir eine Justin-Bieber-Gedächtnisfrisur zulegen wollte und habe meine Tante nach nicht einmal zwei Wochen angefleht, sie wieder abzuschneiden, weil mich diese vielen Haare verrückt gemacht haben.

»Hab's!«, ruft sie plötzlich jubilierend und hüpft so elegant vom Stuhl, als hätte sie sich nicht gerade wie eine dieser Schlangenfrauen im Zirkus verrenkt. In ihren Händen hält sie die fürchterlichste Keksdose der Welt.

Und das sage ich umgeben von etlichen weihnachtlichen Keksdosen: rote mit grünen Christbäumen, grüne mit bunten Kugeln und sogar eine blaue mit hässlichen, singenden Engeln. Doch keine einzige davon würde die Dose in Junas Hand toppen ... Sie ist so potthässlich, dass sogar der Weihnachtsmann selbst angewidert das Gesicht verziehen würde. Engel mit unheimlichen Fratzen fliegen links und rechts am Rand entlang. Ich kann nicht erkennen, ob sie kindlich aussehen oder doch wie uralte Männer mit zusammengefallenen Visagen. In der Mitte spielen zwei Kinder mit weit aufgerissenen Mündern, aus denen strahlendweiße – viel zu große – Zähne hervorblitzen. Die Krönung jedoch ist ein Weihnachtsmann, der hinter einem Lebkuchenhaus hervorlinst und die Kinder mit einem Blick beobachtet, der mir Angst macht. Dieses Bild wird mich heute Nacht in meinen Albträumen verfolgen.

***

Juna

Grinsend drehe ich die Dose in meiner Hand, um sicher zu gehen, dass sie nicht beschädigt ist. Als ich hier eingezogen bin, stand sie mit einem Zettel auf dem Tisch, auf dem ich herzlich in der Elf-Familie begrüßt wurde. Gefüllt mit den fadesten Plätzchen, die ich je gegessen habe.

Ich habe die Dose sofort geliebt. Nicht nur weil sie kitschig ist, sondern auch, weil sie mein erster eigener Gegenstand in dieser Wohnung war. Diese Keksdose gehört mir. Nur mir. Und das fühlt sich wunderbar an!

Meine erste Mitbewohnerin, Jenna Jones, hat sie hingegen gehasst. Jeden Tag hat sie sie angesehen, als würde Satan höchstpersönlich in ihr hausen. Also habe ich sie weggepackt. Bis sie nach zwei Monaten wieder weggezogen ist. Die wenigsten Leute bleiben lange, aber Jenna war fast so weihnachtsverrückt wie ich, weshalb sie erstaunlich lange hiergeblieben ist. Sobald Jenna weg war, habe ich die verstaubte Dose wieder auf den Tisch gestellt, doch auch mein nächster Mitbewohner hat sie nicht zu schätzen gewusst.

Ich war nicht enttäuscht, eher im Gegenteil: Ich habe mir einen Spaß daraus gemacht und mir vorgenommen, jeden meiner neuen Mitbewohner auf die Probe zu stellen.

»Wie findest du sie?«, frage ich, halte sie Levi vor die Nase und warte auf eine Reaktion.

»Sie ist …« Levis Gesicht zuckt und verzieht sich, als sei ein Dämon in ihn gefahren und würde um die Vorherrschaft kämpfen. Das Grinsen auf meinen Lippen zupft immer weiter an meinen

Mundwinkeln. Es ist irgendwie süß, wie er versucht, seine Abneigung zu verstecken. Er stößt den angehaltenen Atem aus. »Abscheulich.« Nachdem er tief durchgeatmet hat, sie mir aus den Händen nimmt, um sie noch mal genauer zu betrachten, nickt er. »Ja. Absolut abscheulich.«

Nichtsdestotrotz geht er zum Spülbecken hinüber, stellt das Wasser an und wartet, bis es heiß ist. Wir beide beobachten, wie sich das Becken langsam füllt, und als er den Wasserhahn wieder zudreht, beginnt er die Dose abzuwaschen.

»Gib's zu, dass du sie auch ein bisschen hübsch findest!«

»Nicht im Geringsten«, lacht er und verreibt das Spülmittel. »Ich finde sogar, dass es das hässlichste Teil auf diesem Planeten ist.«

Grinsend lehne ich mich gegen den Kühlschrank und sehe dabei zu, wie er jeden Millimeter säubert und anschließend mit dem Küchentuch trocknet. »Magst du nicht einmal die Engel?« Ich beuge mich vor, um mit dem Zeigefinger über die goldenen Locken des rechten Engels zu streichen.

»Die Engel hasse ich am meisten«, antwortet er kopfschüttelnd, wirft mir aber ein Lächeln zu, das mein Herz einen kleinen Purzelbaum schlagen lässt. Huch, wo kommt denn das her?

Ich schnalze mit der Zunge. »Du bist ein Banause. Das ist Kunst.«

»Es gibt Menschen, die Hundekot mit Gold besprühen und behaupten, das wäre Kunst …« Er seufzt, während er die Keksdose auf den hölzernen Küchentisch stellt. »Und vermutlich würde ich denen da noch mehr zustimmen als dir.«

Während ich mich nicht von der Stelle bewege, beginnt er die Plätzchen, die wir gestern Abend gebacken haben, hineinzupacken. Meine wie auch seine. Er hat darauf bestanden, dass wir auf jeden einzelnen den Buchstaben unserer Vornamen schreiben, damit wir sie nicht vermischen. Auf seinen steht also ein schlichtes L in blauer Farbe, während bei mir das J von kleinen Schneeflocken, Schneemännern und Weihnachtsbäumen umringt ist.

»Freust du dich schon auf deinen ersten Arbeitstag?«, frage ich, während ich mir ein L-Plätzchen schnappe und genüsslich hineinbeiße.

Levi wirft mir einen strengen Blick zu, greift aber selbst auch hinein. »Ich habe mich noch nie mehr auf etwas gefreut.« Seine Worte triefen vor Sarkasmus, aber ich gehe nicht darauf ein.

»Ich begleite dich, wenn du willst.« Kauend greife ich nach dem Zeug, das ich auf dem Tresen verteilt habe und stopfe es zurück in den Schrank. Schnell schließe ich die Tür, weil ansonsten der Großteil wieder hinausfallen würde. Wer irgendwann auf die Idee kam, runde Gefäße zu erstellen, sollte zur Rechenschaft gezogen werden, denn die passen bei bestem Willen nie in einen eckigen Schrank.

Levi hebt erstaunt die dunklen Augenbrauen. »Das musst du nicht.«

»Ich will es aber.« Mit einem Lächeln beuge ich mich über die Plätzchen und frage mich, ob ich noch eins nehmen soll. Als Levi augenverdrehend nickt, greife ich zu und stopfe mir einen weiteren L-Keks in den Mund. »Isch wollte eh tschu den Rentieren«, nuschele ich kauend.

»Rentiere?«, fragt er irritiert, da fällt mir ein, dass er nicht mitbekommen hat, wie Pete heute früh an die Tür geklopft hat und mit ihm sprechen wollte. Ich fand, dass Levi nach der gestrigen Aufregung seinen Schlaf verdient hat, also habe ich ihn abgewimmelt und in Erfahrung gebracht, dass Levi als Allererstes im Rentiergehege helfen soll. Die meisten Helfer im Weihnachtsmanndorf sind weiblich und einen Mann hier zu wissen, der anpacken kann, hat Petes Gesicht strahlen lassen.

Ich nicke. »Das Gehege muss dringend auf Vordermann gebracht werden.« Ich greife über den Tisch hinweg zu seinem Oberarm und drücke leicht zu. »Die hier können wir gut gebrauchen.« Obwohl ich mit der Geste nur scherzen wollte, habe ich unter dem langen Shirt, das er trägt, feste Muskeln ertastet. Und das, obwohl er nicht einmal auf meinen Angriff vorbereitet war. Ich gestehe: Obwohl ich ein Weihnachtsmann-Fan bin, sieht mein Beuteschema anders aus. Ich lasse meine Finger eine Sekunde zu lange auf seinem Arm liegen, ehe ich sie wieder hastig zurückziehe. In einer fließenden Bewegung fahre ich mir durch die Haare und binde sie mit dem pinken Haargummi meiner Schwester, das ich immer um mein rechtes Handgelenk trage, zu einem unordentlichen Dutt.

»Ich hoffe, du kannst mit einem Hammer umgehen.«

Levi lehnt sich auf dem Stuhl nach hinten und verschränkt die Hände hinter dem Kopf, während ich meine Augen nicht von seinen Oberarmen nehmen kann, deren Muskeln jetzt noch gespannter sind.

Reiß dich zusammen! Fehlt nur noch, dass du sabberst!

Levis frechem Grinsen nach zu urteilen, erkennt er genau, was in meinem Kopf vorgeht. »Ich habe zumindest keine zwei linken Hände. Mein Dad war Schreiner. Das habe ich vermutlich von ihm.«

»War?«, frage ich jetzt und versuche mich endlich zusammenzureißen und nicht weiter zu geiern. »Was macht er jetzt?«

Sein Grinsen verschwindet und ein Zucken geht durch seinen Körper, als habe ich ihn mit meinen Worten kalt erwischt. Alles an ihm verändert sich. Wird … düster. Es ist, als ziehe er sich in seine Ecke seines Bewusstseins zurück, zu dem nur er Zugang hat.

»Ich …« Levi schiebt seinen Stuhl lautstark nach hinten und steht in der nächsten Sekunde aufrecht vor mir. Er wirkt verloren. Verloren in diesem Raum. Verloren in seinem Körper. Hektisch gleitet sein Blick zu Boden, sodass er mir nicht länger in die Augen sehen muss. Sein Kiefer mahlt. Ich wünschte, ich könnte zurücknehmen, was auch immer ich gesagt habe. Dass ihn etwas bedrückt, was mit seiner Familie zu tun hat, könnte sogar ein Blinder sehen. Behutsam strecke ich die Hand nach ihm aus, um ihn zu beruhigen, doch er flieht einen Schritt zurück wie ein wildes Tier, das man in die Ecke getrieben hat. »Ich muss mich umziehen.«

***

Levi

Juna begleitet mich zu meinem ersten Job an diesem Ort. Und während ich vor Kälte zittere, saugt sie die frische Luft tief in ihre Lungen auf.

Seit unserem Gespräch in der Küche spüre ich wieder diese Wut in meiner Brust. Eine Enge, die mit jeder Sekunde stechender wird. Jeder Atemzug tut weh. Jeder Kampf dagegen ist hoffnungslos. Mir bleibt nichts übrig, als damit zu leben. So, wie ich es schon seit zehn Jahren tue.

»Ist das nicht schön?«, flötet sie und dreht sich mit weit ausgebreiteten Armen im Kreis.

»Schön?«, frage ich mürrisch.

Ihr Lächeln ist eines dieser Dinge, die die Welt ein bisschen besser macht. Es strahlt mit so einer Kraft, dass man es in jeder Körperzelle spürt. Ihre eisblauen Augen funkeln regelrecht, als sie erst zu mir, dann zu den schneebedeckten Bäumen, sieht. »Diese Welt! Sieh dir diese Wunder an. Wie der schwere Schnee auf den dünnen Ästen liegt und sie doch nicht nachgeben. Wie die Sonne sie zum Funkeln bringt und wie friedlich das alles wirkt.«

Während wir weiterhin dem Pfad vor uns folgen und uns bereits die ersten Gäste mit ihren Kameras begegnen, versuche ich die Welt so zu sehen, wie Juna es tut. Sie entdeckt Schönheit, wo ich nur Kälte sehe. So sehr ich mich jedoch bemühe … das Bild vor mir bleibt blass statt strahlend. »Hmm«, mache ich und wende den Blick wieder ab.

»Ich bekomm dich schon noch zum Lächeln, Grantel.« Sie beschleunigt ihre Schritte und dreht sich in meine Richtung, sodass sie rückwärts vor mir läuft. Mit einem Grinsen auf den Lippen beginnt sie zu summen, ehe sie ihren schönen Mund zum Takt der Musik bewegt. »*Always look on the bright side of life …*«

Mein Mundwinkel zuckt, als sie versucht zu pfeifen, aber kein einziger Ton ihre Lippen verlässt. »Du weißt schon, dass dieses Lied ursprünglich aus einem Monty Python Film stammt, oder?«

Ihr Grinsen wird nur noch breiter. »Erschienen 1979, aber immer noch eine Legende.«

»Legende würde ich nicht gerade sagen …« Ich schüttele schmunzelnd den Kopf. »Wie kommt es, dass du den Film kennst?«

Juna wirft einen Blick über die Schulter, um nicht versehentlich gegen eine Wand oder einen Touristen zu laufen, wendet ihre Aufmerksamkeit dann jedoch wieder mir zu. »Lach nicht! Aber meine Oma dachte, das wäre ein ernstzunehmender Film über die Geburt Jesu und als wir ihn uns angesehen haben, hat sie so sehr lachen müssen, dass es für uns Tradition war, ihn an Weihnachten anzusehen.«

»Deine Oma ist ne ziemlich coole Socke«, sage ich anerkennend.

»War«, berichtigt Juna mich mit einem traurigen Lächeln. »Sie ist vor zwei Jahren gestorben.«

»Das …«

»Alles gut!«, unterbricht sie mich und dreht sich um, damit sie die letzten Meter wieder neben mir herlaufen kann. Sie verschränkt die Hände vor ihrem Herzen. »Ich weiß, dass sie immer bei mir ist.«

***

Juna

Es gibt Momente, in denen die Erinnerung an meine Oma schmerzt. Sie war meine Person, mein Herzensmensch, mein Anker. Ich liebe meine ganze Familie, aber meine Oma war wie ich. Sie hat mich auch ganz ohne Worte verstanden und ebenso wieder trösten können. Sie hat mir eine Hand an die Wange gelegt, gelächelt und ich wusste, alles wird wieder gut. Ich wusste, die Welt dreht sich auch weiter, wenn meine Probleme meine Welt zu verschlingen drohen. Sie hat mich gelehrt, dass das Leben immer für und nie gegen einen ist.

Und genau das ist der Grund, wieso die Erinnerung nur manchmal schmerzt. Meistens bin ich einfach dankbar für das, was ich im Leben habe und für das Geschenk, auf dieser Welt sein zu dürfen.

Ich winke Pete zu, der wie jeden Tag in seinen dicksten Overall gepackt und mit Gummistiefeln an den Füßen mitten im Mist der Rentiere steht und die Schaufel schwingt. Er ist ein wahrer Held. Ohne seine Arbeit würden wir im Dreck der Tiere versinken. Man kann sich nicht vorstellen, wie viel diese wunderschönen Geschöpfe scheißen.

»Da seid ihr ja!«, ruft er fröhlich. Seine Haare sind lang geworden, sodass er sie zu einem Zopf gebunden hat. Zu seinem Missfallen verdeckt er allerdings nicht seine kahlen Ecken. Ich sage immer, dass ein schönes Gesicht Platz zur Entfaltung braucht, doch den Spruch, den ich an einem verregneten Samstagabend dank des unkontrollierten Stöberns auf Pinterest gefunden habe, ignoriert er meistens gekonnt.

»Ich beehre euch heute auch mit meiner Anwesenheit, damit Levi nicht schon an seinem ersten Tag in ein tiefes Loch fällt.« Mit einer ausladenden und theatralischen Geste deute ich auf die Grube, die wir für die Notdurft der Tiere gebuddelt haben. Das fehlende Lachen der beiden zeigt mir deutlich, dass ich für eine Komödianten-Karriere noch an meinen Witzen feilen müsste.

»Beschränke dich lieber auf Dinge, die du gut kannst. Kacke schaufeln, zum Beispiel!« Pete deutet auf die Schaufeln, die nebeneinander aufgereiht sind. »Ich geh nach hinten. Wenn ihr Hilfe braucht, ruft einfach.« Seufzend schnappe ich mir zwei Schaufeln und halte Levi eine davon unter die Nase. Er wirkt zögerlich, als er sie nimmt und ich frage mich, ob er jemals in seinem Leben richtig gearbeitet hat.

Weil ich kein Mensch bin, der andere vorschnell verurteilt und ich es mehr als anstrengend finde, mir unnötig Gedanken über Dinge zu machen, frage ich ihn einfach. »Was machst du in London eigentlich? Studierst du? Oder hast du nen Job? Oder liegst du den ganzen Tag herum und guckst Monty Python?«

Levi begutachtet die Rentiere, die mittlerweile ihre volle Fellpracht besitzen. Im Sommer erinnern sie an gerupfte Hühner, jetzt jedoch sehen sie aus wie einem Weihnachtsfilm entsprungen. Während Pete und ich uns in dem Gehege bewegen, als wäre es das Normalste der Welt, ist Levi wie festgewachsen. Unsere Schritte schmatzen bei jedem Schritt, während er keinen Ton von sich gibt. Da, wo kein Schnee liegt, ist die Erde aufgeweicht und matschig.

»Ich …« Er sieht sich um, wohl um einen Weg zu der Grube zu finden, ohne durch den Schlamm zu marschieren. (Spoiler: Den wird er nicht finden. Hier ist alles damit überzogen.) »Ich studiere BWL«, sagt er, die vollbeladene Schaufel immer noch in der Hand.

»Studieren nicht nur Menschen BWL, die nicht wissen, was sie mit ihrem Leben anfangen wollen?«, frage ich und hoffe, dass ich ihm nicht zu nahetrete.

»Nein«, sagt er. Seine Stimme klingt jedoch so schwach, dass ich ihn mit einem Blick ansehe, der ausdrückt: Mir kannst du es doch sagen. »Nicht immer.« Seufzend macht er einen Schritt nach vorne, wobei ein schmatzendes Geräusch entsteht. Er verzieht angeekelt das Gesicht. »Bei mir stimmt das allerdings. Ich habe keinen blassen Schimmer, was ich machen will. Vielleicht arbeite ich später irgendwo im Büro.«

»Denkst du, das macht dir Spaß?«, frage ich, während ich mit der Hand über Rudolfs weiße Haare streichle. Es gibt insgesamt sechs Rudolfs hier, weil die Kinder es lieben, ihn bei den Schlittenfahrten zu rufen. Doch der Weiße ist mein Liebling. Kauend sieht er mich mit diesem tiefenentspannten Blick an und ich vergrabe meine Finger ganz tief in seinem Fell.

»Klar«, antwortet Levi schulterzuckend. »Ist bestimmt cool.«

»Wow!« Ich presse mir meine Hand ans Herz und sehe ihn an, bis sein Blick meinen trifft. »Ich habe nie mehr Begeisterung in einem Menschen gesehen.« Bedächtig beginne ich in die Hände zu klatschen. »Hier ...« Ich ziehe meinen Ärmel hoch. »Ich habe Gänsehaut!«

»Halt die Klappe!«, sagt er lachend und schleudert mit der Schaufel einen Klumpen Matsch in meine Richtung, der mich nur um wenige Zentimeter verfehlt.

»Das solltest du noch üben«, feixe ich, doch im nächsten Moment trifft er mich mit voller Wucht an der Hose, sodass ich kreischend zur Seite springe. »Na warte!« Kichernd beuge ich mich zu Boden und hoffe, dass es wirklich nur Matsch ist, den ich gerade mit beiden Händen umfasse, zu einem Klumpen forme und in seine Richtung schmettere.

»Scheiße!«, ruft er, während er meinem Wurf versucht auszuweichen, dadurch jedoch genau in die Flugbahn springt. Er rümpft die Nase. »Das stinkt!«

***

Levi

Nachdem wir den Mist der Rentiere weggeschaufelt haben, hat Pete mir eine andere Aufgabe gegeben: Das Gitter reparieren. Ich? Ein Gitter reparieren? Würde er mich kennen, wüsste er, dass ich nicht gerade für meine Fingerfertigkeiten bekannt bin. Zumindest nicht in diesen Bereichen ...

Juna wurde zu einem Elf-Notfall gerufen – was auch immer das zu bedeuten hat –, weshalb ich nun ganz allein hier stehe und nicht den blassesten Schimmer habe, was ich tun soll. Ich versuche das Loch des Gitters irgendwie von innen mit Draht zu befestigen, schaffe es jedoch nicht. Schimpfend muss ich also den gesamten Weg durch den Matsch zum Tor laufen, hinausgehen und genau dasselbe von dieser Seite aus versuchen. Ob das klappt? Keine

Ahnung! Bisher musste ich nur einmal das Fenster meiner Tante wieder einhängen oder die verbogenen Latten meines Bettes befestigen. Und sogar diese Aufgaben habe ich nur mit größter Mühe – und etlichen Fluchtiraden – überstanden.

»Was machst du hier draußen?«, höre ich plötzlich Junas Stimme, die mir ein wenig meiner Gereiztheit nimmt. Vielleicht liegt es an ihrer beruhigenden Tonlage, oder daran, dass ich sie sympathisch finde.

»Ich repariere den Zaun«, murmele ich. »Zumindest versuche ich es.« Musternd lasse ich meinen Blick über sie wandern. Anders als ich ist Juna nicht mehr über und über mit Schlamm bedeckt. Offenbar hat sie sich umgezogen und sich in den hässlichsten Weihnachtspullover geworfen, den sie finden konnte.

»Ich helfe dir. Soll ich zur anderen Seite gehen, um ihn zusammenzuhalten, während du den Draht befestigst?«

»Kann nicht schaden.« Während ich Juna hinterhersehe, lehne ich mich zurück und wische mir mit dem Ärmel über die Stirn. Obwohl es gefühlt Minus dreißig Grad sind, schwitze ich unter meiner dicken Winterjacke.

»Was war das für ein Elf-Notfall? Gab es keinen Glitter mehr?«, rufe ich ihr hinterher.

Sie dreht sich in meine Richtung. »Es ging um meine Plätzchen. Ich habe sie vorhin in der Postzentrale abgegeben, damit die anderen probieren können. Die sind offenbar so gut angekommen, dass ich Nachschub für die Kinder liefern soll.« Kichernd streckt sie die Arme in meine Richtung und deutet mit den Zeigefingern auf mich. »Musste leider zugeben, dass es deine waren.«

Ein Schmunzeln legt sich auf meine Lippen, das jedoch im nächsten Augenblick erlöscht, als Juna panisch meinen Namen ruft. Sofort lasse ich den Draht fallen und renne in ihre Richtung. Der Schnee knirscht laut unter meinen schmutzigen Schuhen. »Fuck!« Sofort weicht sämtliche Farbe aus meinem Gesicht. Ich sehe, wie

Juna sich gegen ein Rentier lehnt und es mit voller Kraft zurück in das Gehege schiebt. Es scheint nicht glücklich darüber zu sein, ergibt sich schlussendlich doch seinem Schicksal und geht im Innern seiner Wege.

»Das Tor war offen«, bringt Juna mich atemlos auf den neuesten Stand.

»Ich …« Frustriert raufe ich mir die Haare. »Ich war nur ein paar Minuten weg.«

Ihre Stirn liegt in Falten, während sie mich mit einem nicht deutbaren Blick mustert. »Das reicht. Die Tiere merken, wenn etwas anders ist. Wir müssen nachzählen, ob alle da sind.«

Ich folge ihr hinein und ärgere mich über mich selbst, weil ich so kopflos war. Was, wenn eines der Tiere abgehauen ist? Was, wenn ihm etwas passiert oder einem der Touristen? Was, wenn es auf die Straße läuft? Immer weiter verteufle ich mich für meine Gedankenlosigkeit, während Juna einen kühlen Kopf bewahrt und die Rentiere zählt. Einem nach dem anderen tippt sie auf den Rücken und kennt dabei jeden ihrer Namen. Ihrem Blick nach zu urteilen, als sie bei dem letzten angekommen ist, habe ich ein Problem. »Eines fehlt.«

»Was machen wir jetzt?«, frage ich mit weit aufgerissenen Augen. Mein Herz hämmert in meiner Brust.

»Wir suchen ihn«, sagt sie schlicht.

»Wir sollten etwas holen, um ihn zu locken. Brot vielleicht?«, schlage ich vor. Wir verlassen das Gehege und schließen das Tor dieses Mal auch wirklich.

»Vielleicht im Notfall, wenn wir ihn nicht anders angelockt bekommen. Brot ist nämlich schlecht für sie. Dadurch, dass die ganzen Touristen die Rentiere mit altem Brot füttern, werden einige krank und können sogar daran sterben«, erklärt sie sachlich, während wir durch die engen Straßen laufen. Die Pflastersteine unter meinen Füßen fühlen sich plötzlich zu hart an im Vergleich zu dem weichen Boden.

»Wie kannst du so ruhig bleiben?«, frage ich hysterisch. Ich spüre, wie die Adern an meiner Stirn beginnen zu pulsieren.

Sogar jetzt – in dieser völlig beschissenen Situation – schafft Juna es, mir ein Lächeln zu schenken. Sie dreht sich in meine Richtung. Ihre Hand berührt meine und schenkt mir mit dieser Geste tatsächlich ein kleines bisschen Ruhe. »Wir finden ihn und bringen ihn zurück. Mach dir keine Gedanken. Alles wird gut.«

Als sie etwas in meinem Rücken entdeckt, wird ihr Lächeln entspannter. »Und das sogar schneller als gedacht!« Behutsam legt sie ihre Hände um meine Schultern und dreht mich herum. Ein dunkelbraunes Rentier kommt auf uns zu. Neben ihm Pete, der nicht gerade erfreut aussieht, doch in diesem Augenblick kann ich nur daran denken, dass ich nicht alles verbockt habe. Erleichtert stoße ich den Atem aus und ich spüre, wie ein Teil der Last auf meinen Schultern verschwindet.

»Donner wollte sich wohl ein bisschen umsehen.« Seine Stimme ist ebenso wie sein Blick angepisst.

Bevor ich etwas sagen kann, tritt Juna hinter mir hervor. »Tut mir so leid, Pete! Ich war in Gedanken. Aber du hast ihn ja zum Glück wiedergefunden!« Mit einem breiten Lächeln tritt Juna auf das Tier zu und umfasst das haarige Gesicht. »Du hast uns einen Schrecken eingejagt, kleiner Mann!«

Pete und Donner geben beide ein Brummen von sich, bevor sie sich in Richtung Rentiergehege machen.

»Wieso hast du die Schuld auf dich genommen?«, will ich verblüfft wissen.

Juna zuckt die Schultern. Ihre langen Haare bewegen sich im Wind von einer Seite zur anderen und ihre Wangen leuchten von der Kälte rosarot. »Ich wollte nicht, dass der Weihnachtsmann dich feuert.«

Erstaunt hebe ich eine Augenbraue. »Der Weihnachtsmann würde mich rauswerfen? So kurz vor Weihnachten?«

Juna zeigt mir ihre strahlend weißen Zähne, von denen die Eckzähne um einiges länger sind als die anderen. Sexy. »Er hat eine dunkle Seite.« Wieder zuckt sie mit den Schultern. »Außerdem habe ich jetzt etwas gut bei dir. Und ich weiß auch schon, was das sein wird …«

Kapitel 4

Juna

Wassertropfen, die in ihrem eigenen Rhythmus von meiner Mähne rieseln, sammeln sich auf dem Boden unter mir, während ich vor meinem Fenster stehe und hinaussehe. Die heiße Dusche war herrlich und tat meiner verkühlten Haut unendlich gut. Draußen ist es längst dunkel geworden. Heute hat es die Sonne nicht geschafft, völlig über die Baumwipfel zu klettern. Finnland im Sommer ist wunderschön. Die hellen Stunden zeigen vierundzwanzig Stunden lang all die Wunder dieser Welt. Ich tanke dann jeden Sonnenstrahl und speichere sie für die langen und dunklen Wintertage wie diesen ab. Im Sommer sind wir Finnen munter und wach. Wir schlafen nur, wenn es wirklich sein muss und die Nacht wird zum Tag. Doch den Winter … den liebe ich noch mehr. Manchmal ist er hart und unnachgiebig. Wochen, in denen man die Sonne nicht eine einzige Stunde am Tag sieht und der Körper nicht weiß, wann er wach und wann er müde sein soll, verlangen einem so viel ab. Für mich ist es aber vor allem die Zeit der Nordlichter, der Aurora Borealis. Es ist die Zeit der Milliarden Sterne, die jede Nacht auf uns hinabstrahlen und mir zeigen, dass es so viel mehr gibt als das, was wir zu wissen glauben – viel mehr als das, was wir über unser Leben und Sein zu denken wagen. Die meisten Sterne, die wir sehen, sind schon seit Ewigkeiten tot und doch strahlen sie weiter und weisen uns den Weg durch die Dunkelheit. Sie geben mir so viel Kraft und Geborgenheit, wie es die Sonne niemals könnte.

Der Winter ist die Zeit, in der ich zu mir finde, weil ich viel Raum für mich und meine Gedanken habe. Wenn andere Menschen dann den Tag verschlafen, streife ich durch die ewige Dämmerung und entdecke neue Nuancen von Schwarz.

Erst als ich mich daran erinnere, dass ich nicht mehr alleine hier wohne und nicht mehr nur in Unterwäsche herumlaufen kann, löse ich mich von dem Anblick und gehe zu meinem Schrank hinüber, um den passenden Pullover zu finden.

»Bist du fertig?«, höre ich Levis Stimme, die aus dem Wohnzimmer zu mir durchdringt.

»Ja!«, rufe ich, während ich mir meinen Lieblingspullover mit den zwei knutschenden Rentieren überstreife und in meine Jogginghose schlüpfe. »Es war zu herrlich! Ich habe die Zeit vergessen!«

Als ich mein Zimmer verlasse, muss ich schmunzelnd erkennen, dass er immer noch seine Jacke trägt. »Hast du noch nicht genug gearbeitet für heute?«, frage ich amüsiert.

Levi sitzt in voller Montur an einem der Holzstühle und mustert mich von oben bis unten. »Hätte ich nackt herumlaufen sollen, bis du unter der Dusche fertig bist?« Obwohl ich dieses Häuschen liebe, wurde bei einer Sache gepfuscht: Wenn einer duscht oder das Wasser in der Küche anstellt, muss der andere sich mit eiskaltem oder brühendheißem Wasser zufriedengeben.

Schulterzuckend lehne ich mich gegen meinen Türrahmen. »Gestört hätte es mich nicht.«

Sein rechter Mundwinkel zuckt, was mich im Innern jubilieren lässt. Obwohl ich ihn jetzt erst zwei Tage kenne, habe ich bereits herausgefunden, dass er seine Emotionen lieber unter einem mürrischen Blick versteckt. Wenn sein Körper dann die Kontrolle übernimmt, ist das wie ein kleiner Sieg.

»Na dann«, sagt er und schält sich vor meinen Augen erst aus seiner Jacke, die er achtlos auf dem Stuhl liegen lässt und steigt dann aus seinen matschigen Schuhen. Den Dreck, den sie hinterlassen haben, kann er nach der Dusche schön selbst wegkehren. Als er sich den Longsleeve über den Kopf stülpt, und mich dabei nicht aus den Augen lässt, versuche ich mir nicht anmerken zu lassen, wie sehr mir der Anblick gefällt. Seine Hose sitzt tief, sodass der Bund seiner Unterwäsche zu sehen ist.

»Du ...« Ich lasse den Blick über ihn wandern. »... hast da Scheiße an den Socken.«

»Sie waren ein Geschenk«, erklärt er sich.

»Nein, ich meine ...« Vorsichtig deute ich hinunter. Jetzt starren wir beide auf seine Socken, auf denen kleine Kackhaufen-Emojis uns freundlich angrinsen. »Da klebt wirklich Rentier-Scheiße dran.«

Zunächst verzieht er das Gesicht, zuckt dann jedoch seufzend mit den Achseln. »Ich vermute, ich bin nach diesem Tag abgestumpft, was das angeht.« Trotz seinen Worten bemüht Levi sich, nichts von dem Dreck auf dem Boden zu verteilen, während er zu seinem Badezimmer humpelt. Der Anblick ist zu köstlich.

***

Levi

»Das ist dein Ernst?«, will ich in dem Moment wissen, in dem Juna mir die Decke wegreißt und auffordernd vor mir steht. Den gesamten Nachmittag lagen wir auf dem riesigen Sofa und haben uns durch die verschiedensten Netflix-Serien gearbeitet. Unter »Netflix and Chill« verstehe ich zwar für gewöhnlich etwas anderes, aber der Tag war erstaunlicherweise schön. Juna ist ... einfach. Mit ihr kann man reden, man kann es aber auch lassen. Sie hört sich meine Meinung an, auch wenn sie eine andere hat. Und wenn sie es nicht versucht, ist sie wirklich lustig. Ihre Backkünste lassen allerdings zu wünschen übrig, weshalb ihre Plätzchen immer noch unberührt auf dem Tisch stehen, während sie mich gezwungen hat, eine neue Ladung für den Serien-Marathon zu backen.

Dass sie jetzt mit in die Hüften gestemmten Fäusten vor mir steht und mich auffordernd ansieht, finde ich hingegen überhaupt nicht schön. Obwohl ich zugeben muss, dass sie in ihrer Elf-Uniform unheimlich süß aussieht. Sogar spitze Ohren hat sie sich angeklebt und die Wangen mit viel zu viel Rouge bepinselt. »Ich habe doch gesagt, dass du mir etwas schuldig bist.«

»Aber ...« Ich strecke meine müden Glieder, sodass meine Knochen knacken. »Es ist doch schon dunkel.«

Ein Kichern stiehlt sich aus ihrem Mund, dann versucht sie gleich wieder einen strengen Blick aufzusetzen, was in ihrem Aufzug nicht wirklich zieht. »Dieses Argument zählt hier nicht, Grantel! Es ist immer dunkel.«

Stöhnend schiebe ich meine Beine von dem türkisenen Stoff des Sofas, der sich wohlbemerkt perfekt an meinen Körper angepasst hat, und zwinge mich in einen aufrechten Sitz.

»Du bist ein Monster!«, quengele ich, stütze dann jedoch meine Handflächen auf meine Oberschenkel ab und drücke mich hoch.

»Du wirst mir noch danken«, verspricht sie.

»Wenn dort, wohin du mich schleppst, kein Sofa auf mich wartet, bezweifle ich das stark.«

»Kein Sofa«, sagt sie kopfschüttelnd. »Aber Porridge.«

»Wow ... Porridge.« Meine Stimme trieft vor Sarkasmus, doch Juna lässt sich die Stimmung nicht verderben. »Was könnte es Besseres geben?«

»Sag ich doch! Und vielleicht ...« Sie beugt sich vor, sodass ihr Gesicht meinem ganz nah ist. Ich kann ihr Parfüm riechen. Es riecht blumig und gleichzeitig wild. Es passt zu ihr. »... wenn du Glück hast, kann ich dir sogar ein paar Stücke Schokolade hineinschmuggeln.«

»Etwa in den Porridge?«, frage ich und presse die Hände theatralisch gegen den Mund. »Das wäre ja ... ein Traum!«

»Idiot!« Lachend dreht sie sich um und lässt mich zurück. Noch weiß ich nicht, was genau sie vorhat, aber ich ahne Schreckliches.

Hätte sie mir vorhin nicht den Arsch gerettet, würden mich keine zehn Pferde aus dieser Hütte schleppen können und schon gar nicht, wenn es etwas mit anderen Menschen zu tun hat. Womöglich sogar Kindern, die mit großen Augen auf den Weihnachtsmann warten. Wüssten sie doch nur, wie enttäuschend dieses Treffen verlaufen wird. Und wenn sie es nicht heute Abend erkennen, dann werden sie sich spätestens dann verraten fühlen, wenn sie die Wahrheit erfahren. Es gibt keine Weihnachtswunder. Gab es nie und wird es nie geben: für keinen von ihnen ... keinen von uns.

Als Juna nun auch noch »Last Christmas« summt und aus ihrem Zimmer tänzelt, sich eine dicke rote Jacke mit weißen Plüschbommeln um die Schultern bindet, ist es endgültig um meine gute Laune geschehen. Wie konnte ich nur denken, dass ich heute von diesem Blödsinn verschont werde? Ich bin in dem verdammten Weihnachtsmann-Dorf! Mit Rentieren komme ich klar, die sind sogar ziemlich coole Zeitgenossen, aber Elfen und Porridge? Nee, lass mal!

Mit einer geschmeidigen Bewegung kommt sie vor mir zum Stehen und hält mir ihre Hand hin. »Komm schon! Wir sollten nicht zu spät eintreffen. Ich muss die Kinder begrüßen!«

Kritisch beäuge ich ihre Hand. Ob ich so tun könnte, als wäre ich krank? Ganz plötzlich? Ich räuspere mich und versuche mich an einem kläglichen Husten. Aber nicht einmal ich kaufe mir das ab, also verwerfe ich den Plan und ergebe mich meinem elendigen Schicksal. Ich lasse den Kopf in den Nacken fallen, während ich nach ihrer Hand greife.

»Hey, so schlimm wird es nicht. Versprochen.« Sie schenkt mir ein zuckersüßes Lächeln. »Und wenn doch, darfst du dir eine Strafe für mich ausdenken.«

»Du bist dir deiner Sache wohl ganz schön sicher«, antworte ich schmunzelnd. Irgendwie schafft sie es jedes Mal, mich davon abzuhalten, komplett in meiner Alles-ist-scheiße-Haltung zu versinken. Es ist nur fast alles scheiße.

Während sie tänzelt, schlurfe ich zu meinen Schuhen und schlüpfe vor mich hin murmelnd hinein. »Du läufst im Osterhasenkostüm herum … oder als Grinch.«

»Hm?« Sie öffnet die Tür, sodass der eisige Wind hineinweht und mich erschaudern lässt.

»Ich überlege mir schon mal die Strafe«, erkläre ich, doch sie stemmt nur erneut die Hände in die Hüften und taxiert mich.

»Du musst dem Abend schon eine Chance geben, Levi. Sonst wird das nie was.«

Blitzschnell stehe ich auf und salutiere vor ihr. »Aye, Aye, Captain!«

Während sie vor mir her durch den mittlerweile meterhohen Schnee hüpft, schließe ich die Tür hinter mir und wünschte, ich könne doch noch im letzten Moment wie eine Katze hineinhuschen und mich unter einem der Betten verstecken. Ich gebe dem Abend eine Chance. Dennoch male ich mir andere Bestrafungen aus, damit Juna sich so fühlt, wie ich mich in diesem Moment. Ich schließe zu ihr auf und versuche mit ihr Schritt zu halten. Ich habe noch nie einen Menschen gesehen, der so erpicht darauf ist, zur Arbeit zu erscheinen. »Hast du schon mal eine ganze Zwiebel verputzt?«

»Was?«

Ich winke ab. »Ach nichts.«

Zu allem Überfluss beginnt es in eben diesem Moment zu schneien. Und es ist nicht wie in London zehn Prozent Schnee und neunzig Prozent Regen. Die Flocken sind so dick, dass sie mir in Sekundenschnelle in den Wimpern und in meinen Haaren hängenbleiben. Wieso mache ich mir überhaupt die Mühe und klatsche haufenweise Haargel hinein?

»Oh, wie schön! Da freuen sie sich.«

»Wer?«, frage ich, während ich den Kragen meiner Jacke hochklappe.

»Na die Kinder!« Lachend dreht sie sich im Kreis und wirkt in ihren Klamotten und dem breiten Grinsen selbst ein bisschen kindlich.

Kurz frage ich mich, ob ich auch irgendwann so frei gewesen bin. Ich kann mich kaum daran erinnern ...

Nach ihrer kurzen Dreh-Einlage sind wir an einem hell erleuchteten Haus angekommen. Davor stehen verschiedenste Figuren im Schnee und lächeln uns mit ihren roten Wangen an. Vielleicht lachen sie mich aber auch aus. Irgendjemand hat eine ganze Schneemannarmee im Vorgarten erbaut und sie mit Schalen, Mützen und anderen Accessoires bestückt. An den Möhren, die für die Nasen missbraucht wurden, hätten die Rentiere sicherlich mehr Freude gehabt als diese Schneeklumpen.

Etliche bunte Lichterketten erhellen die Veranda, auf der bereits einige andere Elfen sitzen und uns freudig zuwinken. »Hey, Juna!«

»Kira!« Juna umarmt ein Mädchen, das seinen kurzen blonden Bob halb unter der riesigen Zipfelmütze versteckt. »Voll toll, dass wir heute zusammenarbeiten!«

»Find ich auch. Ist schon viel zu lange her.« Sie dreht sich in meine Richtung und hält mir die Hand hin. »Ich bin Kira.«

»Levi«, sage ich knapp und schüttle ihre Hand. Sie ist eiskalt, aber das scheint sie nicht zu stören.

»Freut mich. Bist du der Neue?«

Ich nicke stumm.

»Cool! Wie lang bleibst du denn?«, fragt sie, ehe sie sich wieder zu den anderen auf die Treppe setzt. Ob das ihr Job ist, da zu sitzen?

»Wenn es nach mir geht, nicht länger als nötig«, antworte ich kühl. Es verlangt mir einfach alles ab, hier zu sein. Mich jetzt noch um eine ordentliche Konversation zu scheren, ist undenkbar. Man geht davon aus, dass es das Normalste der Welt ist, sich mit jemandem zu unterhalten. Doch wenn alles in einem rebelliert, ist es schwer genug, seine Gedanken in eine Reihenfolge zu bringen, geschweige denn seine Worte.

»Levis Wagen ist in der Werkstatt«, erklärt Juna, während sie die Stufen hinaufgeht und sich die Handschuhe von den Fingern streift.

»Oje.« Kira wirft mir einen mitleidvollen Blick zu. »Mein Opa hat sein Auto letztes Jahr kurz vor Weihnachten abgeben müssen – Marder! Ich meine, wer denkt denn mitten im Winter an Marder?« Sie schüttelt lachend den Kopf. »Na ja, jedenfalls hat es doppelt so lange gedauert wie sonst!« Das Wort *doppelt* betont sie, obwohl mir allein der Satz schon gereicht hätte, um ein fades Gefühl in meiner Magengegend zu hinterlassen. Seufzend lässt sie sich neben ihren Freunden – oder Arbeitskollegen – nieder und klopft sich auf die Oberschenkel. Mit einem breiten Grinsen sieht sie zu uns hoch. »Wie auch immer. Vermutlich bleibst du uns doch länger erhalten, als du denkst. Männliche Elfen kommen echt gut an. Ein bisschen Abwechslung kann nie schaden.« Sie beendet ihren Satz mit einem Zwinkern.

Wenn ich vorher schon angespannt war, haben ihre Worte nur dazu geführt, dass ich jetzt jeden verdammten Muskel meines Körpers mit voller Wucht spüre. Juna scheint meine Anspannung zu spüren und legt mir ihre Hand auf die Schulter. »Alles okay?«

»Alles bestens«, presse ich zwischen den Zähnen hindurch.

Der Druck ihrer Finger wird stärker und als sich ihr Gesicht vor meines schiebt, zwingt sie mich, sie anzusehen. Ihre Haut ist so blass, dass die vor Kälte geröteten Wangen noch deutlicher hervortreten. Bis auf einen transparenten Gloss auf ihren Lippen ist sie ungeschminkt. »Lass uns reingehen, ja? Die Wärme wird dir guttun.« Mit einem aufmunternden Schmunzeln stupst ihr Fuß gegen meine Boots. »Und das Porridge ist echt der Hammer.«

Ich versuche mich zu entspannen. Ich versuche zu atmen, doch die Enge in meiner Brust und meinem Hals machen es mir unmöglich. Der Sauerstoff muss sich einen mühsamen Weg zu meinen Lungen kämpfen. Ein knappes Nicken muss genügen.

Doch es reicht, damit Junas Lächeln ein wenig zufriedener wird. Sie lässt ihre Finger an meinem Arm herunterwandern und umfasst meine stockstarre Hand. Obwohl ich nicht der Typ bin, der mit

Mädchen Händchen hält, fühlt sich diese Geste nicht unangenehm an. Es fühlt sich nicht einmal romantisch an. Viel eher ist es so, als wolle sie mir mit dieser Berührung Halt geben … und das tut sie. Auf eine merkwürdige Art und Weise.

Vorangehend zieht sie mich hinter sich her in das Blockhaus, das im Innern kein bisschen kitschig ist. Das überrascht mich allerdings. Die ganze Hütte besteht aus Holz. Die Böden, die Decken, die Wände, ja sogar die Lampen. Überall befinden sich Sitzgelegenheiten und es riecht nach Weihnachten: Plätzchenduft, Feuer aus dem Kamin, die große Tanne in der Mitte des Saals, die die einzige Farbquelle in diesem Raum bietet. Nein, das stimmt nicht. Hier und da blitzen rote Mäntel, Mützen und Schuhe auf. Elfen wie Juna und ich, welche tatkräftig Tabletts vor sich hertragen, mit dem Besen den Boden kehren oder sich einfach kichernd durch den Raum jagen. Ich frage mich, ob das hier schon ein Teil des Schauspiels sein soll, oder ob diese Leute echt so viel Spaß an ihrem Job haben. Vielleicht sind sie aber auch alle geisteskrank und glauben tatsächlich, sie seien Elfen.

Einige von ihnen winken Juna zu und sie winkt jedem grinsend zurück, während sie sich den Mantel von den Schultern gleiten lässt und an einen Haken hängt, über dem ihr Name zu lesen ist. »Du hast deine eigene Garderobe«, sage ich anerkennend. Mein Satz entlockt ihr ein Kichern. Ein Laut, der mir viel zu gut gefällt.

»Du solltest mal mein Büro sehen«, antwortet sie verheißend, macht drei Schritte zum Fenster, wo sie sich auf der breiten Fensterbank niederlässt, den Kopf in den Nacken fallen lässt und die Arme ausbreitet. »Tada!«

Schmunzelnd stoße ich die Luft auf. »Sag bloß, du hast auch deinen eigenen Parkplatz.«

Juna sieht sich verschwörerisch um, ehe sie sich einen Finger vor den Mund schiebt und mir andeutet, näher zu kommen. Ich gehe auf sie zu, bücke mich zu ihr herab und nähere mich ihrem Gesicht. »Die anderen dürften nicht erfahren, dass ich Frau Weihnachtsmanns Liebling bin.«

»Frau ...« Irritiert stelle ich mich wieder gerade hin und hebe eine Augenbraue. »Also ist das nicht die Hütte von ...«

»Dem Weihnachtsmann?«, frage sie und beantwortet sich ihre Frage gleich darauf selbst mit einem Kopfschütteln. »Nein, nein. Den großen Boss lernst du heute noch nicht kennen.«

Ihre Worte beruhigen meine aufgewühlte Gefühlswelt. Endlich löst sich auch die Enge in mir und ich kann wieder durchatmen. »Okay«, hauche ich.

Gegen seine Frau hege ich nicht so einen Groll wie gegen ihn. Sie hat mir nie etwas getan. Sie hat mir nie falsche Hoffnungen gemacht. Sie erinnert mich nicht an all das, was ich verloren habe.

»Ich bin bald soweit!«, höre ich plötzlich eine weiche, aber bestimmte Stimme und im nächsten Augenblick taucht eine ältere Frau mit grauen Haaren, einer runden Brille und einem ausladenden, roten Kleid auf.

»Lasst sie schon einmal herein.« Ich frage mich, ob die Brille und die Haare echt sind, da ist Juna schon von ihrem Platz aufgesprungen und hilft den übrigen Elfen, die letzte Unordnung zu beseitigen. Im nächsten Augenblick steht sie neben mir und deutet auf meine Schuhe. »Ich hoffe, du hast dir neue Socken angezogen.«

Zögernd senke ich den Blick. »Ähm ... wieso?«

Ihr Mundwinkel zuckt. »Wir ziehen alle die Schuhe aus.«

»Etwa alle?«, frage ich verblüfft. Ich ziehe meine Augenbrauen zusammen, sodass eine tiefe Furche zwischen meinen Augen entsteht. Nur zu gut kenne ich diesen Anblick, denn oft ist genau das mein normaler Gesichtsausdruck und meine Freunde machen sich einen Spaß daraus, eben diese Momente von mir mit dem Handy festzuhalten. Ich habe echt die besten Freunde der Welt ... Also weiß ich, in was für ein Gesicht Juna eben in diesem Moment blickt. In eines, das aussieht, als hätte es jemand in zwei Hälften schneiden wollen, nach dem oberen Teil jedoch die Lust daran verloren.

Juna nickt. »So ist es gemütlicher.«

»Das ist widerlich!«, widerspreche ich.

»Familiär.« Sie schlüpft aus ihren Schuhen und präsentiert in weiße Socken verpackte, zierliche Füße.

»Stinkend.« Ich schüttele den Kopf, während die übrigen Elfen es Juna gleichtun, bis eine Reihe aus roten Schuhen aneinandergereiht neben der Tür entsteht.

»Soll ich dir helfen?«, fragt sie und geht vor mir auf die Knie.

»Was?«, jauchze ich, ehe ich sie an den Schultern schnell wieder hochziehe. »Nein!«

Sie sieht mich mit schräggelegtem Kopf an. »Du hast gesagt, du gibst dem Abend eine Chance.«

»Aber doch nicht so!«, stoße ich frustriert aus und verschränke die Hände in meinem Nacken. »Das ist doch lächerlich!«

»Es ist lächerlich, weil du es dazu machst!«, belehrt mich Juna mit einem Ton, den ich bisher noch nicht an ihr gehört habe. »Bitte! Die Kinder kommen gleich rein.«

Weil ihr Blick so flehentlich ist – und nur deswegen! – schlüpfe ich murrend aus meinen dunkelbraunen Boots, die unter sich bereits eine Pfütze hinterlassen haben und sehe Juna eindringlich an. »Zufrieden?«

Ihr Lächeln ist zurück. Und es wirkt so zufrieden wie nie zuvor. Tiefe Grübchen haben sich in ihren Wangen gebildet. »Sehr.«

***

Juna

Geborgenheit.

Das ist das Gefühl, was ich bei meiner Arbeit empfinde. Und wer kann so was schon behaupten? Während ich Levi zu einem Platz an der Bank geführt habe, wo er nun sitzt und den Blick kritisch durch den Raum wandern lässt, habe ich mich auf meinem eigenen am Fenster positioniert und wippe beschwingt mit den Füßen zur Musik. Kira hat vor wenigen Sekunden die Tür mit einer einladenden Bewegung geöffnet und lässt die ersten kleine Gäste hinein. Mit großen Augen sehen die Kinder sich um, während typisch finnische Weihnachtslieder ertönen. Als wäre es das Selbstverständlichste auf der Welt, schlüpfen die Kleinen aus ihren Schuhen. Manche brauchen dabei Hilfe von ihren Eltern, doch kein einziges löst seine Blicke von dem riesigen Weihnachtsbaum. Jeden Abend, wenn die Kinder hineinkommen, ist er noch kahl, doch gemeinsam schmücken wir ihn, bis er in voller Pracht erstrahlt. Und jedes Mal sieht er anders aus. Aber immer ist er kunterbunt, voller Leben, voller Träume, voller Hoffnungen. Wir machen ein Bild von ihm und schicken es jeder Familie zu. Bevor wir ihn dann am nächsten Morgen wieder abhängen. Er ist wie das Leben: Es beginnt jeden Tag von vorne und hat jeden Tag die Chance, auf seine Art und Weise wunderschön zu werden. Abgesehen vom Baum ist auch Frau Weihnachtsmann die Attraktion des Abends, die in diesem Moment noch auf ihren Einsatz wartet. Den liebe ich am meisten. Wenn die Kinder schreien, lachen, manchmal sogar vor Glück weinen. (Meistens jedenfalls.)

Als mein liebstes, finnisches Weihnachtslied angestimmt wird, hüpfe ich auf meinem Platz auf und ab und beginne mich im Takt zu bewegen und die Zeilen von *Joulupukki, Joulupukki* mit zu trällern. Als ich Levis Blick auf mir spüre, suche ich ihn und winke ihm über die hereinströmenden Kinder zu. Er lächelt schwach, doch es erreicht seine Augen nicht. Und zum ersten Mal frage ich mich, ob das hier vielleicht doch keine so gute Idee war. Ich weiß nicht, wieso er Weihnachten so verabscheut. Meine Bewegungen werden schleppender, bis eines der Kinder genau vor mir stehen bleibt und mich mit großen Augen mustert. Augenblicklich setze ich wieder mein strahlendes Lächeln auf und berühre mit dem Finger einen der beiden blonden Zöpfe des Mädchens. »Die sehen ja toll aus!«

»Danke!« Sie bietet mir die Sicht auf eine süße Zahnlücke. »Die hat meine Mama geflochten!« Ruckartig dreht sie sich um und winkt eine Frau zu sich, die sich gerade angeregt mit einer anderen Mutter unterhält. »Mama! Mama! Ich habe eine Elfin kennengelernt!« Ihre Mutter bedenkt die Kleine mit einem Blick, den viele Eltern haben, wenn sie ihre Kinder ansehen. Stolz und unendliche Liebe. Ihre Augen schimmern im seichten Licht des Kamins und dunkle Schatten legen sich um ihren Mund, wo ihre Lachfältchen zum Vorschein kommen. Sie zieht einen dünnen Cardigan enger um sich, als sie neben ihrer Tochter in die Knie geht und einen Arm um sie legt. »Kann ich auch eine Elfe werden, wenn ich groß bin?« Mein Herz wird schwer bei dem Anblick, doch es lacht in gleichen Augenblick. Meine Oma war damals mit mir hier, weil sie mir den Zauber des Weihnachtsfestes näherbringen wollte.

»Weißt du was?« Ich stemme mich mit den Ellenbogen auf meine Oberschenkel ab und beuge mich zu dem Mädchen vor. Sie spitzt die Ohren. »Als ich so klein war wie du, wollte ich unbedingt Elf werden und …« Ich deute mit beiden Armen um mich. »Mein Traum ist in Erfüllung gegangen.« Ich schließe meine Augen. »Mach mit!« Ich öffne prüfend ein Auge und sehe, wie sie ihre Lider aneinanderpresst. »Du musst nur ganz fest daran glauben, dann kannst du alles werden, was du willst.« Ich greife nach meiner Mütze und setze sie ihr behutsam auf. Als sie die Augen im nächsten Moment weit aufreißt, nehme ich mir eine Handvoll Glitzer, den ich immer in meiner Tasche habe, und lasse ihn über sie rieseln. »Siehst du? Das war Sternenstaub.« Mit meinem Finger stupse ich ihre Nasenspitze an, sodass sie kichert. »Und der Sternenstaub wird dir alle deine Wünsche erfüllen.«

Ein kaum wahrnehmbares »Wow« verlässt ihren Mund, ehe sie gemeinsam mit ihrer Mutter zu einem der Tische geht. Und während sie ihrem Vater ganz aufgeregt erzählt, was soeben passiert ist und dabei immer wieder von der Mütze auf ihrem Kopf auf mich deutet, spüre ich Levis Blick, der wieder an mir heftet. Dieses Mal ist er weder genervt noch kritisch, sondern traurig. In seinen Augen liegt so viel Schmerz, dass ich am liebsten zu ihm gehen und ihn in den Arm nehmen würde. Doch im selben Moment höre ich das Kreischen der Kinder.

Sie ist da.

Statt Weihnachtsliedern spielt jetzt Venla, eine der anderen Elfen, auf dem Piano leise Töne, die Frau Weihnachtsmann bei ihrem Einzug begleiten. Alle Blicke sind auf sie gerichtet. Sie nimmt diesen Raum vollkommen für sich ein. Ihre anmutigen Bewegungen, die Liebe, die sie ausstrahlt und die lauten wohlüberlegten Worte, mit denen sie die Gäste begrüßt. Man spürt die Energie, die wir alle ausstrahlen. Die Ruhe, die Vorfreude, das Glück. Die Energie wabert nur so durch die Luft, umfüllt jeden Millimeter und taucht in jeden von uns wieder ein. In jeden, bis auf Levi vielleicht, der immer verbissener aussieht. Es scheint ihm miserabel zu gehen. Obwohl ich mich um die Bespaßung der Kinder kümmern soll, tänzle ich durch den Raum auf ihn zu und lasse mich im Schneidersitz neben ihm nieder. Offensichtlich versucht er mich damit zu bestrafen, dass er mich schlicht und ergreifend ignoriert und den Blick starr an die Decke richtet. Doch ich bleib hartnäckig und rutsche ein Stückchen näher zu ihm heran. Allerdings habe ich nicht damit gerechnet, dass Levi genauso starrköpfig ist wie ich. Ich lehne mich vor, sodass meine Brust beinahe seine Schulter berührt. »Er ist fürchterlich, nicht?«

»Hm?« Levis Kopf zuckt in meine Richtung, doch er bleibt immer noch regungslos sitzen.

»Der Kronleuchter«, expliziere ich und deute mit der Hand an die Stelle, die er die letzten Minuten nicht aus den Augen gelassen hat. Ich setze mich um und hocke nun auf den Knien neben ihm. Auch, wenn ich ihn noch immer nicht berühre, kann ich jeden seiner Atemzüge hören. »Er ist alt und verstaubt und vermutlich funktioniert er nicht einmal mehr und doch lassen wir ihn hängen. Weil er schon immer da war.« Schwer schluckend senke ich den Kopf. Ich will ihm nicht zu nahe zu treten, aber es bricht mir das Herz, gute Menschen so leiden zu sehen. Und Levi ist ein guter Mensch. »Es ist schwer, sich von etwas zu trennen, was man kennt. Auch, wenn es längst Zeit für etwas Neues wäre. Ich ...« Zögerlich befeuchte ich meine Lippen. »Ich weiß nicht, was dein Kronleuchter ist, Levi, aber vielleicht ist es an der Zeit, ihn gegen etwas Schöneres auszutauschen?«

»Etwas Schöneres?«, wiederholt er skeptisch. »Juna, du hast keine Ahnung, wovon du da redest.«

Ich beiße mir auf die Zunge und schüttele den Kopf. »Nein ... du hast recht, ich weiß es nicht. Aber ...« Mit schiefgelegtem Kopf lächle ich ihn an. »Vergangenes ist vergangen. Du kannst es nicht ungeschehen machen. Aber du kannst ändern, wie du dich damit fühlst.« Seine Augen nehmen meine gefangen und neben dem Schmerz darin erkenne ich auch Wut und Hoffnungslosigkeit. Er glaubt mir nicht und das ist das Schlimmste daran. Denn niemand, mag die Anstrengung auch noch so groß sein, kann jemand anderem seine Last abnehmen, wenn er sie sich selbst immer wieder von Neuem auferlegt.

Sachte lege ich eine Hand auf Levis Knie, das keine Sekunde der letzten Minuten stillstand.

»Ich hol dir jetzt Porridge, okay?«

»Mit Schokolade?«, fragt er leise.

»Mit extra viel Schokolade ...«

***

Levi

Obwohl Junas Worte mich zum Nachdenken angeregt haben, ist die Situation dennoch dieselbe. Ob ich einen alten, verstaubten Kronleuchter in mir trage? Verdammt, es sind sogar drei! Und ich will keinen davon auf den Sperrmüll werfen, weil ich nicht weiß, was ich ohne sie sein soll. Während sie ihr Versprechen auf einen Porridge wahrmacht, versuche ich meines einzuhalten und dem Abend eine Chance zu geben. Ich konzentriere mich auf die Rede der Dame im roten Kleid und stelle mir vor, dass sie einfach nur irgendeine alte Frau ist, die gerne Geschichten erzählt. Vielleicht kann ich ja einige Worte austauschen und meine eigene Interpretation daraus machen. Aus »mein Mann« mache ich »mein Kater«. »Er liebt alle Kinder« wird zu »er isst gerne Fisch.«

Irgendwann wird es jedoch immer schwerer, meine Version mit logischen Übersetzungen fortzuführen, weshalb ich es lasse und mich auf die Tischdecke vor mir fokussiere.

Langsam lasse ich meine Finger über das Häkeldeckchen gleiten und versuche alles um mich herum auszublenden. Als ich jedoch das Wort »Weihnachtswunder« aufschnappe, rolle ich knurrend mit den Augen.

»Also bitte! Was für ein Blödsinn!« Der kleine Junge, der neben mir sitzt, dreht sich mit weit aufgerissenen Augen in meine Richtung. Ich will ihm sagen, dass das hier alles Zeitverschwendung ist und man lieber realistisch bleiben soll …

»Hey, hier ist dein Porridge!«, flötet Juna und lässt sich neben mich fallen. Sie stellt eine Schüssel vor mir ab und beugt sich dann hinüber zu dem kleinen Jungen. »Und eine für dich.« Sie schirmt ihren Mund mit der Hand ab, um zu verdeutlichen, dass die folgenden Worte nicht für meine Ohren gedacht sind. »Psst! Sag diesem Stinkstiefel neben dir nichts, aber du hast mehr Schokolade drin als er.« Ein Schmunzeln entsteht auf dem Gesicht des Jungen, ehe er sich einen großen Löffel Porridge in seinen Mund stopft. Meine Worte sind vergessen.

»Du hast wohl ein Talent dafür, in prekären Situationen aufzutauchen«, murmele ich.

Juna nimmt den Löffel und legt ihn mir in die Hand. »Du meinst, ich habe das Talent, dich aus törichten Situationen herauszuholen.«

Erstaunt hebe ich eine Augenbraue. Doch bevor ich etwas sagen kann, berührt sie mich am Handgelenk und führt die Hand zur Schüssel, als wisse ich nicht, wie man isst. »Was … wird das?«

»Ich stand Stunden lang in der Küche, um dir dieses Essen zu kochen.« Obwohl ihre Kochkünste zu wünschen übriglassen und es daher gut vorstellbar wäre, dass sie für Porridge Stunden brauchen würde, weiß ich, dass ihre Worte Ironie sind. Ihre Finger schließen sich noch fester um mein Handgelenk, während der Löffel im Porridge eintaucht und langsam gemeinsam mit meiner Hand zu meinem Mund schwebt. Ein Teenager-Mädchen beobachtet meine Lage mit geschürzten Lippen und vor der Brust verschränkten Armen. Vermutlich ist sie genauso glücklich über ihren Aufenthalt an diesem Ort wie ich. Während ihr kleiner Bruder ungeduldig auf seinem Platz herumzappelt, sinken ihre Mundwinkel immer weiter Richtung Erde. Ich frage mich, ob ich genauso griesgrämig aussehe. Ich öffne den Mund und während Juna mir den Löffel hineinschiebt, wende ich den Blick von dem Mädchen zu ihr. Kauend beobachte ich sie. Ihre blauen Augen, um die sich bereits in ihrem jungen Alter Lachfältchen bilden. Die Mundwinkel, die immer nach oben gerichtet sind. Ob sie auch beim Schlafen lächelt? Oder beim Küssen? Ich erwische mich bei dem Gedanken, wie es wohl wäre, sie zu küssen.

Die Lippen, die ich bis eben angestarrt habe, bewegen sich. »Und? Was denkst du?«

»Hm?«

»Der Porridge«, erklärt sie kichernd.

»Schokoladig«, berichte ich und versuche mich von ihrem Mund loszureißen. Ich benehme mich wie ein pubertierender Junge. »Es schmeckt gut. Hast du das wirklich selbst gemacht?«

Sie schnalzt mit der Zunge, lässt meine Hand los und lehnt sich zurück. »Was denkst du denn?« Juna zieht ein Bein auf die Bank und umklammert es mit ihren Armen. Weil ich weiß, dass ich nur falsch antworten kann, sage ich nichts und lasse einen weiteren vollbeladenen Löffel in meinem Mund verschwinden. Wenn ich kaue, kann sie unmöglich eine Antwort erwarten. Das wäre ja sonst unhöflich.

Juna beobachtet mich dabei, wie ich meine Schüssel Löffel für Löffel leere und so langsam habe ich die Befürchtung, dass sie mir etwas ins Essen gemacht hat. Wieso sonst sollte sie so besessen darauf sein, dass ich aufesse? Den Kopf hat sie auf ihr angezogenes Knie gelegt.

»Willst du noch Nachschlag?«

Ich lecke mir über die Lippen, schüttele allerdings den Kopf. »Aber …« Ich sehe mich um. Während die meisten Leute noch aufessen, wuseln überall Elfen herum, die Teller wegräumen, um die Tische tanzen oder Zuckerstangen als Dekoration an die Wände hängen. »… müsstest du nicht arbeiten?«

Juna lehnt sich vor, macht jedoch keine Anstalten aufzustehen, und versetzt mir einen sanften Stoß gegen die Schulter. »Tue ich doch.«

Das Klingeln mehrerer Glöckchen ertönt und ehe ich mich versehe, hat Juna mich bei der Hand genommen und in den Stand gezogen. Sie steht nun auf der Bank und überragt mich um einen Kopf. Auch die übrigen Elfen versuchen die Gäste zum Aufstehen zu bewegen. Mein Blick zuckt zu dem Mädchen, das immer noch mit verschränkten Armen auf ihrem Platz hockt und nun die Augen rollend tiefer auf ihrem Stuhl hinabsinken lässt. Weil ich erkenne, dass ich nicht sie sein will, widerstehe ich dem Drang, mich wieder hinzusetzen. Ich bin kein pubertierendes Gör.

»Was passiert jetzt?«, frage ich mit einem mulmigen Gefühl im Bauch.

»Wir tanzen«, antwortet Juna flötend und beginnt ihre Hüften kreisen zu lassen. Sie dreht sich um die eigene Achse, während sich zu den Glöckchen weitere Instrumente gesellen und langsam zu einem richtigen Orchester heranwachsen.

Die Leute neben mir beginnen sich ein wenig unbeholfen zu bewegen und erinnern mich an diese fürchterlichen hawaiianischen Figuren, die manche Menschen sich hinten auf die Hutablage ihres Autos stellen. Würden sie Baskenröcke tragen und eine Blumenkette um den Hals, wäre das Bild identisch.

Nachdem Juna sich um 360 Grad gedreht hat und wieder vor mir steht, greift sie erneut nach meiner Hand und dirigiert mich zum Rand der Bank, wo sie mit einem eleganten Hopser hinunterspringt. Ihre Hand ist warm und liegt perfekt in meiner, doch daran will ich jetzt nicht denken. Das ist der einzige Gedanke, der mich davon ablenkt, wie gerne ich hier verschwinden würde. »Ich kann nicht tanzen«, versuche ich mich aus der Situation heraus zu manövrieren.

»Jeder kann tanzen.« Immer weiter zieht sie mich hinter sich her, bis wir in der Mitte des Raums ankommen, wo sich die ersten Kinder wild und lachend um die eigene Achse drehen. Juna bewegt sich anmutig und grazil, während ich mich fühle wie der berüchtigte Elefant im Porzellanladen. Stocksteif stehe ich da und wünsche mir, dass sie den hoffnungslosen Fall in mir erkennt und mich ziehen lässt. Doch da habe ich sie eindeutig falsch eingeschätzt, denn statt mich auf meinen Platz zu entlassen, legt sie ihre Hände an meine Hüfte und versucht ein wenig Mobilität in meinen Körper zu zaubern. Ich fühle mich völlig behämmert. »Was zur Hölle tust du da?«

»Ich versuche dir deine ganz eigene Tanzart hervorzulocken!«, erklärt Juna, während sie immer noch an meiner Hüfte zugange ist und sich langsam zu meinem Oberkörper heraufarbeitet.

»Meine Tanzart beschränkt sich darauf, mit einem Bier in der Hand an der Bar zu stehen und hin und wieder mit dem Kopf zur Musik zu wippen«, gebe ich zu verstehen.

»Mach dich locker, Grantel!« Ich will mich umsehen, um herauszufinden, vor wie vielen Menschen ich mich gerade blamiere, doch da löst Juna ihre Hände von meinem Bauch, um sie an mein Gesicht zu pressen und mich zu zwingen, sie anzusehen. »Niemand sonst ist wichtig, okay? Nur du zählst. Es kann dir egal sein, was hier irgendjemand über dich denkt.«

Ihre hellblauen Augen bewegen sich hektisch hin und her, weil sie versucht mir in beide Augen gleichzeitig zu sehen und auf einmal wird mir klar, dass sie recht hat. Doch während ich die Gedanken an die übrigen Besucher aus meinem Kopf verbanne, ist mir plötzlich wichtig, was sie denkt. Nie zuvor hat sich jemand so große Mühe gegeben, mich aus meiner Reserve zu locken. Die meisten Menschen akzeptieren recht schnell, wenn ich lieber zurückgezogen irgendwo sitze, statt Spaß zu haben. Und weil ich weiß, dass ich ihr eine Belohnung für ihre Standhaftigkeit geben will, atme ich tief durch und beginne mich zu bewegen. Unrhythmisch und ein wenig so, als wäre ich eine Maschine, aber es zaubert Juna ein Lächeln auf die Lippen und mit diesem bewegen sich auch meine Mundwinkel nach oben.

»Siehst du!« Sie hüpft triumphierend auf der Stelle. »Du bist nicht gerade John Travolta oder Michael Jackson, aber jeder fängt mal klein an.«

Ich würde nicht behaupten, dass ich mich wohl dabei fühle, vor so vielen fremden Menschen zu »tanzen«, doch es wird mit jeder Minute besser. Die kritischen Gedanken verblassen und die Schwere in meiner Brust wird leichter. Ich habe schon von Tanz-Therapie gehört, aber es nie ernstgenommen. In diesem Augenblick verstehe ich es. Ich lasse sie raus, meine Ängste, meine Sorgen, meine Gedanken. Da sind nur mein Körper, meine Bewegungen, nur ich … und sie.

***

Juna

Ich kann meine Augen nicht von ihm lassen. Levi bewegt sich nicht wie ein Gott. Nicht einmal wie ein Mensch, aber je länger er tanzt, umso entspannter wirkt sein Körper. Die Muskeln um seinen Mund wirken gelockert, seine Mimik ganz entkrampft. Vor fünf Minuten hat er die Augen geschlossen. Meine Hände liegen in seinen, während wir uns zur Musik bewegen und alles herauslassen, was uns auf den Herzen liegt. Mein Blick wandert zu den Brandnarben an seinem Hals und ich frage mich, ob sie etwas mit seiner Verschlossenheit zu tun haben. Ich würde ihn gerne fragen, doch sogar ich habe so viel Anstand, dass ich ihm diese Frage nicht zumuten würde. Obwohl es sich nicht anfühlt, als kennen wir uns erst zwei Tage, ist es so. Wir sind praktisch Fremde. Auch wenn die Vertrautheit, die ich empfinde, mir etwas anderes sagt. Levi öffnet erst wieder seine Augen, als die Musik abebbt, doch bevor er sich mir wieder verschließen und sich auf seinen Platz zurückziehen kann, ziehe ich ihn hinter mir her zu einem der Tische in der Ecke des Raums hinter dem Weihnachtsbaum.

Er wirkt misstrauisch, aber gleichzeitig neugierig. Ein ganz neuer Anblick bei ihm. »Was wollen wir hier?«, fragt er, doch ich hebe den Finger, um ihn zum Schweigen zu bringen.

»Es ist soweit!«, verkündet Frau Weihnachtsmann mit ihrer warmen, einnehmenden Stimme und zieht die Aufmerksamkeit des gesamten Raums auf sich. »Es ist Zeit uns darüber klarzuwerden, was wir uns wirklich wünschen. Weihnachten ist die Zeit der Liebe, der Güte und der Wunder.« Mit einer anmutigen Bewegung dreht sie sich in unsere Richtung und deutet an die Tische, vor denen wir nun stehen. »Schreibt eure Wünsche auf. Keiner ist zu groß oder zu klein. Schreibt alles auf und hängt sie an den Baum.«

Dies ist meine Lieblingstradition und ich freue mich jeden Abend darauf, in die Gesichter der Menschen zu sehen und darin all die Hoffnung zu erkennen, die sie ans Licht bringen. Mein Blick zuckt zu Levi. Sämtliche Farbe ist aus seinem Gesicht verschwunden.

»Was soll das?«, presst er atemlos hervor.

»Schreib dein Wunder auf«, erkläre ich flüsternd.

»Es gibt keine Wunder.« Immer noch ist seine Stimme nur ein Hauchen.

Ich stelle mich zwischen ihn und die langsam näherkommenden Leute. Ich zwinge ihn, mich anzusehen. »Hey.« Ich versuche mich an einem behutsamen Lächeln. »Es gibt doch sicher etwas, was du dir wünschst. Was hast du schon zu verlieren?«

Ein verächtliches Lachen verlässt seine Kehle. »Nichts. Ich habe schon alles verloren.«

Ich spüre den Schmerz in diesen Worten und wünschte, ich könnte ihn ihm erleichtern. Also lasse ich meine Hand zu seiner sinken und umschlinge seine Finger mit meinen. »Versuch es wenigstens. Manchmal tut es gut, einfach aufzuschreiben, was einen belastet.«

»Du hast deine Berufung verfehlt«, erwidert er. Im schummrigen Licht des Feuers erkenne ich, wie sein Kehlkopf hüpft.

»Ich weiß«, sage ich schulterzuckend. »Aber ich bin mit Leib und Seele Elf.«

»Willst du das ewig machen?« Ich weiß, dass er nur von sich ablenken will, aber das ist okay.

»Vielleicht übernehme ich irgendwann ihren Job«, sage ich schwärmend und deute auf Frau Weihnachtsmann, die gerade Plätzchen verteilt.

Levi schmunzelt. »Du willst der netten Dame ihren Mann ausspannen? Du solltest dich schämen.«

Abermals lasse ich meine Schultern hüpfen. »Eine Frau muss Prioritäten setzen.«

»Biest.« Levi schüttelt den Kopf, ehe er sich zu den Papierschnipseln auf dem Tisch hinunterbeugt und zitternd nach einem Kugelschreiber greift. Obwohl mich brennend interessiert, was genau sein größter Wunsch ist, drehe ich mich um und lasse ihm seine Privatsphäre.

Ich schließe die Augen und verleibe mir die Energie dieses Ortes ein. Dieser Raum hier kennt so viele Träume, so viele Ängste, so viele Wunder und so viel Liebe. Er besteht aus reiner Energie. Er besteht aus all dem, was die Menschen in ihrem Alltag vergessen – All dem, was so wichtig für uns ist und wir so dringend wieder erkennen und Platz verschaffen müssen.

Kapitel 5

18. Dezember

Levi

Ich sehe absolut bescheuert aus. Das Wetter draußen vor meinem Fenster passt sich meiner Miene im Spiegel an. Wer hat sich so ein Outfit nur ausgedacht? Ich habe nichts gegen Uniformen. In der Schule musste ich auch eine tragen, doch das karierte Muster von damals kommt mir im Vergleich zu diesem Albtraum in rot und grün wie ein Designerstück vor. Die leichte Bewegung meines Fußes reicht, damit diese idiotischen Glöckchen an meinem Schuh bimmeln. Ich kann mich also nicht einmal unbemerkt davonschleichen. Sie gleichen Fußfesseln, die mich daran hindern sollen, mein Gefängnis zu verlassen. Die Metapher kommt mir sehr passend vor. Wenn es auch keine Gitterstangen sind, die mich an meine Misere erinnern, sondern Zuckerstangen.

»Na?« Meine Zimmertür öffnet sich einen Spalt und Juna steckt ihren Kopf mit den spitzen Elfenohren hinein. Ihre Wangen leuchten rot. Ob wegen der Wärme in der Hütte oder Rouge, weiß ich nicht. Ich jedenfalls wehre mich mit Händen und Füßen dagegen, mir das Gesicht zuzukleistern. Dann bin ich eben ein kranker Elf ohne Farbe auf den Wangen. Damit müssen die Kinder leben. »Bist du bereit für deinen ersten richtigen Tag als Elf?«

»Klar«, antworte ich sarkastisch. »Ich kann mir nichts Besseres vorstellen.«

»Supi!« Keine Ahnung, ob sie mir diesen Schwachsinn wirklich abkauft oder ob sie einfach keine Lust hat, mit mir zu diskutieren. Ich jedenfalls bin nicht gerade in Plauderlaune. Um mich jedoch von der Schmach meines Anblicks abzulenken, gehe ich auf sie zu und greife nach der Türklinke. Sie macht einige Schritte zurück und sieht mich an. Weil sie ein paar Zentimeter kleiner ist als ich, muss sie zu mir aufsehen. »Wo bist du heute eingeteilt?«, frage ich. Irgendwie muss ich mich ablenken, bis ich arbeiten muss.

»Ich bin heute in der Welpenschule«, verkündet sie mit einem Leuchten, das dem der Sonne, die hier viel zu selten zu sehen ist, Konkurrenz machen könnte.

Lässig lehne ich mich gegen den Türrahmen und beobachte sie. »Welpenschule, aha.«

»Jap.« Sie lässt mich stehen, um zu dem Holztisch zu laufen und sich mit beiden Händen hochzuhieven. »Mein Job besteht also darin, Kindern und Welpen beim Spielen zuzusehen.«

»Klingt nicht besonders spannend.« Abwartend lasse ich den Blick über den Raum gleiten. Obwohl ich das nie für möglich gehalten hätte, finde ich Gefallen an dieser Hütte. Flur, Küche, Wohn- und Esszimmer sind ein zusammenhängender Raum. Für gewöhnlich bin ich ein Mensch, der seine Privatsphäre sehr zu schätzen weiß, aber das hier verströmt eine ungeahnte Gemütlichkeit. Es gefällt mir, dass ich Juna beim Kochen zusehen kann, während ich auf dem Sofa hocke und durch irgendwelche finnischen Serien zappe. Oder ihre Stimme bis in mein Zimmer höre, wenn sie bei irgendeinem Song mitsingt. Meist ist es nicht gerade in der richtigen Tonlage oder mit dem richtigen Text, aber mit unfassbar viel Gefühl.

»O doch!« Sie wandert mit ihren Händen nach hinten, sodass sie beinahe an der Mitte des Tisches ankommen und lässt sich in einen bequemen Sitz sinken. Verträumt lässt sie den Blick nach oben wandern, während ihre Füße sich vor und zurück bewegen und mit jeder Bewegung die Glöckchen zum Klingen bringen. »Es ist das Beste!« Seufzend lässt sie sich nun mit dem Rücken auf den Tisch fallen.

»Hast du ein Haustier?«, fragt Juna mich.

Ich schüttele den Kopf. Meine Tante arbeitet viel und sie wollte keinem Tier zumuten, den ganzen Tag in ihrer kleinen Zwei-Zimmer-Wohnung vor sich hinvegetieren zu müssen.

»Dann solltest du mich besuchen!«, schlägt sie euphorisch vor.

Ich zucke mit den Schultern. Vermutlich werde ich nach meinem Tag nur noch ins Bett fallen und versuchen zu schlafen.

»Mensch, Grantel!« Mit einem Zungenschnalzen setzt sie sich wieder auf und springt vom Tisch. »Wenn nicht einmal Hundewelpen dein kaltes Herz erwärmen, dann bist du ...«

»Ein hoffnungsloser Fall«, ergänze ich ihren Satz. Und sie hat nicht unrecht. Ich habe selbst schon oft daran gedacht, dass bei mir alle Hoffnung verloren ist.

Juna legt den Kopf schief. »Eine größere Herausforderung als gedacht. Das wollte ich eigentlich sagen.«

Plötzlich steht sie mir so nahe, dass ich nur meine Hand ausstrecken müsste, um sie zu berühren. Ihre Augen wandern über meinen Körper.

»Wieso eigentlich Grantel?«, stelle ich die Frage, die ich mir selbst schon von Anfang an gestellt habe.

Juna lächelt. »Weil du wie Grantelbart bist. Nur ohne Bart.«

Ich hebe fragend eine Augenbraue. »Und wer soll das sein?«

Ihre Mimik entgleitet ihr. »Du ...« Sie schüttelt entrüstet den Kopf. »*Du kennst Weihnachtsmann und Co. KG* nicht?« Als wäre das ein Staatsverbrechen, gibt sie ein Schnauben von sich. »Okay, jetzt weiß ich, wie wir mit deiner Bekehrung weitermachen.« Belehrend hebt sie ihren Finger mit dem rotlackierten Nagel. »Jeden Abend gucken wir drei Folgen!«

»Drei Folgen von was?«, frage ich, obwohl ich eine leise Ahnung habe. Tief in meinem Unterbewusstsein tauchen Bilder von einer Zeichentrickserie auf, die diesen merkwürdigen Titel trägt.

Mit einem verschmitzten Grinsen stemmt Juna ihre Hände in die Hüfte. »Von der besten Weihnachtsserie der Welt!«

***

Juna

Nachdem ich Levi in der Postzentrale abgesetzt habe, habe ich noch eine Stunde Zeit, bevor ich loslegen muss. Natürlich hätte ich ihn auch allein gehen lassen können, aber ich fühle mich für ihn verantwortlich. Mein Vater sagt immer, ich sei eine naive Optimistin und hätte einen Helferkomplex. Und damit hat er gar nicht unrecht, doch ich sage es lieber in den Worten meiner Oma: Juna hat ein großes Herz. Die Gedanken an sie wärmen mich von Innen. Sie wollte immer, dass ich etwas Großes in meinem Leben tue … Etwas Wichtiges. Und hier an diesem Ort habe ich das Gefühl, ihrem Wunsch nachzukommen. Und Levi sehe ich wie eine Art Prüfung an. Ich will in ihm alles Gute hervorlocken, aber auch das Schlechte, das er zu verdrängen versucht. Ich weiß, dass etwas da ist. Vermutlich ist unsere Lage nicht gerade die beste Voraussetzung, um eine tiefe Freundschaft aufzubauen, aber ich habe das Gefühl, dass er sich mir von Stunde zu Stunde mehr öffnet. Es ist wie ein Experiment, das ich in Schnelldurchlauf abspiele, weil mir die Zeit fehlt, um mich mit kleinen Schritten seinem Kern zu nähern.

Ich mache Halt in dem Aufenthaltsraum, wo ich Kira vermute. Die anderen Vollzeit-Elfen wohnen nicht hier im Dorf. Die meisten sind noch Zuhause bei ihren Eltern in Rovaniemi und näherer Umgebung. Kira beginnt in wenigen Monaten ihr Studium, wollte jedoch ein Jahr einfach nur genießen und ein wenig Geld nebenbei verdienen. Als sie erfahren hat, dass ich hier nicht wegwill und sogar ein Abkommen getroffen habe, dass ich im Dorf wohnen kann, hat sie nur den Kopf geschüttelt, dann jedoch mit den Schultern gezuckt und es akzeptiert. Wenn ich jemals eine beste Freundin hatte, dann ist es vermutlich Kira. Ich hatte nie viele Freunde. Eigentlich keine. Ich war immer der komische Kauz, der lieber Zeit mit einer alten Frau verbracht hat statt mit anderen Kindern. An meinem sechzehnten Geburtstag hat Mama mich regelrecht dazu genötigt, auszugehen und mit meinen Freunden zu feiern. Doch da ich keine Freunde hatte, mit denen ich feiern konnte, war es der deprimierendste Geburtstag aller Zeiten. Ich saß in einer Bar umgeben von alten Männern und dem Geruch von Alkohol. Zwei Stunden habe ich da verbracht, ehe ich mich nach Hause getraut und mir geschworen habe, nie wieder zu versuchen, mich der »normalen« Welt anzupassen. Ich habe niemandem gesagt, wie elend ich mich gefühlt habe, bin danach aber nie wieder ausgegangen.

Hier muss ich nicht so tun, als wäre ich »normal«. Wie sehr ich dieses Wort verabscheue. Ist es normal, sich zu betrinken, um seine Freunde zu beeindrucken? Ist es normal, über andere zu lästern oder jemanden auszuschließen, weil derjenige anders ist? Dann will ich nicht normal sein.

»Hey!« Ich begrüße meine Freundin mit einer Umarmung, ehe ich mich zu ihr an den runden Tisch setze. In ihrer rechten Hand hält sie ihr Handy, in ihrer Linken eine Zigarette.

»Hast du Levi mal bei Insta gestalkt?«, fragt sie und pustet den Qualm in die Luft.

Kopfschüttelnd drehe ich mich weg, weil ich dem Gestank ausweichen will. »Ich hab doch kein Instagram«, erinnere ich sie.

Die Finger, mit denen sie die Zigarette einklemmt, deuten auf mich. »Stimmt!« Wieder zieht sie daran. Ihr blonder Bob ist voluminös geföhnt, was man später unter der Mütze ohnehin nicht mehr sieht. »Bist du denn gar nicht neugierig?«

Ich beiße mir auf die Unterlippe und denke über ihre Frage nach. Ob ich mich gefragt habe, was für ein Leben er normalerweise führt? Ob ich seit unserer ersten Begegnung wissen will, ob eine Freundin Zuhause auf ihn wartet? Auf jeden Fall!

»Ich will nicht in seine Privatsphäre eindringen«, gestehe ich leise.

Kira verdreht die Augen. »Süße, das ist Instagram. Da ist nichts Privates dran! Er gibt sich ja nicht einmal einen Namen wie L3v1 oder Levixx. Wenn du sowohl Vor- als auch Nachnamen in deinen Kanalnamen eingibst, willst du gefunden werden!«

»Ich weiß nicht ...« Unsicher starre ich auf das Handy in ihrer Hand, das sie nun auf den Tisch legt und vorsichtig zu mir herüberschiebt. Meine Augen folgen dem schwarzen Display und in einem Augenblick der Schwäche tippe ich schnell darauf, um die Schwärze zu verscheuchen. Neugierig beuge ich mich vor, um meine Augen über die Bilder wandern zu lassen. Ich entdecke einige Fotos von schnellen Autos. Als wolle ich mich und meine Neugierde nicht verraten, streiche ich ganz langsam mit dem Finger über das Display, bis ich auch andere Fotos entdecke. Fotos mit ihm in der Mitte und ringsherum seine Freunde. Zumindest gehe ich davon aus, dass es seine Freunde sind, denn alle strahlen in die Kamera und haben die Arme um sich gelegt. Sie sind offenbar auf einer Party, denn das Licht ist künstlich durch einen Blitz erhellt. Weil ich krampfhaft versuche, nicht sofort auf Levi zu achten, bemerke ich im Hintergrund eine Bar, vor der sich einige Jugendliche Shots in den Rachen kippen. Als ich meiner Neugierde schlussendlich doch nicht mehr standhalten kann, zucken meine Augen in Sekundenschnelle auf Levi. Er hat einen Arm um eine schwarzhaarige Schönheit gelegt, die ihn anschmachtend ansieht. Obwohl ich mir das absolut nicht erklären kann – und noch weniger das Recht dazu habe – spüre ich einen kleinen Stich in der Magengrube. Ich bin eifersüchtig.

In der Hoffnung, dass Kira nicht bemerkt, was ich vorhabe, klicke ich das Foto an und lese den Text darunter. »Das ist nicht seine Freundin, wenn du dich das fragst.«

Schnell schiebe ich das Telefon von mir und spüre, wie ich puterrot werde. »Was?« Meine Stimme ist zu schrill. »Das … ich habe nicht …« Ich weiß längst, dass leugnen zwecklos ist. Ihr Gesichtsausdruck macht mir nur zu deutlich, dass ich mich verraten habe. Ich stoße die Luft aus. »Woher weißt du das?«

Kira lässt sich zurück auf den Stuhl sinken und drückt ihre Zigarette im Aschenbecher aus. »Ich habe die Kommentare unter seinem letzten Bild gelesen.« Wieder legt sie das Smartphone vor meine Augen und tippt das Bild an. Es ist eines der Fotos, auf denen Levi vor einem Rennauto steht. Das Licht der untergehenden Sonne spiegelt sich auf dem grünen Lack der Karosserie, während Levis Gesicht beinahe schon im Schatten verschwunden ist. Es ist ein schönes Bild. Die Kommentare darunter sehen das genauso. Bis auf einige, die sicherlich von seinen Freunden stammen. Einer schreibt: »Du brauchst dringend wieder eine Freundin. Niemand sollte bei Sonnenuntergang Zeit mit einem Auto verbringen.«

Einige andere Accounts stimmen ihm mit lachenden Smileys bei und tun beinahe so, als wäre Levi ein hoffnungsloser Fall. Mitleid steigt in mir auf und plötzlich fühle ich mich mies dabei, die Kommentare gelesen zu haben.

»Ich muss jetzt los.« Mit einem dankenden Lächeln schiebe ich meinen Stuhl lautstark zurück und verlasse den stickigen Raum.

***

Levi

Seit drei Stunden sortiere ich jetzt Postkarten in die passenden Fächer ein, räume Plüschtiere nach und bediene die Kasse. Ich habe mit Schlimmerem gerechnet, als in einem Geschenkeshop zu arbeiten. Genaugenommen ist es die Postzentrale des Weihnachtsmannes. Hier kommen all die Weihnachtsbriefe der Kinder aus ganzer Welt an. Ebenso kann man Briefe und Pakete verschicken, aber eben auch Souvenirs wie die Postkarten kaufen. Vermutlich ist es das Paradies für jeden Weihnachtsfan. Irgendwo habe ich gehört, dass man beim Weihnachtsmann selbst einen persönlich geschriebenen Brief anfragen kann, der dann an Kinder in aller Welt geschickt wird. Ich frage mich, ob er vielleicht ein Sprachengenie ist oder ob auch das alles nur fake ist.

»Levi?« Ella, die wohl so was wie ein alter Hase in der Postzentrale ist und als Einzige keine Elfen-Kleidung trägt, ruft mich zu sich. Sie ist schon Mitte Vierzig und arbeitet hier nur so lange, wie ihre Kinder in der Schule sind. Um sich die Zeit zu vertreiben, sagt sie. Ich wüsste deutlich Besseres mit meiner Zeit anzufangen.

»Ja?« Ich schiebe meine Hände in die viel zu kleinen Taschen meiner Stoffhose und sehe auf das Chaos vor ihr hinab. Auf dem Tresen, hinter dem man sich ganz wunderbar verstecken und ein paar Minuten vor der Arbeit drücken kann, liegen etliche Briefe ausgebreitet.

Sie deutet auf den Papierhaufen. »Könntest du mir helfen, die Briefe zu sortieren?«

Eigentlich würde ich gerne verneinen, da in einer halben Stunde Feierabend ist und ich mir eine ruhige Ecke beim Kamin ausgesucht habe, um diese abzusitzen. Als sie jedoch zu einem prallgefüllten roten Sack hinübersieht und die Stirn krauszieht, verwerfe ich meinen Plan. Ich kann doch nicht faul auf meinem Hintern irgendwo sitzen, während sie mit der Arbeit nicht hinterherkommt.

»Klar«, gebe ich also achselzuckend nach. Was bin ich doch für ein edler Samariter.

Ich lehne mich gegen einen der Stehhocker und sehe Ella abwartend an. Sie beginnt einige Briefe zu öffnen, schielt dann zu mir herüber und stößt ein Lachen aus. »Du weißt nicht, was du zu tun hast, oder?« Ich schüttele den Kopf, woraufhin sie ein bisschen näher rückt und mir einen Stapel Briefe in die Hand drückt. Die Adresse der Postzentrale ist auf jedem mit der Hand draufgeschrieben: mal krakeliger, mal ganz ordentlich. »Das sind die Briefe der

Kinder an den Weihnachtsmann. Wir öffnen sie und sortieren sie nach Sprache. Die meisten sind glücklicherweise auf Englisch, die übrigen müssen dann aber woanders abgelegt werden.«

»Und dann? Dann liest der Weihnachtsmann sie alle?«, frage ich und komme mir dabei verdammt naiv vor. Ella schenkt mir ein liebevolles Lächeln, antwortet jedoch nur mit einem Zwinkern.

Ich öffne den ersten Brief und beginne zu lesen. Zumindest versuche ich es, denn ich kann keinen Buchstaben entziffern. »Was ...« Ich halte Ella den Brief hin.

»Japanisch«, sagt sie und deutet auf einen Stapel hinter uns. Ich öffne weitere Briefe, lese jedoch nur wenige Wörter, um die Sprache zu identifizieren und lege sie dann auf den passenden Haufen.

Als jedoch bei einem Brief ein Foto beiliegt, stockt mir der Atem. Es ist das Bild eines Babys, das an Schläuchen hängt. Meine Muskeln versteifen sich, mein Hals wird eng und trocken. Mit steifen Fingern falte ich den Brief auseinander und beginne zu lesen. Jeder Satz, jedes Wort, jede Silbe strotzen vor Trauer und Hoffnung. Der Verfasser ist offenbar noch ein Kind – Colin - und er wünscht sich vom Weihnachtsmann, dass sein kleiner Bruder eine Organspende erhält. Mein Atem kommt immer schwerer, während mein ganzer Körper zu zittern beginnt. Ich wünschte, ich könnte Colin helfen. Ich wünschte, ich könnte ihn von seinem Schmerz befreien und ihn davor beschützen. Doch das kann ich nicht ...

Nach Luft schnappend lasse ich den restlichen Stapel fallen und laufe weg. Wie immer.

Kapitel 6

Juna

Levi war bisher noch nicht hier und so rufe ich einem meiner Kollegen zu, dass ich kurz verschwinde. Ich kann nicht oft genug erwähnen, wie sehr ich meinen Job liebe. Ich liebe die Freiheit, die mit ihm verbunden ist. Klar habe ich eine feste Stundenanzahl, die ich abarbeiten muss, aber da ich oft genug Überstunden mache oder sogar an meinen freien Tagen aushelfe, sieht man das nicht so eng. Alle hier wissen, dass dies keine Arbeit für mich ist, sondern mein Hobby. Aus diesem Grund kann ich bis zu einem gewissen Punkt abhauen und kommen, wann ich will.

Meine Hütte ist nicht weit von dem Husky-Gehege weg, weshalb ich nur wenige Minuten bis dahin brauche. Mit festem Stampfen versuche ich den gröbsten Schnee von meinen Schuhen zu klopfen, ehe ich die Tür öffne und von einer wohligen Hitze empfangen werde. »Levi?«, rufe ich ins Innere. Ich weiß, dass er längst Feierabend hat und habe fest damit gerechnet, dass er mich besuchen kommt. Ob ich enttäuscht war, als er nicht kam? Vielleicht ein bisschen ...

Ich höre den Fernseher. Irgendeine Sitcom läuft, in dessen Hintergrund Gelächter zu hören ist. »Levi?«, rufe ich erneut. Dieses Mal etwas leiser. Sollte er schlafen, will ich ihn nicht erschrecken. Nachdem ich mich aus meinen Schuhen geschält habe, schlurfe ich in voller Montur auf das Sofa zu und erkenne, dass er nicht schläft. Allerdings sieht er auch nicht so aus, als wäre er gerade anwesend. Sein Blick ist apathisch auf den Fernseher gerichtet, die Hände hat er im Schoß gefaltet und seine Miene ist ausdruckslos. »Alles okay?«, frage ich und lasse mich neben ihn sinken. Mein angewinkeltes Knie berührt seinen Oberschenkel, woraufhin er zusammenzuckt und mich endlich registriert.

»Was?« Seine Stimme ist schwach.

»Ist alles in Ordnung?«, wiederhole ich meine Frage.

Er nickt. Eine gefühlte Ewigkeit, ehe dann jedoch gemeinsam mit einem schweren Atemzug ein Wort seinen Mund verlässt: »Nein.«

»Was ist passiert?«, will ich mit leiser Stimme wissen. Meine Hand zuckt, weil ich sie gerne auf sein Knie legen oder ihn in den Arm nehmen würde. Ich habe keine Berührungsängste, weiß jedoch, dass es nicht jedem so geht, weshalb ich mich zurückhalte.

Seine Augen sind feucht und seine Lider zittern, wie sein Mund. Ich bereite mich darauf vor, ihn zu trösten, doch dann dreht er sich wieder nach vorne und verschließt sich.

»Willst du mich vielleicht zu den Hunden begleiten?«, frage ich, doch er antwortet nicht.

Einige Minuten sitze ich neben ihm und sehe Levi dabei zu, wie er auf den Bildschirm starrt, auf dem gerade eine neue Folge startet. Ob er davon überhaupt etwas mitbekommt?

»Wenn du darüber reden willst, höre ich dir zu.« Ich stupse ihn mit dem Knie an. »Meine Oma hat mir sehr viele Geschichten aus ihrem Leben erzählt. Ich bin also eine verdammt gute Zuhörerin.«

Ich warte auf ein Lächeln. Auf eine Regung. Doch da ist nichts.

In dem Moment, in dem ich mich abwende und aufstehen will, greift er nach meinem Arm und zieht mich zurück auf den weichen Stoff des Sofas. Ein tiefer Atemzug geht durch seinen Körper. »Es ist nicht leicht für mich …« Er schluckt, sieht mich jedoch immer noch nicht an. »Darüber zu reden, meine ich.«

Vorsichtig tätschele ich seinen Arm, in der Hoffnung, ihm zu zeigen, dass es nicht schlimm ist, wenn er es nicht kann.

»Weißt du, es ist okay, nicht okay zu sein.« Ich lächle ihm aufmunternd zu. »Du darfst traurig sein oder wütend. Nur solltest du deine Gefühle nicht unterdrücken, denn daraus ist noch nie etwas Gutes hervorgekommen.«

Levi stößt ein lautloses Lachen aus. »Du solltest wirklich Therapeutin werden.«

Seine Worte bringen mich zum Lächeln. »Ich schau mir gerne Achtsamkeitscoachings an«, sage ich achselzuckend und stehe auf. Doch dieses Mal will ich mich abwenden. Dieses Mal nehme ich ihn bei der Hand und ziehe ihn mit mir. »Komm! Das wird dir guttun.«

Eher widerwillig als wild entschlossen begleitet er mich zur Haustür, wo er in seine Sneakers schlüpfen will. Ich schüttele jedoch den Kopf und deute auf seine Boots. »Wir werden uns ein bisschen länger draußen aufhalten.«

***

Auf dem Weg zu den Huskys reden wir nicht und das ist auch gar nicht notwendig. Obwohl ich gerne plaudere, habe ich vorhin nicht gelogen: Ich bin eine gute Zuhörerin. Und jetzt lausche ich der Natur. Der Wind, der heute recht mild ist, weht durch die Baumwipfel und entlockt ihnen ein leises Summen. Das Eis unter dem Schnee bricht bei jedem unserer Schritte und gibt ein Knacken von sich, das mich tief berührt. Jedes Mal, wenn die Eisdecke nachgibt, verändern wir die Natur. Mit nur einem einzigen Schritt verändern wir die Welt jedes Mal ein kleines bisschen.

Ich höre das Kinderlachen, noch bevor ich sie sehen kann. Die Racker machen sich einen Spaß daraus, über die Linie des nördlichen Polarkreises und wieder zurück zu hüpfen. Während ich ihnen mit Freude dabei zusehen, fokussiert Levi einen Punkt vor sich auf dem Boden. Würde er doch nur den Kopf heben und sehen, was ihm alles entgeht.

Meine Entscheidung, ihn zu den Welpen mitzunehmen, habe ich

verworfen, sobald ich Levi in seiner Blase gesehen habe. Vermutlich würde nicht einmal der süßeste Hund ihm da raushelfen können. Vielleicht kann es aber etwas anderes.

»Wir sind da«, sage ich und deute auf ein Gehege, hinter dem einige der älteren Schlittenhunde bereits bellend am Zaun vorbeischleichen. Sie sind alle gierig auf die nächste Tour. Man glaubt es kaum, aber diese Tiere sind nicht einmal nach einer Stunde müde zu bekommen.

»Das sind keine Welpen«, erkennt er matt und ich denke an seine erste Begegnung mit Snow zurück. Snow, der jetzt in all seiner Anmut am Tor sitzt und nicht bellt oder jault. Er sitzt einfach nur da und wartet auf meinen nächsten Zug.

»Keine Welpen«, gebe ich ihm recht. »Ich …« Ich beiße mir auf die Unterlippe. »Du magst doch sicherlich schnelle Autos, oder?« Natürlich könnte ich ihm gestehen, dass ich ihn gestalkt habe. Ich könnte es jedoch auch lassen.

»Ja?« Seine Antwort gleicht eher einer Frage. Ob er weiß, was ich getan habe? Schnell verscheuche ich den Gedanken aus meinem Kopf und deute mit einer ausladenden Geste zum Gehege. »Ta-da!«

Levi kratzt sich verdutzt am Kopf.

»Wir fahren Hundeschlitten!«, setze ich hinterher, weil er offenbar keine Ahnung hat, was ich ihm sagen will. Immer noch stehe ich in meiner Position da, löse mich dann jedoch, weil nicht die Reaktion kommt, die ich erhofft habe. Levi blickt nur von mir zu den Hunden und sagt kein Wort.

»Enttäuschend«, murmele ich und stoße die Luft aus. »Jedenfalls«, beginne ich wieder mit einem Grinsen auf den Lippen, »fühlt es sich an wie fliegen, wenn sie dich ziehen. Vermutlich ist es auch so mit deinen Autos.«

Immer noch hält sich seine Euphorie in Grenzen, was mich allerdings nicht von meinem Plan abbringt. Als ich das Tor öffne, flippen die Hunde komplett aus. Sie springen an mir hoch, sodass meine

Jacke innerhalb weniger Sekunden über und über mit Schnee und nasser Erde bedeckt ist. »Hey!«, rufe ich entschlossen und alle beruhigen sich wieder. Heute bin ich nicht zum Spielen hier. Es fühlt sich gut an, wie sie auf mich hören. Sie lieben mich und wissen, dass ich gerne mit ihnen tobe, doch sie respektieren mich auch genug, um zu sputen.

Ich gehe zum Schuppen hinüber, wo die Schlitten verstaut sind und beginne routiniert alles vorzubereiten. Levi steht unterdessen immer noch wie festgewurzelt vor dem Gitter und fragt sich vermutlich, was er sich nur eingebrockt hat.

***

Levi

Wäre ich doch bloß auf dem Sofa geblieben. Der Verlauf der Serie im Fernsehen ist zwar völlig an mir vorbeigegangen und ich bin tiefer und tiefer in meinem Gedankenkarussell versunken, doch es war allemal besser als das hier: kalt, nass, dunkel, ungemütlich!

Mit bis zu den Ohren hochgezogenen Schultern beobachte ich Juna dabei, wie sie einen Schlitten aus dem Schuppen hinter sich herzieht. An ihrem angestrengten Gesichtsausdruck erkenne ich, dass er nicht gerade leicht zu sein scheint, weshalb ich mich kurzerhand dazu entschließe, mich in das Gehege hineinzuwagen. Sobald ich das Tor wieder hinter mir verschlossen habe – und dieses Mal auch sichergegangen bin, dass es wirklich zu ist – sind die Hunde in Alarmbereitschaft. Ihre Schwänze zucken von einer Seite zur anderen und sie geben ein immer lauter werdendes Wimmern von sich. »Ist gut!«, ruft Juna, ohne sie anzusehen. Während sie Decken auf den Schlitten hievt, beschleunige ich meine Schritte, um ihr zur Hand zu gehen.

»Wieso so viele Decken?«, frage ich, ehe ich ihr drei davon abnehme und auf den Schlitten befördere.

»Es wird arschkalt«, erklärt sie knapp und klatscht zufrieden in die Hände. »So! Es kann losgehen.« Sie sieht mich an und wickelt sich ihren Schal enger um den Hals. »Bist du bereit?« Am liebsten würde ich den Kopf schütteln, doch Juna kommt mir zuvor und nickt. »Supi!«

Ich zucke zusammen, als sie mit einem Mal einen lauten, schrillen Pfiff von sich gibt und eine Handvoll Hunde auf uns zustürmen. Innerlich sehe ich mich schon vom Rudel niedergerannt am Boden liegen. Doch sie stellen sich in einer Linie vor dem Schlitten auf und warten gesittet darauf, von Juna befestigt zu werden. Aufmerksam beobachte ich sie und wundere mich darüber, wie sehr die Hunde auf sie hören. Juna ist nicht gerade respekteinflößend. Und doch hören sie aufs Wort.

»Setz dich schon mal rein!«, ruft sie mir herüber, als sie bei dem vorletzten Hund angekommen ist und so langsam eine Grundanspannung zu spüren ist.

Obwohl ich zuvor noch nie in solch einem Schlitten gefahren bin, lebe ich nicht hinterm Mond und kenne genug Filme, in denen es um Schlittenrennen geht. Ich weiß also, dass einer der Mitfahrer eingehüllt im Schlitten hockt, während der Musher dahintersteht und die Tiere lenkt. Ich bin froh, dass ich den einfachen Job habe und versuche einen freien Flecken unter den Decken zu finden. Schon nach wenigen Sekunden beginne ich zu schwitzen und frage mich, ob Juna es nicht vielleicht ein bisschen mit den Wolldecken übertrieben hat. Nachdem sie alle Hunde befestigt hat, öffnet sie das Tor und weist die Tiere an hinauszulaufen und uns hinter sich herzuziehen. Die übrigen Hunde, die zurückbleiben, sehen uns enttäuscht hinterher, machen jedoch keine Anstalten, uns hinterherzurennen.

Ich muss gestehen, dass mir der Arsch kurz auf Grundeis geht, als die Hunde vor dem Tor nicht langsamer werden. Zum Glück pfeift Juna sie jedoch früh genug zurück. Ehe sie sich mit mir im Schlepptau über alle Berge machen. Weil ich keine Bewegungsfreiheit habe, kann ich mich nicht umdrehen, um zu kontrollieren, was sie tut. Doch kurz darauf bewegen wir uns wieder. Dieses Mal ist es koordinierter. Juna lenkt uns über einen schmalen Waldweg hinaus aus dem Weihnachtsmanndorf. Es geht immer weiter weg von den vielen Stimmen, der Musik und den Menschen.

Die Sonne geht langsam unter und hinterlässt einen rosaroten Himmel. Obwohl ich mich innerlich vor dieser Tour gesträubt habe, muss ich erkennen, dass es gar nicht so übel ist. Wenn man genau hinhört, vernimmt man einige Tiere im Wald.

Als wir den engen Weg verlassen haben, halten wir nach einigen Minuten an. Zwar befindet sich rechts und links immer noch Wald, doch vor uns liegt eine kilometerweite Straße. »Was ist los?«, frage ich, doch Juna antwortet nicht. Ich drehe den Kopf, versuche an meiner Kapuze vorbeizulinsen und erkenne, wie sie auf mich zukommt, um neben mir stehenzubleiben.

»So«, sagt sie und funkelt mich grinsend an. »Ich habe uns aus dem schwierigen Teil herausmanövriert. Jetzt bist du dran.«

Mein Atem stockt und ich merke, wie sich mein ganzer Körper anspannt. »Ich soll …« Ich setze mich aufrechthin und deute auf die Kufen des Schlittens, wo bis eben noch Juna stand. Sie sagt nichts, nickt jedoch heftig. »Fuck.«

Lachend hält sie mir ihre Hand hin. »Komm schon, das macht Spaß! Adrenalin pur!«

Ich schüttele heftig den Kopf. »Russisch Roulette verschafft auch Adrenalin und macht einigen sicherlich Spaß. Ich würde es deshalb aber nicht gleich spielen!«

Juna bricht in Gelächter aus, während mir überhaupt nicht zum Lachen zumute ist. »Du vergleichst Schlittenfahren mit Russisch Roulette?«

»Nicht Schlittenfahren«, korrigiere ich. »Diese Kolosse da vorne im Zaum halten!«

Juna geht nicht auf meinen Widerspruch ein.

Widerwillig schäle ich mich aus den Decken heraus. »Das ist

ganz schön diskriminierend! Hätte eine Frau sich nicht getraut und ich sie gezwungen, wäre der Aufschrei groß!«

Juna lacht, hält mir ihre Hand jedoch weiter hin. »Ich zwinge dich nicht, deinen Job aufzugeben und Kinder zu bekommen, Levi! Du sollst bloß eine coole Erfahrung machen.«

»Das sagen sie alle«, murmele ich, gebe mich jedoch geschlagen und nehme ihren Platz ein, während sie in mein kuscheliges Versteck kriecht.

»Es ist ganz einfach«, sagt sie, eingekuschelt in meiner vorgewärmten Höhle. Plötzlich vermisse ich die Hitze darunter. »Du musst nur gut festhalten und einen festen Stand haben. Die Hunde kennen den Weg in und auswendig.«

Schnaufend greife ich nach der Leine und als wäre dies das Kommando, laufen die Hunde los.

Ich habe nicht damit gerechnet, dass es so anstrengend ist, weshalb ich zunächst nach vorne kippe. Als Juna sich kichernd in meine Richtung dreht und mir etwas zuruft, was ich nur halb verstehe, versuche ich darauf zu achten, die Spannung im Körper nicht zu verlieren. Ich glaube zumindest, dass das ihr Tipp war. Als sie sich wieder umdreht, konzentriere ich mich auf die Spur vor uns, doch das müsste ich nicht. Die Hunde kennen den Weg. Sie kennen jede winzige Kurve. Das Rudel bewegt sich wie eine Einheit.

»Schneller!«, ruft Juna und die Tiere geben alles. Wir werden immer schneller und ich spüre etwas, was ich nur empfinde, wenn ich im Subaru Impreza meines besten Freundes mitfahre. Mir bleibt der Atem weg, weil sich dieses Gefühl immer mehr in meinem Körper ausbreitet: Grenzenlosigkeit.

Fuck, das darf ich auf keinen Fall zugeben. Juna würde mir nur mit ihrem Grinsen zu verstehen geben, dass ich nächstes Mal auf sie hören soll statt zu jammern. Und vermutlich hätte sie damit gar nicht so unrecht. Ich verfalle viel zu schnell in diese Muster, in denen es nur Schwarz und Weiß gibt. Na ja, in meinem Fall ist es wohl eher Schwarz und noch schwärzer. Niemand kann mir erzählen, dass es keine unterschiedlichen Schwarztöne gibt.

Unser Weg führt uns durch einen vereisten Wald. Mein Blick haftet sich auf die schmalen Äste, die sich mir entgegenbeugen: Münder, Nasen und geschlossene Augen aus schneebedecktem Holz. Sie tanzen im Wind, so wie Junas Haare vor mir.

Ich fühle jede Unebenheit unter mir: jeden Stein, jede Eisschicht. Ich spüre den Wind in meinem Gesicht, als wir immer schneller werden und sogar der Schnee, den die Hunde von sich treten, macht mir nichts aus. Je länger ich mich auf den Weg vor mir und meine Aufgabe konzentriere, umso leichter wird es. Alles wird leichter. Mein Atem. Meine Gedanken. Sogar meine Muskeln entspannen sich ein wenig, obwohl ich eigentlich in Alarmbereitschaft sein müsste. Doch das bin ich nicht. Alles hier wirkt so friedvoll, so frei, so unberührt.

Ich spüre, wie ich nach Ewigkeiten wieder völlig ungehindert lächeln kann und das ist ein verdammt schönes Gefühl.

***

Juna

Es ist das erste Mal seit Tagen, dass ich Levi wirklich lachen höre, und allein durch dieses Geräusch bekomme ich Bauchkribbeln. Es bringt mich meinem Ziel ein bisschen näher. Wenn Levi anfängt zu sehen, statt die Augen zu verschließen, kann er vielleicht auch genießen, statt sich über seine Situation aufzuregen.

Ich lausche dem flüsternden Wind, der durch die weißen Äste huscht und mir Dinge über unsere Welt erzählt. Die auf dem Eis knirschenden Schritte der Hunde lenken mich von meinen Gedanken ab. Sie lenken mich von den vereisten Ästen ab, die wie lange knochige Finger nach mir zu greifen scheinen. Ich habe keine Angst vor ihnen. Hätte es nicht einmal in der Dunkelheit, weil ich weiß, dass ich mit der Natur im Reinen bin.

Die Sonne berührt beinahe den Boden, als ich die Hunde zum Anhalten bringe. Ein einziger, langer Pfiff und sie stemmen ihre Beine in den Schnee. »Was ist los?«, fragt Levi und ich kann Enttäuschung, aber auch Neugierde in seiner Stimme erahnen.

»Ich will dir etwas zeigen.« Mit steifen Gliedern steige ich vom Schlitten und greife nach Levis Hand, um ihn hinter mir herzuziehen. Den Hunden streichle ich derweil durch das dicke Fell, das sie vor der Kälte hier draußen schützt. Obwohl ich noch ewig hätte weiterfahren können, wollte ich die letzten hellen Minuten auskosten. »Hier«, sage ich und hebe eine Hand, um Levi zu stoppen. »Schau!« Meine Stimme ist nur noch ein Hauchen, als ich auf das wunderschöne Bild vor uns deute. »Ist das … ist das nicht …«

»Wunderschön«, flüstert er andächtig und lässt den Blick schweifen. Vor uns liegt unberührte Natur. Eine weiße Schneedecke, die im Sonnenuntergang in einem hellen Flieder funkelt. Auch die schneebedeckten Bäume schimmern in einem hellen Lila. Diese Farben sieht man in der Natur nur an Orten wie diesem. Während der Horizont sich langsam rosa-orange färbt, zeigt sich der restliche Himmel in all seiner Pracht. Das hier ist mir im Winter die allerliebste Zeit. Dieser Anblick … dieses Gefühl …

Levis Augen sind groß, und ich glaube ein Schimmern in ihnen zu sehen und es ist ihm nicht zu verdenken. Diese Aussicht ist heilsamer als jedes Medikament.

Immer noch halte ich Levis Hand und wieder ziehe ich ihn hinter mir her in diese unberührte Landschaft hinein. Wir machen die ersten Schritte in den Schnee. Wir hinterlassen Spuren, wo vorher keine waren. Vielleicht war an diesem Ort schon so lange niemand mehr, dass sich nicht einmal mehr die Erde unter dieser Schneedecke an Fußabdrücke erinnert.

Wir sinken tief ein und die Nässe wandert unsere Hosen hinauf, doch weder Levi noch ich kümmern uns darum. Auch die Kälte verdränge ich aus meinem Kopf.

»Danke«, wispert Levi plötzlich und hält mich zurück, sodass ich in seine Richtung taumle. Seine Augen liegen nicht mehr auf der Welt dort draußen, sondern auf der in meinen Augen. Seine Lippen sind einen Spalt geöffnet, während ich meine fest zusammenpresse.

»Wofür?«, hauche ich zurück.

»Du ...« Er schluckt schwer. »Du hast keine Ahnung, was es mir bedeutet, dass du dir so viel Mühe mit mir gibst.«

»Das -« Ich will sagen, dass er sich nicht bedanken muss. Dass ich das gerne mache, doch er hebt die Hand, um mich zum Schweigen zu bringen.

»Lass mich aussprechen.« Seine Mundwinkel zucken und sofort schließe ich wieder meinen Mund, weil ein Blitz durch meinen Körper jagt. Dieses Lächeln setzt mich schachmatt. »Mein Leben war beschissen. Es fällt mir schwer, die Welt in ihren Farben zu sehen. Es fällt mir schwer, sie aus deinen Augen zu sehen. Aber ich danke dir, dass du versuchst, sie mir zu zeigen.«

Seine Worte berühren mich und ich verschränke meine Finger mit seinen. Da wir beide dicke Handschuhe tragen, kann er es nicht spüren, aber ich bin mir sicher, dass er es weiß.

Seine Augen wandern zu meinen Lippen. Levi kommt einen Schritt auf mich zu und ist der Grund dafür, dass mein Hals völlig austrocknet. Es fällt mir schwer, zu atmen. Es fällt mir schwer, meine Augen von seinen Lippen zu lösen. Es fällt mir schwer, aufrecht stehen zu bleiben.

Ich benetze meine Lippen. »Willst du mir davon erzählen? Bevor du ...« Bevor du gehst. Bald wird er weggehen. Zurück zu den Autos, zu seiner Tante, zu seinen Freunden. Und dann werde ich keinen Platz mehr in seinem Leben haben.

»Vielleicht«, antwortet er raunend, doch mit einem Mal will ich Abstand gewinnen.

Mein Kopf dreht sich, als ich ihn loslasse, um einen Schritt zurück zu machen, ein breites Lächeln aufzusetzen und mit beiden

Händen in den Schnee zu greifen. Wir sollten nur Freunde sein. »Wenn nicht …« Drohend deute ich mit einer Kopfbewegung zu meinen Händen. »… muss ich dich bestrafen. Ich bin schließlich deine Therapeutin.«

Levi lacht. »Ich glaube nicht, dass Therapeuten ihre Patienten bestrafen.«

Ich ziehe eine Schnute und zucke mit den Schultern. »Ich schon.« Mit diesen Worten befördere ich die gesamte Ladung in Levis Gesicht.

Fluchend wischt er sich den eiskalten Schnee ab, der in großen Klumpen auf dem Boden vor ihm landet. »Na warte!« Kreischend versuche ich von ihm wegzukommen, doch im nächsten Augenblick trifft mich ein Schneeball am Hinterkopf. Sein Lachen ist kindlich und wieder durchzucken mich Blitze bei diesem Geräusch.

Freunde. Wir können sehr gute Freunde sein!

Kapitel 7

19. *Dezember*

Juna

Ich kenne keinen Menschen, der so laut kaut wie Levi. Die Chips in seinem Mund geben Töne von sich, die mich an das Splittern von Glas erinnern. Ob er das mit Absicht macht oder ob er das nicht mal merkt? Wäre ich ein leicht reizbarer Mensch, hätte ich ihm die Tüte vermutlich schon lange aus den Händen gerissen und in die Mülltonne befördert. Zu seinem Glück besitze ich die Gelassenheit eines Faultiers.

Wir sitzen so dicht nebeneinander auf dem Sofa, dass sich unsere Beine unter der grobgestrickten Decke berühren. Als ich mich zu ihm gesetzt habe, war das nicht so. Irgendwann jedoch hat er sich gedreht und seither ist da dieser Körperkontakt, der mich so sehr ablenkt, dass ich sogar den Vorspann verpasse. Dabei ist das mein Lieblingspart der Serie. Seit des Beinahe-Kusses fällt es mir schwer, nicht daran zu denken, was er in mir ausgelöst hat. Der heutige Tag steht ganz unter dem Motto: Auf dem Sofa lümmeln, Süßes futtern und *Weihnachtsmann und Co. KG* durchsuchten. Zunächst war Levi nicht gerade überzeugt von meiner Idee, aber inzwischen hat er sich damit abgefunden. Im tiefsten Innern glaube ich sogar, dass er die Serie mag. Mit Grantelbart scheint er sich jedoch nicht wirklich identifizieren zu können. Bei dessen erstem Auftritt hat Levi mir einen pikierten Blick zugeworfen. »Ernsthaft? An den erinnere ich dich? Das ist die Beleidigung des Jahrtausends.«

Er schiebt sich eine weitere Handvoll Salt-and-Vinegar-Chips in den Mund und übertönt die Diskussion zwischen Jordi und Gilfi. Ich bin so froh, dass endlich jemand diese Chips isst, dass ich ihm nicht verrate, wie lange sie schon in dem Schrank unterm Fernseher auf ihren großen Moment warten. Ich bin niemand, der gerne Essen wegwirft und war mir sicher, dass ich irgendwann ein Opfer finden würde, das mich dieser Sorte entledigt. Verflucht seien Lockangebote. *Kaufe zwei, zahle eine* hat sich für mich in diesem Fall nicht rentiert.

»Schaffen sie es?«, fragt Levi mit vollem Mund und deutet mit seiner fettigen Hand zum Bildschirm. Kauend dreht er den Kopf in meine Richtung. »Ich meine … ein Pony auf einer Weltraumstation? Das ist doch unmöglich.«

Ich ziehe die Beine an, um den Körperkontakt zu unterbinden, und vermisse seine Wärme augenblicklich. »Es gibt keinen Wunsch, den der Weihnachtsmann nicht erfüllen kann«, sage ich und schlinge die Arme um meine Knie.

Levi hält inne und schluckt den Klumpen Chips hinunter. »Fast keinen«, murmelt er.

»Wie meinst du das?« Ich lege die Schläfe auf meinem Knie ab und lasse ihn nicht aus den Augen.

Ein Räuspern verlässt seinen Hals und ich kann förmlich spüren, wie er sich versteift. »Ich habe gestern einen Wunschbrief gelesen.« Levi wendet sich ab und sieht wieder nach vorne. »Ein Junge hat sich gewünscht, dass sein Geschwisterchen wieder gesund wird. Aber …« Tränen treten in seine Augen. Es erschreckt mich, wie schnell sein Gemüt und die Stimmung kippen kann. Und ich frage mich, ob das der Grund ist, wieso er gestern so abwesend war. »Diesen Wunsch kann der Weihnachtsmann nicht erfüllen, nicht wahr?«

Ich schüttele den Kopf. Ein Kloß bildet sich in meinem Hals, weil ich wünschte, ich könnte ihm eine andere Antwort geben. Solche Wünsche erhalten wir oft. Meistens von kleinen Kindern, manchmal sogar von Erwachsenen, die ihre letzte Hoffnung in einen Brief packen. Es raubt einem die Kraft darüber nachzudenken, wie verzweifelt diese Menschen sein müssen und verdammt ja, es ist unfair!

»Weißt du …« Ich springe über meinen Schatten und lege eine Hand auf sein Knie. Er braucht das und ich vielleicht auch. »Niemand kann diesen Wunsch erfüllen. Das einzige Geschenk, das man dem Kind machen kann, ist, für es da zu sein. Dem Jungen zu sagen, dass er nicht schuld an dem ist, was vielleicht passieren wird und dass er rein gar nichts daran ändern könnte.« Ich schlucke die Tränen hinunter, die gerade meinen Hals hochklettern wollen. »Es ist nicht fair, aber der Junge muss erkennen, dass das Leben selbst sein Geschenk ist.«

Levi stößt raschelnd die Luft aus, während ich mich vorbeuge, um den Fernseher auszustellen. Die fröhlichen Stimmen im Hintergrund passen nicht mehr zur Situation. Wie konnte sie sich so schnell derart verändern?

Weil weder Levi noch ich etwas sagen, wird die Stille um uns ohrenbetäubend laut. Ich kann nicht zulassen, dass der Tag so verläuft, also suche ich in meinem Kopf nach einem Ausweg. Die Stimmung wird von Sekunde zu Sekunde bedrückter, doch da fällt mir etwas ein. Ich drücke Levis Hand fester und schenke ihm ein liebevolles Lächeln. »Letztes Jahr an meinem Geburtstag bekam ich einen Gutschein geschenkt. Bisher habe ich es noch nicht geschafft, aber vielleicht hast du ja Lust mich zu begleiten?« Ich hebe fragend die Augenbrauen. »Wäre doch zu schade, wenn er abläuft.«

Levi dreht den Kopf wieder in meine Richtung und ist mir plötzlich wieder viel zu nah. »Wenn es etwas mit Weihnachten zu tun hat, bin ich raus.«

»Kein Weihnachten, ich schwöre«, sage ich und verschränke Zeige- und Mittelfinger, um meine Worte zu verdeutlichen. »Wir sind weit weg von allem, was damit zu tun hat.«

»Okay. Bin dabei.«

***

Levi

»Danke Bobby!« Juna klopft einem älteren Mann freundschaftlich auf die Schulter und hüpft aus dem Minibus, mit dem wir gerade zwei Stunden in die Einöde gefahren sind. Wenn ich dachte, dass ich vorher schon an einem abgelegenen Fleckchen war, bin ich jetzt eindeutig am Arsch der Welt. Mit einer einladenden Geste lasse ich zwei Damen vor mir aussteigen, ehe ich dem Trupp folge. Hier draußen ist es arschkalt. Augenblicklich habe ich das Gefühl, dass meine Zehen zu Klötzen gefrieren und dass nur ein Windhauch fehlt, um sie abfallen zu lassen. Auch Juna zieht sich die dicke Winterjacke enger um den Körper. Im Unterschied zu mir hat sie sich hierauf eingestellt und trägt darunter einen weiteren ihrer potthässlichen Weihnachts-Pullover. Als sie mich dringlichst darauf hingewiesen hat, mich dick einzupacken, dachte ich, ein Longsleeve, meine Jacke und ein grob gestrickter Schal würden ausreichen. Dass sie recht hatte, als sie mich mit schräggelegtem Kopf angesehen und mir versichert hat, dass ich mir den Arsch abfrieren werde, werde ich jetzt aber bestimmt nicht zugeben. Diese Genugtuung werde ich ihr nicht geben.

»Wir haben einen guten Tag erwischt!«, begrüßt uns eine junge Frau, die noch dicker eingepackt ist als Juna und der Rest der Truppe. Na super. In der linken Hand hält sie eine Taschenlampe, während sie jedem von uns nacheinander die rechte Hand hinhält und sich als Sofia vorstellt.

Ich frage mich, wofür wir einen guten Tag erwischt haben. Ob es naiv von mir war, Juna blindlinks zu folgen? Vermutlich. Ob es dumm von mir war, nicht auf ihre Kleidungstipps zu hören? Ganz bestimmt sogar. Ob ich dennoch neugierig bin? O ja!

Der Weg vor uns ist stockfinster, weshalb ich mich beeile, den Anschluss nicht zu verlieren. Wir befinden uns inmitten eines Waldes. Was mich, wenn ich mal ehrlich bin, nicht sonderlich verwundert hat, denn die letzte halbe Stunde haben wir keine gepflasterte

Straße mehr gesehen. Was mich hingegen doch verwundert, sind die Hütten, auf die wir jetzt zugehen. Gelblich flimmernde Lampen, die am Eingang hängen, bieten bis auf Sofias Taschenlampe die einzige Lichtquelle an diesem Ort. Die ganze Situation erinnert mich gefährlich an einen Horrorfilm: Hütte im Wald, kein Mensch weit und breit, nicht ausreichend Licht und dazu eine quälend lange Nacht. Nicht einmal Stephen King könnte ein besseres Setting erschaffen. Während ich versuche, nicht im tiefen Schnee zu versinken, um meine Zehen noch ein paar Minuten länger an meinen Füßen zu behalten, lässt sich Juna nun kichernd zu mir zurückfallen. »Ist das nicht aufregend?«

Ich lächle, was sie wegen der Dunkelheit natürlich nicht sehen kann. »Total«, sage ich ironisch. »Wir befinden uns für einen psychopatischen Serienkiller mitten auf dem Präsentierteller. Etwas Aufregenderes könnte ich mir nicht vorstellen.«

Wie zu erwarten geht sie nicht auf meine Versuche ein, ihr Angst zu machen. Sie hakt ihren Arm bei mir unter und zieht mich ein bisschen schneller mit sich. »Die meisten Morde hier in Finnland geschehen unter Alkoholkonsum. Und ich glaube nicht, dass sich ein Betrunkener hierher verirrt.«

»Beruhigend«, sage ich und drehe den Kopf, um sie anzusehen. Langsam passen sich meine Augen an die Dunkelheit an und ich kann die schönen Konturen ihres Gesichts erkennen. Sie hat keine Stupsnase, sondern viel eher eine spitze Nase, die ebenso wie ihre Lippen eher schmal ist. Ihre sehr markanten Wangenknochen entsprechen sicherlich keinem Schönheitsideal. Ich finde sie genau wegen dieser Gesichtszüge wunderschön. Als sich ihr Gesicht ebenfalls in meine Richtung dreht, sehe ich weg. Wir sind uns so nah, dass wir uns küssen könnten. Doch schon das letzte Mal hat sie abgeblockt, weshalb ich es nicht so bald noch mal versuchen werde. Auch wenn ich nichts lieber täte als genau das. »Verrätst du mir endlich, worauf ich mich hier eingelassen habe?«

»Magst du keine Überraschungen?«, fragt sie lachend.

Ich zucke mit den Schultern, was dafür sorgt, dass ich sie ein kleines bisschen näher an mich heranziehe. »Ich will nur wissen, ob ich mein Testament schreiben sollte.«

Obwohl ich damit rechne, dass sie sich wieder von mir entfernt, bleibt sie wie angeklebt nah bei mir. »Kein Testament nötig. Und wenn doch, würde ich dich vorher daran erinnern.«

Meine Mundwinkel zucken. »Zu gütig.« Bevor wir weiter darüber reden können, ob und an wen ich mein ganzes Hab und Gut verschreiben soll, bleibt Sofia vor einer der Hütten stehen und öffnet eine Tür. Wir folgen den übrigen Gästen und werden von einer angenehmen Wärme empfangen. Ein Feuer brennt in einem großen Kamin. Inmitten des Raumes befindet sich ein runder Tisch mit allerlei Leckereien und ringsherum Bänke, auf denen die ersten Leute Platz nehmen.

»Okay, so langsam gefällt mir der Ausflug immer besser«, sage ich und suche mir einen Platz nah am Kamin, um meine kalten und nassen Füße aufzuwärmen.

Juna lässt sich neben mir auf ihren angewinkelten Beinen nieder. Ihr Sitz sieht nicht wirklich bequem aus, doch sie strahlt übers ganze Gesicht, als sie sich umsieht. »Ich muss dich enttäuschen. Das hier ist nur die Vorstufe. Bald geht es wieder raus.«

Meine Schultern sinken nach unten, während ich mich in ihre Richtung drehe, bis sie mich ansieht. »Du hasst mich.« Verbittert schüttele ich den Kopf. »Was habe ich dir nur getan, dass du mich so sehr hasst?«

Wieder entstehen diese Grübchen auf ihren Wangen, die mein Blut zum Kochen bringen. »Das ist die Rache dafür, dass du meine Backkünste kritisiert hast.«

»Das sind keine Künste, das ist Folter«, entgegne ich matt.

Juna stößt einen empörten Laut aus und lässt ihre Hand klatschend auf meinem Knie landen.

»Autsch!«, stoße ich lachend einen Schrei aus und ernte von den übrigen Gästen stutzige Blicke. Ihr Schlag hat sich auf meinem gefrorenen Bein angefühlt, als würde ein Hammer darauf niederrasen.

»Geschieht dir recht!«, raunt sie mit einem diabolischen Lächeln, das mir viel zu gut an ihr gefällt.

Ehe ich etwas erwidern kann, taucht Sofia aus einem der Nebenräume auf. Ich hatte nicht einmal mitbekommen, dass sie gegangen war. In ihren Händen hält sie einen Anzug, der mich stark an den eines Astronauten erinnert. Oder an den eines Klärgrubentauchers. Mich schüttelt der Gedanke daran.

»Ich hoffe, ihr seid alle bereit. Eine Stunde könnt ihr drinnen verbringen. Wenn ihr jedoch früher rauswollt, macht auf euch aufmerksam und wir helfen euch hinaus.« Drinnen? Hat Juna tatsächlich einen Klärgrubentauchkurs geschenkt bekommen? Wenn ich so drüber nachdenke, wäre es genau das, was ich meinem Erzfeind schenken würde. Ich schüttele den Kopf. Das ist absurd … oder? Zutrauen würde ich es ihr, dass sie sogar dann noch über das ganze Gesicht strahlt. Vorsichtig sehe ich mich um und versuche mir auszumalen, wie wir gleich alle gemeinsam … Nein!

Sofia stellt den Anzug vor sich hin und deutet auf die integrierten Schuhe. »Es wird nicht sehr leicht sein, in dem Anzug zu laufen, aber ihr müsst es nur bis zum See schaffen.« Ohne Umschweife steigt sie selbst in den orangenen Overall hinein, stülpt die viel zu großen Ärmel über und bewegt ihre Hände in den Handschuhen. Ihr Kopf ist ebenfalls eingepackt. Den legt sie nun so nach vorne, dass ihr Kinn ihren Hals berührt, während ihre Arme sich über vorne nach hinten bewegen. »So könnt ihr euch fortbewegen. Ihr müsst daran denken, den Kopf nach vorne zu ziehen, ansonsten könnte Wasser hinten hineinlaufen und das kann äußerst unangenehm werden.« Sie richtet sich auf, lächelt und sieht uns abwechselnd an. »Seid ihr bereit? Die ersten Lichter tauchen schon am Himmel auf.«

***

Juna

Die Tatsache, dass ich bis auf Kira keine Freunde habe, sie panische Angst vor Wasser hat und meine Familie für diesen Spaß nicht zu haben war, hat die Suche nach einem Float-Buddy maßgeblich erschwert. Die Freude über das Geschenk ist also recht schnell abgeflacht. Was den Fakt, dass ich jetzt hier in diesem orangenen Anzug stehe und darauf warte, dass Sofia mich einpackt, nur noch grandioser macht. Levi wirkt noch ein wenig skeptisch, doch weitaus weniger verdrießlich als befürchtet. Sofia gibt uns letzte Instruktionen, doch ich höre nur aus Höflichkeit hin. Die vielen YouTube-Videos, die ich mir dazu angesehen habe, waren Aufklärung genug. Eine asiatische Frau neben mir hingegen sieht so aus, als würde sie am liebsten alles mitschreiben, um ja nichts zu vergessen. In unserem Aufzug alles andere als leicht. Ich bin schon froh, wenn ich meine Arme heben kann, ohne das Gleichgewicht zu verlieren. Während Sofia die letzten Worte an uns richtet, ist sie bei mir angekommen und zieht den Reißverschluss bis unter mein Kinn hoch. Als ich mich zu Levi drehe, beginnen wir beide zu lachen. Levis Gesicht ist durch den Anzug so fest zusammengepresst, dass es aussieht, als hätte er das Duck-Face erfunden. Und ich bin mir sicher, dass ich nicht besser aussehe, denn das Lachen schmerzt in meinen Wangen, die mit voller Kraft in ihre Form gepresst werden.

»Du siehst aus wie ein Pfannkuchen«, sagt er lachend und deutet mit seiner gigantischen Hand in meine Richtung.

»Lieber ein Pfannkuchen als eine Ente!« Auf meine Erwiderung hebt er nur resigniert die Arme und im nächsten Moment fragt Sofia schon, wer zuerst in den See steigen will. Wer wäre schon so verrückt, sich freiwillig zu melden? Wer weiß schon, was unten an der Leiter auf einen wartet?

Sofort hebe ich die Hand und watschele zum Steg.

Sofia reicht mir ihre und hilft mir auf die erste Strebe der Leiter. Es fühlt sich merkwürdig an, vollbekleidet in einen See zu steigen. Und als meine Füße eintauchen, spüre ich eine leichte Kälte, die zum Glück von dem Material des Anzugs weitestgehend abgeschottet wird. Obwohl ich es nicht erkenne, weiß ich, dass der Großteil des Sees zugefroren ist und nur dieser kleine Teil, in dem wir uns befinden, vom Eis befreit wurde. »Und jetzt rückwärts reingleiten lassen«, ruft Sofia mir zu. Ihre Stimme dringt nur gedämpft zu mir durch. Dafür höre ich meinen eigenen Puls umso lauter. Mein Herzschlag rast wie verrückt und mein Atem kommt nur noch stockend. Ich habe keine Angst, bin dafür aber umso aufgeregter. Die Luft in meinem Anzug steigt immer weiter nach oben, bis mein ganzer Oberkörper unter Druck steht. Mit einem letzten Schritt lasse ich mich nach hinten fallen, den Kopf eng an die Brust gezogen, und lande in dem Wasser. Ein unkontrollierbares Kichern bahnt sich an die Oberfläche, weil sich diese Schwerelosigkeit einfach verrückt anfühlt. Ich schwebe. Ich schwebe im Wasser. »Du musst nach hinten schwimmen, damit die anderen Platz haben!«

»Okay«, hauche ich. »Okay.« Hektisch bewege ich meine Arme, versuche mein hysterisches Lachen zu unterbinden, während ich mich darauf konzentriere, den Kopf nicht unter Wasser zu tunken. Als ich glaube, weit genug weg zu sein, nehme ich ein paar tiefe Atemzüge und lasse mich treiben. Alles, was ich sehe, ist der schwarze Himmel über mir. Alles, was ich höre, ist mein Herzschlag. Ich bin für mich. Ich bin allein und so klein in diesem riesigen Universum ... So frei.

***

Ich habe nicht mitbekommen, dass die anderen mir gefolgt sind, weil ich so mit meinen Gedanken beschäftigt war, doch plötzlich fühle ich etwas an meiner Hand. Vorsichtig, um nicht abzutauchen, drehe ich den Kopf und sehe Levis Konturen. Er bewegt seinen Arm, bis er näher bei mir ist und umklammert meine Hand mit seiner.

Obwohl ich ihn nicht ganz erkennen kann, glaube ich, dass er lächelt. So wie ich lächle. So wie mein Herz lächelt.

Ohne etwas zu sagen, wenden wir unseren Blick wieder nach oben, und als hätte das Universum nur auf diesen Moment gewartet, beginnt das Spektakel. »Sieh«, flüstere ich und drücke seine Hand fester. Auch, wenn er es vermutlich nicht einmal hört oder spürt. Als die grünen Schleier über uns deutlicher werden, höre ich ihn scharf die Luft einziehen. Die Polarlichter tanzen über uns ihren altbekannten Tanz. Sie bewegen sich, werden heller, verschwinden wieder und tauchen wie aus dem Nichts erneut auf. Ihre Konturen sind heute Nacht so stark, dass ich dankbar bin. Dankbar, dass ich Levi dieses wunderschöne Naturwunder zeigen kann; dankbar, dass sie mich daran erinnern, welches Privileg es ist, hier sein und das sehen zu dürfen. Unter den Nordlichtern zu liegen, die Schwerelosigkeit zu fühlen und einfach nur sein zu können, ist das Achtsamste, das ich jemals gemacht habe. Nichts hat Bedeutung: kein Leid, keine Gedanken, keine Ängste. Ich muss nichts, ich darf nur.

Eine Träne rinnt mir über die Wange, wird von meinem Anzug verschluckt und wird ein Teil des eiskalten Wassers. Währenddessen halten Levi und ich uns weiter und lassen uns langsam vom Wasser treiben.

***

Levi

Etliche Stunden sind vergangen, seit wir aus dem Wasser gestiegen sind. Die Polarlichter waren so intensiv, so wunderschön. Doch sie sind ebenso schnell wieder gegangen, wie sie gekommen sind. Und mit ihnen ist ein Teil von mir verschwunden. Der Teil, der sich eingeengt gefühlt hat. Der sich fehl an diesem Ort - fehl auf dieser Welt - gefühlt hat. Als das Bild der Nordlichter über mir mein Herz erreicht hat, wurde mir mit einem Mal so warm. Dieses Spektakel hat meinen Horizont um Weiten erweitert. Meine Gedanken sind gerast. Wie kann das sein? Ich bin so klein im Gegensatz dazu. Nur ein kleiner Teil dieser Unendlichkeit. Es war, als wäre mein Herz nicht groß genug, als würde es nicht genug fühlen können. Es tat weh. Doch irgendwann tat es das nicht mehr …

Und dann konnte ich entspannen und einfach nur fühlen.

***

Juna liegt bereits in einem der zwei Betten in diesem Zimmer und schläft, während ich auf der Fensterbank sitze und unaufhörlich hinaus in den Himmel starre. Ich will sie noch einmal sehen. Ein letztes Mal, weil in mir noch so vieles ist, das ich ihnen mitgeben will. So viel Schmerz, den ich verlieren will.

»Levi?«, höre ich ihre leise Stimme und kurz darauf auch das Rascheln ihrer Bettwäsche. »Bist du noch wach?« Juna setzt sich auf und sieht zu mir herüber. Als ich nicht antworte, steht sie auf, schlingt sich ihre Decke um die Schultern und kommt zu mir. Ihre nackten Füße lassen den Dielenboden unter ihr knarzen. »Ist alles in Ordnung?« Sie lässt sich vor mich auf den Boden sinken und bettet den Kopf auf einen Arm, den sie neben mir auf der Fensterbank ablegt.

Ich will nicken. Will ihr sagen, dass es mir seit Ewigkeiten nicht mehr so gut ging, aber ich kann nicht, weil ich sonst in Tränen ausbreche. Ihre Hand tastet sich langsam vorwärts, bis sie meine findet und die Finger miteinander verschränkt. Juna hat kein Problem mit Körperkontakt, was mir schon öfter in den letzten Tagen aufgefallen ist. Doch nie habe ich es mehr gebraucht als jetzt. Ich fühle mich schutzlos ohne diesen Teil von mir, der mich mein ganzes Leben begleitet hat. Ich weiß, dass es so besser ist, und doch ist jetzt diese Leere an dessen Platz getreten, die irgendwie gefüllt werden muss. Und wieso nicht mit dem Gefühl ihrer Haut an meiner? Zögerlich zupft sie an meiner Hand und ich lasse mich zu ihr auf den kalten Holzboden sinken. Wir sind uns so nah, dass ich ihr Shampoo riechen kann. Ob sie mir anmerkt, wie schnell mein Herz ihretwegen schlägt? Wir reden nicht, aber wir berühren uns. Während ihre linke Hand immer noch in meiner rechten liegt, lege ich meine freie an ihren Hals. Juna schließt schwer atmend die Augen und lehnt sich ihr entgegen. Ihre Haut ist so weich. So warm. So perfekt.

»Danke«, hauche ich.

Sie öffnet ihre Lider, sieht jedoch verlegen zu Boden. »Gern geschehen. Ich wusste, dass es dich auf andere Gedanken bringt. Und ich auch. Morgen ist der …« Ihre Augen landen wieder auf meinen und ich schwöre, es gibt keine schöneren als dieses Paar, doch sie beendet ihren Satz nicht. Den Schmerz, der kurz in ihr hochgestiegen ist, verscheucht sie genauso schnell wieder, wie er gekommen ist und ein Lächeln tritt an dessen Stelle. »Als ich zum ersten Mal Nordlichter gesehen habe, war ich sieben Jahre alt. Meine Oma war mit mir im Norden im Urlaub und ist nachts mit mir aufgestanden. Ich war so müde.« Ein leises Lachen ertönt aus ihrem Mund und lässt die Moleküle um uns herumtanzen. »Als ich sie gesehen habe, musste ich weinen, weil ich so ergriffen war. Irgendwie hatte ich sogar Angst vor ihnen, dabei wusste ich tief im Innern, dass sie mir nichts tun.«

»Verständlich«, gebe ich mit einem schiefen Lächeln zurück. »Es ist etwas ganz Besonderes.«

Sie nickt. »Mmh.«

»So wie du.« Mein Daumen streichelt sanft über die dünne Haut an ihrem Hals und als sie erschaudert, weiß ich nicht, ob es an meinen Worten, der Berührung oder der Kälte des Bodens liegt. Weil ich weder meine Worte zurücknehmen noch meine Hände von ihr lassen will, schiebe ich es auf die Kälte, gegen die ich etwas tun kann. Vielleicht nicht ganz uneigennützig packe ich sie an der Hüfte und ziehe sie zu mir, sodass sie auf meinem Schoß sitzt. »Ist … ist das okay?«, frage ich flüsternd und hoffe, dass sie Ja sagt. Ich will sie nicht bedrängen, kann aber nichts gegen diesen Wunsch tun, ihr nah zu sein.

Ihre Lippen zucken, dann nickt sie vorsichtig. »Ja.«

Scheiße, diese Frau bringt mich noch um den Verstand. Wie kann sie nur so selbstbewusst und gleichzeitig so schüchtern sein? Juna lässt ihre Hand meinen Arm hochwandern und fährt damit unter meinen Pullover. Ihre Fingernägel streichen zärtlich über meine Haut und hinterlassen einfach überall auf meinem Körper eine Gänsehaut. Mein Hals wird trocken, während ich mich stark beherrschen muss, nicht die Fassung zu verlieren. »Juna«, raune ich, den Blick nicht von ihren Lippen lassend.

»Ja?« Ihre Stimme klingt unschuldig, doch ihre Hände sprechen eine ganz andere Sprache. Sie haben sich unter mein Shirt geschoben und wandern jetzt über meinen Oberkörper. Mittlerweile bereue ich es, sie auf meinen Schoß gehoben zu haben.

»Wirst du mich wieder von dir stoßen?« Meine Worte stecken gleichzeitig voller Unsicherheit, aber auch Begierde.

Sie befeuchtet ihre Lippen mit der Zunge, was mir nur ein Raunen entlockt. »Vielleicht.« Ihre Mundwinkel zucken.

Weil ich nicht zu fordernd sein will, bewege ich mich nicht. Und Fuck, das verlangt mir einfach alles ab! »Dann warte ich lieber«, murmle ich.

»Ja?« Juna rutscht auf meinem Schoß näher zu mir heran und presst meine Härte nur enger an sich. Wie in Zeitlupe lehnt sie sich vor und nähert sich mit ihrem Mund meinem Hals. Nie zuvor hat sich ein flüchtiger Kuss so auf meinen Körper ausgewirkt. Mein Herz poltert in meiner Brust, mein Atem kommt flach. Während ihre Lippen längst nicht mehr an meinem Hals liegen, spüre ich ihre Wärme nach wie vor. Juna küsst mein Schlüsselbein, lässt ihre Lippen federleicht über meinen Hals wandern, ohne anzuhalten und verweilt an meinem Ohr. Ihr Atem kitzelt mich, treibt mich in den Wahnsinn. »Vielleicht ...«, haucht sie, »... solltest du es noch mal versuchen.«

Nach diesen Worten umfasse ich ihr zartes Gesicht und überbrücke die letzte Distanz zwischen uns. Ihre Lippen schmiegen sich perfekt an meine. Ihre Wärme geht auf mich über, ihr Lächeln tritt auf meinen Mund. Ein Keuchen entflieht Junas Kehle, als sich unsere Zungen berühren und auch mein Inneres spielt verrückt. Es ist kein Feuerwerk, das in meiner Brust entsteht. Es sind Nordlichter: funkelnd, hell, wunderschön und unendlich.

Kapitel 8

20. Dezember

Levi

Juna liegt in meinem Arm und sieht mich mit rot unterlaufenen Augen an. Ihre Lider flattern vor Müdigkeit, doch bisher hat keiner von uns ihr nachgegeben. Zärtlich streiche ich ihr eine Strähne aus dem Gesicht, während die ersten Sonnenstrahlen durch das große Fenster auf uns fallen. Die Nacht ist völlig anders gelaufen, als ich mir vorgestellt habe. Wir haben uns geküsst und dieser Kuss steckte voller Gefühle. Nur scheint eines dieser Gefühle Juna überrumpelt zu haben. Denn als ich sie zu meinem Bett getragen habe, hat sie plötzlich angefangen zu weinen. Ich war völlig perplex und habe sie gefragt, ob ich etwas falsch gemacht habe, doch sie hat nur den Kopf geschüttelt und noch heftiger geweint. Das ist jetzt zwei Stunden her und seither liegen wir so nebeneinander. Sie dicht an mir, den Kopf auf meinem Arm gebettet. Ich zum ersten Mal in meinem Leben in der Situation, jemanden trösten zu müssen. So fühlt sich das also an, die Seiten zu wechseln.

»Erzähl mir von ihr«, bitte ich sie mit sanfter Stimme.

Nachdem Juna aufgehört hat so bitterlich zu weinen, hat sie es geschafft, mir zu sagen, was sie so sehr bedrückt. Heute vor zwei Jahren ist ihre Großmutter für immer gegangen. Juna ist ein unfassbar starker Mensch, viel stärker als ich, doch auch die stärksten Menschen dürfen mal zusammenbrechen.

Wieder rinnt ihr eine Träne über die Wange und landet auf meinem nackten Arm. Es wäre komisch gewesen, mein Shirt wieder anzuziehen, nachdem sie sich ihrer Trauer hingegeben hat. Ich wollte einfach für sie da sein.

»Sie war toll«, flüstert Juna mit belegter Stimme. Ihre Finger wandern zu meiner Brust und zupfen an den Härchen darauf. Es zwickt, aber ich lasse mir nichts anmerken. »Ich liebe meine Eltern, aber Oma hat mich aufgezogen.« Schniefend schließt sie die Augen. »Als ich geboren wurde, waren meine Eltern noch sehr jung und … na ja, ich war nicht gerade ein Wunschkind. Sie waren überfordert und gaben mir insgeheim die Schuld daran, dass sie ihre Träume nicht ausleben konnten.« Auf ihrem Gesicht entsteht ein schmerzerfüllter Ausdruck, den sie jedoch weglächelt. Ich erkenne, dass nicht nur mein Leben Startschwierigkeiten hatte. Sie ist nur tausend Mal besser damit umgegangen. »Ich habe meinen Frieden damit gefunden, weißt du? Schließlich hatte ich meine Oma.« Sie schluckt und stößt rasselnd die Luft aus. »Ich hatte meine Oma. Es hätte nicht besser für mich laufen können, deshalb bin ich meinen Eltern sogar dankbar.«

»Ich wünschte, ich hätte deine positive Einstellung«, gestehe ich, während ich weiter über ihr Haar streiche. Der Ausdruck, der auf ihr Gesicht tritt, wenn ich das mache, zeigt mir, wie sehr sie diese Berührung genießt.

»Die kann man lernen«, erklärt sie leise.

Bis auf uns ist in dieser Hütte sicherlich kein Mensch wach und das wollen wir auch nicht ändern. Nie zuvor habe ich einen so intimen Moment mit einem Menschen geteilt. Sie öffnet ihr Herz für mich, während ich mich immer noch dagegen sträube, meines preiszugeben. Auch wenn ich oft kurz davor bin. Wenn Stille zwischen uns herrscht, will ich anfangen zu reden. Wenn ich ihr zeigen will, dass sie nicht allein ist, will ich meine Geschichte erzählen. Aber ich kann nicht.

»Was ist deine liebste Erinnerung an deine Großmutter?«, frage ich stattdessen und fühle mich wie der letzte Feigling.

Junas Augen bewegen sich hinter den geschlossenen Lidern und ein Lächeln entsteht auf ihrem Gesicht. »Das ist leicht.« Sie bewegt sich, rutscht ein bisschen näher zu mir, sodass ihre Arme zwischen ihr und meiner Brust eingeklemmt sind. Meine Arme lege ich um sie. Sie ist warm und riecht so gut. Auch ich schließe meine Augen.

»Zu meinem achten Geburtstag hat sie das Haus weihnachtlich geschmückt.« Sie kichert an meine Brust und lässt meinen Oberkörper vibrieren. »Im September. Sie hat *Last Christmas* aufgelegt und mir einen Kuchen gebacken. Es war ihre eigene Kreation und bestand aus allen möglichen Weihnachtsgebäcken und Geschmackrichtungen.«

»Das klingt widerlich«, gestehe ich lächelnd.

Wieder lacht sie und ich liebe es, dass ich sie dazu gebracht habe. »War es auch. Ich denke, ich habe meine Backkünste von ihr.«

»Backfolter«, erinnere ich sie und ernte für meine Worte einen leichten Schlag in die Magengrube. Sie kuschelt sich an mich und legt ihren rechten Arm um meine Hüfte. Weil sie so klein ist, kann ich mein Kinn auf ihrem Scheitel ruhen lassen und aus dem Fenster blicken.

»Was ist deine liebste Kindheitserinnerung?«, fragt sie plötzlich ganz leise. Ganz gedämpft. Doch ihre Worte klingen wie ein Paukenschlag in meinen Ohren.

Ich hoffe, dass sie nicht merkt, wie ich zusammenzucke. Sofort wird mein Hals wieder eng und ich wünschte, ich könnte ihre Frage einfach ignorieren, doch das wäre unglaublich feige. Vor allem, nachdem sie sich so vor mir geöffnet hat. Also schlucke ich den Kloß im Hals hinunter in meinen Bauch, wo ich schon so viele davon sammle. Auf einen mehr oder weniger kommt es auch nicht an. »Ich …« Ich räuspere mich, weil meine Stimme nicht wie meine eigene klingt. »Ich war sechs Jahre alt, als meine kleine Schwester

Aava geboren wurde.« Meine Mundwinkel zucken. Erst nach oben, weil ich noch genau weiß, wie ich mich damals gefühlt habe. Dann nach unten, weil ich wünschte, ich wüsste es nicht mehr. »Ich habe sie vom ersten Augenblick an geliebt und ich wusste, dass ich sie beschützen muss und werde.« Ein kratziger Laut verlässt meine Kehle. »Ich war auf einmal ein großer Bruder und hatte eine Aufgabe.«

»Das hast du so schön gesagt«, murmelt Juna. Weil weder sie noch ich etwas sagen, ist nur unser Atem zu hören. Meiner, den ich mit voller Kraft in eine normale Geschwindigkeit bringen will. Ihrer, der meine Haut federleicht streichelt. Junas Arm wird immer schwerer auf meiner Hüfte und sie sinkt mit jeder verstreichenden Minute tiefer in den Schlaf, während ich in meinen Erinnerungen ertrinke.

***

Juna

Wir sind früh am Morgen losgefahren, weil Levi und ich arbeiten müssen. Die letzte Nacht hat so wunderschön begonnen und am Ende so viele Gefühle in mir hervorgerufen, dass ich ihnen völlig verfallen bin. Für gewöhnlich bin ich kein Mensch, der diese verteufelt oder von sich weist, doch dieses Mal ist es anders. Levi und ich waren uns so nah und obwohl diese andere Art der Nähe auch etwas ganz Besonderes war, habe ich den Moment verstreichen lassen. Wir haben uns nicht mehr geküsst. Nachdem wir aufgestanden sind, haben wir uns nicht einmal mehr berührt. Selbst als wir im Minibus gleich nebeneinandersaßen oder hintereinander in unsere Hütte gegangen sind, war da nichts. Und ich weiß nicht, ob es von ihm ausgeht oder insgeheim von mir.

»Du bist nicht bei der Sache. Was ist los?« fragt Kira. Die vergangenen Stunden waren wir damit beschäftigt, Geschenke einzupacken. Jedes Jahr an Weihnachten fährt der Weihnachtsmann zu einem Kinderdorf in Rovaniemi und überbringt höchstpersönlich einen ganzen Schlitten voller Geschenke. Es ist das Event und Kira und ich haben uns freiwillig gemeldet, die Pakete weihnachtlich zu verpacken. Eigentlich liebe ich diese Aufgabe, doch heute kann mich nicht einmal die schöne Musik im Hintergrund ablenken.

»Was soll los sein?«, entgegne ich und tue so, als läge sie völlig falsch, dabei hat sie komplett ins Schwarze getroffen.

Kira stemmt die Hände in die Hüfte und wirft mir einen Blick zu, der aussagt: Du kannst vielleicht dich selbst täuschen, aber mich nicht!

»Es geht um Levi«, murmele ich in meinen nicht vorhandenen Bart und keine Sekunde später entsteht auf Kiras Lippen ein wissendes Grinsen.

»Ihr habt es getan!« Lachend wirft sie das Geschenkpapier in die Ecke, weil sie sich jetzt voll und ganz auf die folgende Geschichte konzentrieren will. Eine Geschichte, die ihr nicht so gut gefallen wird, wie sie vielleicht ahnt. Kira liebt Klatsch und Tratsch. Hätten Levi und ich miteinander geschlafen, würde sie jedes noch so kleine Detail wissen wollen. Vielleicht ist es also ganz gut, dass ich ihr einen Dämpfer verpassen muss.

»Haben wir nicht.« Mit einem zerknirschten Gesichtsausdruck lege ich das goldene Geschenkband um meine Schere, damit eine perfekte Engelslocke entsteht. Doch nicht einmal das gelingt mir heute. Es gibt Tage, da sollte man nicht zu viel erwarten. »Ich hab's versaut.«

Kira sagt nichts, sieht mich nur an. Und dieser Blick lässt mich ebenfalls meine Aufgabe vergessen und wild mit den Händen herumfuchteln. »Weißt du, es war so perfekt! Und dann hab ich angefangen zu weinen. Ja!« Ich schüttele den Kopf. »Während wir uns geküsst haben! Wegen. Meiner. Oma! Unheimlich sexy, oder? Das war's wohl!«

Sie kommt mit erhobenen Händen auf mich zu und nimmt mir behutsam die Schere aus der Hand, um sie mit genügend Abstand auf den Tisch zu legen. »Nicht, dass du noch jemanden verletzt.« Mit einer Ruhe, die ich von meiner Freundin überhaupt nicht kenne, lässt sie sich neben mir nieder und nimmt meine Hände in ihre. »Süße, das ist sicher gar nicht so schlimm. Er wird das schon verstehen. Es gibt eben Dinge, die einen zum Heulen bringen.« Sie stößt einen verächtlichen Laut aus und verdreht die Augen. »Scheiße, ich hab sogar mal während dem Sex geheult, weil ich an meinen verstorbenen Hund denken musste.« Sie nimmt mein Gesicht zwischen die Hände. »Und weißt du was? Das ist völlig okay. Hab ich den Typen danach noch mal wieder gesehen?« Sie zuckt mit den Schultern. »Nein! Aber das lag sicher nicht an meinem Heulkrampf.«

Ihre Anekdote bringt mich kurz zum Lachen, doch dieser kurze Moment ist schnell wieder vergangen. Obwohl ich einen erneuten Gefühlsausbruch wirklich verhindern wollte, beginnt meine Unterlippe zu zittern. »Heute ist echt ein Scheißtag.«

Ihr Daumen streicht sanft über meine Handfläche und ihr Lächeln ist alles andere als spöttisch. Wenn es drauf ankommt, ist sie einfach wunderbar. »Es muss auch solche Tage geben, das weißt du doch. Nur durch Tiefen gibt es Höhen.« Mit einem Augenzwinkern wischt sie mir eine Träne vom Gesicht. »Das hast du mir doch immer gesagt.«

Schniefend beiße ich mir auf die Unterlippe und nicke sachte. »Das waren wohl besonders helle Momente.«

»Nur wo Schatten ist, ist auch Licht«, zitiert sie mich erneut und bringt mich damit zum Lachen. Ob ich tatsächlich wie ein Sprüche-Kalender klinge?

»Du bist doch doof!« Halb schniefend, halb lachend boxe ich meine Freundin gegen den Arm, schmiege mich dann allerdings an sie und genieße es, von ihr gehalten zu werden.

»Willst du für heute Feierabend machen?« Sie deutet mit einer Kopfbewegung zu den restlichen Geschenken. »Das schaffe ich auch allein.«

»Bist du sicher?«, frage ich kleinlaut. Ich drücke mich selten vor der Arbeit, aber heute könnte ich eindeutig noch ein paar Sonnenstrahlen und Zeit in der Natur gebrauchen.

»Klar!« Kira zuckt lässig mit den Schultern. »Hau ab und lass deine Stimmbänder vibrieren!«

Sie kennt mich zu gut, was mir wieder ein vorsichtiges Lächeln auf die Lippen zaubert. Mit einem Kuss auf die Wange verabschiede ich mich von ihr, schnappe mir meine Jacke vom Kleiderbügel und laufe hinaus in die Kälte. Immer weiter, bis ich den Lärm des Dorfes hinter mir gelassen habe und endlich frei atmen kann.

Hier draußen, wo nichts als Schnee, Natur und ich sind.

Ich schließe die Augen und beginne meine Gefühle von meiner Stimme tragen zu lassen. Ich gebe die ersten Töne von mir. Sie sind ein wenig schrill und doch melodisch. Es sind lange, helle Klänge, gefolgt von scharfen Lauten, welche die Luft zerschneiden. Die Luft um mich herum vibriert und trägt die Musik mit sich. Die Laute finden einen Weg durch die Schneemassen, an den Bäumen entlang, hoch in den Himmel. Sie umhüllen mich, hallen von allen Seiten zurück und treffen mich tief in der Brust. Meine Gefühle verwandeln sich in Musik.

Der Schnee unter mir knirscht mit jeder meiner Bewegungen. Der eisige Wind weht um mein Gesicht und unter meine Kleidung. Und doch mache ich weiter. Ich blende es aus, weil ich mich einzig und allein auf meine Stimme konzentriere.

Von dieser Art des Gesangs habe ich erst vor wenigen Jahren gehört, als ich durch YouTube gescrollt habe und auf einem Video gelandet bin. Ich war wie berauscht beim Klang. Eine junge Frau in einem weißen bodenlangen Kleid, die inmitten der unangetasteten Natur steht und singt. Erst war ich überzeugt, dass sie jodelt, denn das kennt man vom Fernsehen, doch dann wurde ich eines Besseren belehrt. Kulning wurde früher auf den Almen angewandt, um weidende Tiere zusammenzurufen. Weil es angenehmer als Schreien war, haben die Frauen diese Laute von sich gegeben. Aber es war auch ein Instrument der Unterhaltung. Die Monate können lang sein und so konnten die Frauen über Meilen hinweg miteinander kommunizieren und haben sich weniger einsam gefühlt.

Oma hat es geliebt, mir dabei zuzuhören und jetzt stelle ich mir vor, wie sie mich hört. Wie sie bei mir ist und mit geschlossenen Augen meiner Stimme lauscht. Und wie die Frauen damals, fühle ich mich von Minute zu Minute weniger einsam.

***

Levi

»Gibt es noch nichts Neues von deinem Auto?«, fragt Tante Ann.

»Nein«, antworte ich knapp und werfe einen Blick zur Uhr. Juna müsste längst Feierabend haben. Die letzten zwei Stunden habe ich damit verbracht, dieses Zimmer noch kitschiger zu gestalten als davor. Ich hätte nicht gedacht, dass das überhaupt möglich ist, doch ich habe es geschafft. Überall hängen jetzt Girlanden mit roten Plastik-Beeren und Lichterketten, die in den unterschiedlichsten Farben freudig vor sich her blinken. Den pinken Plastikbaum, den ich in der Postzentrale entdeckt habe, habe ich kurzerhand mitgenommen. Natürlich nur ausgeliehen, wie ich Ella versichert habe. Er ist das Schmuckstück dieses Albtraums und ich bin mir sicher, dass Juna meine Arbeit lieben wird. »Hast du eine Ahnung, ob zu viel Zimt wirklich giftig ist?«

»Was hast du vor?«, fragt meine Tante skeptisch und geht nicht weiter darauf ein, dass ich das Wagen-Thema eiskalt abgewürgt habe. Natürlich habe ich angerufen, um nachzufragen, wie lange es noch dauert. Aber ob ich traurig darüber war, dass die Werkstatt ein paar Tage wegen Krankheit geschlossen hatte? Eher nicht. Wer hätte das gedacht? Vor wenigen Tagen wäre ich nach dieser Information ausgetickt. Heute war ich ganz entspannt. Was vermutlich daran liegt, dass ich mich noch nicht von ihr verabschieden will.

Mit zwei Schritten bin ich am Backofen und öffne die Tür ein kleines Stück, um eine ungehinderte Sicht auf den Kuchen darin zu haben. Hitze steigt mir entgegen und raubt mir den Atem. Mein Handy klemme ich zwischen Schulter und Ohr, während ich mit einer Gabel in den Teig pieke. Er ist noch zu flüssig.

»Ich habe gebacken«, antworte ich vage auf ihre Frage. Dass dieser Kuchen eine Kombination aus den verschiedensten Weihnachtsgebäcken ist, verschweige ich. Womöglich würde sie mich sonst auf der Stelle einweisen lassen. Ich habe überlegt, Juna einen englischen Weihnachtsnachtisch zuzubereiten, doch allein der Gedanke an Plum Pudding hat mich diese Idee schnellstens verwerfen lassen. Dafür wäre es nun ohnehin schon zu spät.

Als ich Junas Schlüssel im Schloss höre, werfe ich die Tür des Ofens wieder zu und lege die Gabel ins Waschbecken. »Ich muss auflegen! Hab nen schönen Abend!« Bevor meine Tante widersprechen kann, drücke ich sie weg und stecke das Handy in meine Hosentasche.

Ich höre, wie Junas Schuhe in die Ecke geschleudert werden und zum ersten Mal bin ich richtig nervös. Es fühlt sich an, als wäre ich der brave Hausmann, der den ganzen Tag putzt und backt und auf die Heimkehr seiner fleißigen Frau wartet. Weil ich keinesfalls so rüberkommen will, als drehe sich mein ganzer Tag nur um sie, werfe ich mich kurzerhand aufs Sofa und nicke Juna zur Begrüßung zu. Gott! Wem mache ich etwas vor? Ich habe die Hütte dekoriert und gebacken!

»Wonach riecht's denn hier?«, fragt sie, während sie die Knöpfe ihres Mantels aus den Schlaufen befreit. Noch hat sie nicht gesehen, was ich für einen Aufwand betrieben habe und mit einem Mal zweifle ich, ob ich mich damit vielleicht komplett zum Deppen mache.

»Ich …« Als hätte ich mich nicht gerade erst hingelegt, setze ich mich schwerfällig auf und deute in die Küche. »Ich habe einen Kuchen gebacken.«

Nachdem sie sich ausgezogen hat, registriert Juna, was sich sonst noch verändert hat. Ich folge ihrem Blick über den beleuchteten Bogen, durch den sie jetzt geht, bis zu den vielen Girlanden an den Wänden. Ihre Pupillen weiten sich, und als sie an dem pinken Baum hängen bleibt, stößt sie ein leises »Huh« aus. Mein aufgeregtes Herz schlägt schneller.

Sie dreht sich in meine Richtung. Die Arme hängen schlapp an ihr herunter, doch in ihrem Gesicht spiegelt sich all das wider, was ich mir erhofft habe. In ihren Augen glitzern Tränen. »Das …« Sie schluckt. »Das hast du für mich gemacht?«

Lässig zucke ich mit den Schultern. »Für mich sicherlich nicht.«

Ich hatte die Hoffnung, dass sie mich küsst oder zumindest umarmt, doch weil sie sich nicht rührt, schraube ich meine Erwartungen zurück. Vielleicht hat ihr das zwischen uns gestern Nacht nichts bedeutet und sie hat nur aus ihrer Trauer heraus gehandelt. Niemand könnte das besser verstehen als ich. Ich habe mit einigen Frauen geschlafen, weil ich das Gedankenkarussell in meinem Kopf stoppen wollte. Und es hat meistens geklappt. Wenn auch nur für kurze Zeit.

»Der Kuchen muss raus«, durchbreche ich die Stille zwischen uns und merke, wie Juna mir stumm zur Küchenzeile folgt. Sie beobachtet mich dabei, wie ich den Kuchen mit Topflappen bewaffnet hinaushieve und auf den Holztisch stelle. »Willst du warten, bis er abgekühlt ist?«

Sie beugt sich mit dem Oberkörper vor, sodass sie sich auf die Ellenbogen stützen und den Kuchen ganz genau begutachten kann. Mich mit großen Augen ansehend schüttelt sie den Kopf. »Heiß ist mir Kuchen am liebsten.«

»Okay.« Ich greife nach einem Messer. »Ich bin ein bisschen aufgeregt. So was habe ich noch nie gebacken.«

Mit schiefgelegtem Kopf sieht Juna mir dabei zu, wie ich ein viel zu großes Stück abschneide. »Was ist es für einer?«

Stolz, dass er nicht wie eine komplette Katastrophe aussieht, befördere ich das Stück auf einen Teller und stelle ihn vor Juna ab. Ich deute darauf und beginne zu erklären. »Die untere Schicht besteht aus Dominosteinen.« Mit der Messerspitze pieke ich hinein und erkenne zu meiner Zufriedenheit, dass sich nur die Schokolade verflüssigt, der Rest jedoch standgehalten hat. »Darüber ist eine Masse aus zerkleinerten Spekulatiuskeksen, und das hier ...« Ich zeige auf die Creme, auf die ich besonders stolz bin. »Ist ein veganer Mascarpone mit Lebkuchen- und Zimtgeschmack. Und die oberste Schicht besteht aus Brownie mit kleinen festen Schokostückchen. Ich weiß ja, dass du die so gerne magst.« Ich denke an den Porridge, den sie mit ihrer Schokolade aufgewertet hat und grinse sie an.

»Wow«, haucht sie, lässt sonst allerdings recht wenig durchdringen, was sie denkt.

»Gefällt es dir?«, frage ich und halte den Atem an.

Ganz langsam, beinahe schüchtern, wandern ihre Augen vom Kuchen über meinen Oberkörper zu meinen Augen und mit jedem Millimeter, den ihre Pupillen sich weiter in meine Richtung bewegen, wird die Luft dünner zwischen uns. Als sie meine Augen erreichen, erkenne ich, dass ich alles richtig gemacht habe. Juna muss nichts sagen, damit ich die Antwort kenne. Ihre Brust hebt sich schwerer als davor, während ihre Lippen sich fest zusammenpressen. Ihre Augen sprechen ihre ganz eigene Sprache, die ich nur zu gut verstehe. So habe ich meine Tante oft angesehen, wenn ich keine Worte gefunden habe. Dankbarkeit über das Wissen, nicht allein mit meiner Trauer sein zu müssen.

So wie Juna heute nicht allein mit ihrer sein muss. Und weil ich diese stille Art der Kommunikation gerade sehr genieße, lächle ich sie an, nehme zwei Gabeln aus der Schublade und reiche ihr eine davon. Manchmal sind es nicht die großen Worte, sondern die kleinen Taten, die zählen.

Gemeinsam lassen wir das Besteck mit dem perfekt gelungenen

Teig verschmelzen. Die untere Schicht ist ein kleines bisschen hartnäckig, doch mit einem leichten Druck sind wir beide durch. Das Metall der Gabeln hinterlässt ein quietschendes Geräusch auf dem Teller, und als der große Moment gekommen ist, sehen wir uns wieder an. Meine Mundwinkel zucken ebenso wie ihre. Wir haben Angst, dass es widerlich schmecken wird. Zumindest habe ich diese Angst. Juna hingegen besitzt schließlich keine Geschmacksnerven, weshalb sie diese Tatsache wenig besorgen müsste.

Als wäre es ein heiliger Akt, führen wir unsere Kuchenstücke ganz bedachtsam zu unseren Mündern.

Wir beobachten uns gegenseitig, während die Schokolade auf unseren Zungen zergeht. Im ersten Moment bin ich enttäuscht von dem wenig besonderen Effekt der Kombination, dabei habe ich mir doch so viel Mühe gegeben. Doch nach und nach vermischen sich die verschiedenen Komponenten und ein genüsslicher Laut verlässt meine Kehle. Auch Juna reißt die Augen auf, ehe sie sich über die Lippen leckt und einen zweiten Happs nimmt.

Als ich mich hinsetzen will, erkenne ich, dass alle Stühle mit Tüten belegt sind, die noch über und über mit Dekoration beladen sind. Also nehme ich kurzerhand zwei Topflappen, schnappe mir das Kuchenblech und befördere es auf den Couchtisch. Mit meiner Gabel bewaffnet lasse ich mich davor auf den Boden sinken. »Schau mal im Kühlschrank«, rufe ich Juna zu, die eben dem Kuchen folgen wollte. Kurz darauf höre ich sich den Kühlschrank öffnen und wieder schließen. Ein Ploppen beweist mir, dass Juna den Wein gefunden hat. Mit zwei vollen Gläsern taucht sie auf, setzt sie ab und lässt sich mir gegenüber auf dem weißen Teppich nieder. Schokoladenkuchen und Rotwein sind eine perfekte Kombination für den ultimativen Fleck.

Während ich mich der roten Flüssigkeit widme, verputzt Juna ein riesiges Stück Kuchen. Offenbar habe ich mehr bei meiner Tante gelernt als gedacht. Backen war für uns immer wie eine Art Therapie.

An Feiertagen gab es massenweise Muffins und kleine Törtchen. Andere betäuben ihre Gefühle mit Alkohol, wir haben uns in ein Fresskoma befördert. »Wusstest du, dass nicht jeder Wein vegan ist?« Vorsichtig, damit ja nichts überschwappt, lasse ich die Flüssigkeit rotieren.

Juna hebt irritiert die Augenbrauen. »Ist das nicht nur gegarter Traubensaft?«

»Unter anderem zur Gärung werden manchmal tierische Produkte verwendet«, erkläre ich. Ob ich an manchen Tagen nichts Besseres zu tun habe, als mir irgendwelche Dokumentationen über Wein anzusehen? Schon möglich, aber immerhin habe ich so schon einiges gelernt.

»Das ist ja eklig«, sagt sie, und ich nicke zur Bestätigung. Das Etikett unseres Weines zeigt jedoch, dass für dieses Produkt kein Tier leiden musste.

»Ich habe noch nie Wein getrunken«, gesteht Juna knapp, ehe sie das Glas an ihre Lippen bringt und zögerlich daran nippt. Hätte sie nichts gesagt, hätte ich es spätestens durch ihr verzerrtes Gesicht erfahren.

»Du musst nicht!«

»Ich weiß.« Der zweite Schluck verursacht nur noch eine leichte Mimik-Entgleisung, hinterlässt jedoch auch wieder zwei Grübchen auf ihren Wangen. »Aber man lebt nur einmal, nicht?«

Ihr zustimmend hebe ich mein Glas und proste ihr zu. »Gibt es bestimmte Dinge, die du noch erleben willst?«, frage ich sie. Ich lehne mich auf einem Arm zurück, während ich mit der anderen Hand abwechselnd trinke und esse.

Juna lacht. »Du tust ja so, als würden wir bald sterben und müssten uns entscheiden.«

Ihre Antwort quittiere ich mit einem Schulterzucken. »Nicht jeder kann es sich leisten, alle seine Träume zu realisieren. Wir müssen pragmatisch sein.«

»Du bist sicher jemand, der es liebt, Listen zu machen.« Sie tut so, als würde sie etwas schreiben. Mit dem imaginären Kuli tippt sie sich nachdenklich gegen die Unterlippe. »Kuchen backen. Pro: Lecker Kuchen. Contra: Viel zum Spülen.« Juna schaufelt sich einen großen Batzen Creme in den Mund und lacht mit geschlossenen Lippen, während ich über die Schulter zum Spülbecken schiele, das tatsächlich überquillt.

»Was wäre so schlimm daran?«, frage ich.

»Nichts.« Sie schenkt mir ein Lächeln, das es einem unmöglich macht, ihr etwas übel zu nehmen. Juna ist ein Mensch, der dich anschießen könnte und solange sie sich mit diesem Lächeln entschuldigt, vergibst du ihr. »Aber wäre es nicht toll, einfach zu leben und zu tun, worauf man Bock hat? Ohne an die Konsequenzen zu denken?«

»Konsequenzen gibt es immer«, nehme ich ihr den Wind aus den Segeln. Pessimisten und Optimisten sollten keine Diskussion führen dürfen. Einer verliert immer.

Mit ihrem rechten Zeigefinger tupft sie einige Spekulatiuskrümel vom Tablett und lässt sie in ihrem Mund verschwinden. »Aber manchmal sind die Konsequenzen noch aufregender als das Abenteuer selbst.«

Ich werfe ihr einen kritischen Blick zu. Manchmal glaube ich, dass sie Behauptungen aufstellt, ohne es selbst zu glauben. »Zum Beispiel?«

Juna lehnt sich zurück und wendet den Blick nachdenklich an die Decke. Als sie wieder mich ansieht, funkeln ihre Augen auffordernd. »Du!«

»Ich?«

Mit einem kraftvollen Nicken deutet sie auf mich. »Du hast diesen Road Trip gewagt, bist mit dem Auto dummerweise liegen geblieben und darfst jetzt beim Weihnachtsmann wohnen!«

»Und ich hasse es«, entgegne ich.

»Tust du nicht. Du hättest mich sonst niemals kennengelernt.«

Ein heiseres Lachen dringt aus meiner Kehle. »Touché!«

»Außerdem …« Juna nimmt einen weiteren Schluck aus ihrem Glas. »Wäre mir das passiert, wäre es die schönste Konsequenz meines Lebens.«

Eine Zeit lang denke ich über ihre Worte nach und frage mich, was ich alles schon verpasst habe, weil ich zu feige war. Ich bin kein furchtloser Abenteurer. Ich bin ja nicht einmal furchtlos. »Ich wollte schon immer mal Fallschirmspringen«, platzt es aus mir heraus.

»Geil!« Ihre Augen werden groß. »Wieso tust du es nicht?«

»Zu teuer. Zu gefährlich …«, beginne ich aufzuzählen.

»Pff!« Juna verdreht die Augen. »Es sterben mehr Menschen an einem Herzinfarkt beim Kacken als beim Fallschirmspringen.«

Ich lache auf. »Das hast du dir nur ausgedacht«, sage ich kopfschüttelnd.

Obwohl ich sie offensichtlich ertappt habe, hebt sie ermahnend einen Finger. »Aber es könnte möglich sein!«

Wieder schüttele ich den Kopf. »Und du? Was würdest du sofort tun, wenn du die Chance dazu hättest?«

***

Drei Stunden später ist die Flasche Wein längst leer, der Kuchen bis auf die letzten Krümel verputzt und ich habe mehr über mich erzählt und selbst erfahren als in den letzten Jahren zusammen. Ich weiß jetzt, dass Juna eine kleine Schwester hat, die sie über alles liebt und viel daran gearbeitet hat, ihre Eifersucht ihr gegenüber zu verarbeiten. Dass Juna nicht gewollt war, wusste ich bereits. Aber dass ihre Schwester im Gegensatz ein Wunschkind war und all die Liebe der Eltern bekam, war mir neu. Sofort hatte ich Mitleid mit Juna, doch das wollte sie nicht, also hat sie mir zur Ablenkung von ihrem großen Traum erzählt: ein Andenken an ihre Oma. Sie weiß nicht wie sie das anstellen soll oder in welcher Art sie dies tun will, doch sie weiß, dass sie ihre Großmutter ehren will.

Nach diesem Abend kenne ich ihre Lieblingsfarbe, ihren Musikgeschmack – der absolut grottig ist – und habe sogar die Geschichte von ihrem misslungenen ersten Mal gehört. Von mir weiß sie, dass ich Nudeln mit Ketchup liebe. Ihr Gesichtsausdruck hat mir nicht gerade zugestimmt, aber wie gesagt hat sie offenbar keine funktionierenden Geschmacksnerven, also habe ich mir ihre Meinung nicht zu Herzen genommen. Ich habe ihr alles über meine Freunde Zuhause erzählt, von meiner Tante und darüber, dass ich keine Angst vorm Tod habe, aber davor, dass alle anderen sterben und ich allein zurückbleibe.

Mittlerweile liegen wir auf dem weichen Teppich auf dem Boden - Juna mit dem Kopf auf meinem Bauch - und reden über Gott. Ein sensibles Thema.

»Vielleicht sind wir nur ein Experiment von etwas Größerem. Einem Gott oder ... oder einem Riesen«, überlegt Juna. Der Schwips, den sie während der Sexgeschichte hatte, ist verschwunden.

»Einem Riesen?«, frage ich mit geschlossenen Augen. Meine Lider sind schwer und es fällt mir nicht mehr so leicht, wach zu bleiben.

»Ja.« Juna zupft an dem Stoff meines Shirts und zieht so meine Aufmerksamkeit wieder für einige Minuten auf sich. »Wir sind vielleicht nur Marionetten in einem Theaterstück.«

»Das wäre ein echt beschissenes Stück«, gestehe ich.

»Findest du?« Sie dreht sich um, sodass sie mit dem Gesicht in meine Richtung liegt. »Ich finde nicht.«

Mein Hals ist seit einer Stunde staubtrocken, aber ich will nicht aufstehen, weil ich nicht will, dass das hier endet. »Es passiert zu viel Bullshit auf der Welt. Das muss ein echt sadistischer Gott sein.«

»Oder Riese«, erinnert sie mich.

»Oder Riese.«

»Aber es passiert auch sehr viel Schönes.« Ihre Stimme wird plötzlich ganz weich. »Das hier zum Beispiel. Das war der schönste Abend meines Lebens.«

Ein Lächeln tritt auf meine Lippen. Ich streichle ihr mit den Fingern durchs Haar. Umschlinge die weichen Strähnen um meine Finger.

Für mich auch.

Während ich das Gefühl ihres Atems an meinem Hals genieße und darüber nachdenke, ob ich diese Wörter gesagt oder nur gedacht habe, muss ich eingeschlafen sein.

Kapitel 9

21. Dezember

Juna

Ein schrilles Geräusch weckt mich und lässt meinen Kopf explodieren. »Mmh.« Um meinen dröhnenden Schädel zu beruhigen, umhülle ich ihn mit meinen Armen. Ich versuche mich abzuschotten. Vor dem Ton und der Sonne, die durch die Fenster auf mich herabscheint. Mein Mund ist staubtrocken und ich bin absolut orientierungslos. In meinem Bett liege ich jedenfalls nicht. Doch allein der Gedanke daran, meine Augen zu öffnen, um nachzusehen, strengt mich viel zu sehr an. Als das Geräusch ein zweites Mal ertönt, identifiziere ich es als Türklingel. Innerlich bereite ich mich darauf vor, aufzustehen, sollte sie erneut läuten, da spüre ich etwas neben mir. Oder besser gesagt jemanden. Und … nicht neben mir, sondern teilweise unter mir. Mit all der Kraft, die ich aufwinden kann, öffne ich ein Auge und langsam kommen die Erinnerungen an letzte Nacht zurück.

Meinen halben Oberkörper habe ich im Schlaf über Levi gestülpt. Er liegt auf dem Boden, den rechten Arm unter meiner Taille eingeklemmt, den linken über die Augen gelegt. Vermutlich ist die Sonne auch für ihn zu viel. Wieso muss sie ausgerechnet heute so hell sein?

Seine Lippen öffnen sich und er atmet tief durch. Kurz überlege ich, ob ich ihn noch eine Zeit lang beobachten soll, doch dann erinnere ich mich an die Türklingel. Ich lasse ungerne jemanden warten, also setze ich mich ruckartig auf und bereue diese Entscheidung sofort.

Levi öffnet gähnend die Augen und sieht mich verschlafen an. »Hey.« Er hievt sich auf die Ellenbogen und beobachtet mich bei meinem Kampf, aufzustehen. »Alles okay?«

»Mein Kopf«, murmele ich und komme endlich auf die Knie, von wo aus ich meinen viel zu schweren Körper in den Stand befördere.

Levi lacht und zum ersten Mal könnte ich ihn dafür Ohrfeigen. Ich werfe ihm einen vernichtenden Blick zu, doch er ignoriert mich und lässt sich wieder auf den Rücken gleiten.

War der Weg zur Tür schon immer so weit und steil?

Als ich sie öffne, erwartet mich ein breit grinsendes Mädchen, dessen Namen ich eigentlich kennen müsste. »Guten Morgen«, sage ich mit rauer Stimme. Verdammt, wie muss ich nur aussehen, wenn ich mich schon so anhöre, als hätte ich die ganze Nacht durchgefeiert?

Ihre Mimik entgleist ihr für den Bruchteil einer Sekunde, dann lächelt sie mich wieder an. »Es ist Mittag«, sagt sie, winkt aber mit der Hand ab. »Aber egal! Ich hätte eine große Bitte an dich.«

»Okay?« Eigentlich bin ich nicht so unhöflich, aber mein ganzer Körper ist erschöpft, also lasse ich mich gegen den Türrahmen fallen und schlinge die Arme als Schutz vor der Kälte um mich.

»Kira und Jim sollten heute eigentlich einen Ausflug begleiten, aber Jim ist krank geworden. Es geht um eine Schneemobil-Tour. Würdest du seinen Platz einnehmen?« Das Mädchen faltet die Hände bittend vor ihrer Brust. »Sonst kann niemand.«

Ich versuche zu schlucken, aber mein Hals ist viel zu trocken. Wie soll ich als Aufpasser fungieren, wenn ich mich nicht einmal auf mich selbst aufpassen muss? »Kann …« Ich räuspere mich, weil ich nicht ganz so verkatert klingen will. »Kann ich jemanden mitbringen?«

»Ähm.« Sie überlegt, zuckt dann jedoch mit den Schultern. »Klar. Wird schon drin sein. Dann in einer Stunde am Eingang?«

»In einer Stunde am Eingang«, bestätige ich und hebe eine Hand zum Abschied. Als sie weg ist, schließe ich die Tür wieder und lasse mich mit dem Rücken dagegen sinken.

Was habe ich mir damit nur eingebrockt?

***

Zurück im Wohnzimmer liegt Levi nicht länger am Boden, sondern auf dem Sofa. Weit hat er es zwar nicht geschafft, aber ich bin dennoch überrascht über den Versuch. Erschöpft lasse ich mich neben ihn fallen und ziehe die Beine an. »Wo bist du heute eingeteilt?«

»In der Postzentrale«, antwortet er.

Ich nicke und beiße mir auf die Unterlippe. In meinem Zustand wäre das auch mein Favorit. »Wie wäre es mit Schneemobil fahren?«

Sein Gesicht bewegt sich in meine Richtung, doch auch das scheint ihm alles abzuverlangen. »Für kein Geld der Welt würde ich das in meinem Zustand tun. Weißt du eigentlich, wie laut diese Teile sind?«

Mit vorgezogener Lippe bette ich meinen Kopf an die Sofalehne. »Du bist mir was schuldig.«

»Seit wann?«, fragt er lachend. In seine Augen tritt langsam wieder Leben.

»Okay ... dann bin ich dir etwas schuldig, wenn du mitkommst.« Stöhnend lasse ich den Kopf in den Nacken fallen und gebe ein langgezogenes »Bitteee« von mir.

»Egal was?«, fragt er und ich nicke. »Egal wann?« Ich nicke erneut. Levi beißt sich nachdenklich auf die Unterlippe und gibt sich schließlich geschlagen. »Okay.«

Ich würde jubeln, wenn es nicht so anstrengend und laut wäre. Stattdessen lege ich meine Arme um seinen Hals und verharre einen Moment so. Obwohl wir die ganze Nacht am Boden verbracht haben und noch nicht duschen waren, genieße ich seine Nähe und seinen Duft. Er riecht schon jetzt in gewisser Weise vertraut. Ein kleiner Stich trifft mich in der Brust beim Gedanken daran, dass er in wenigen Tagen einfach wieder aus meinem Leben verschwinden wird.

Ob Levi auch manchmal daran denkt? Oder später an mich?

»Wir …« Ich löse mich mit schwerem Herzen von ihm. »Wir sollten uns fertigmachen. In einer Stunde geht's los.«

***

Levi

Juna ließ mich zuerst duschen und das heiße Wasser, das meine verspannten Muskeln gelockert hat, war wie ein Geschenk vom Himmel. Als ich später nur mit einem Handtuch bekleidet wieder ins Wohnzimmer kam, war Juna verschwunden, aber es wartete eine dampfende Tasse Kaffee auf dem Couchtisch auf mich. Sie weiß also, wie sie mich um den Finger wickeln kann. Auch, wenn das überhaupt nicht nötig ist. Ich könnte mir etwas Besseres vorstellen, als jetzt draußen in der Kälte ein paar Touris zu begleiten. Ach, ich könnte mir tausend Sachen vorstellen, die besser wären! Dennoch hätte ich Juna nicht allein ihrem Schicksal überlassen können. Nicht nach diesem flehenden Blick, den sie dabei aufgesetzt hat. Und nicht nach den letzten zwei Tagen, in denen wir uns immer öfter angenähert haben. Ich habe zwar keine Ahnung, was das mit uns ist und was daraus werden soll, wenn ich wieder in England bin, aber ich werde noch viel Zeit haben, darüber nachzudenken.

Heute will ich das nicht.

Heute will ich bei Juna sein und ihr durch den Tag helfen.

Das Vibrieren meines Handys zieht meine Aufmerksamkeit auf sich und ein Blick darauf reicht, um meine innere Welt auf den Kopf zu stellen.

Das Auto ist fertig.

Mit starrem Blick lese ich die Nachricht erneut und lasse meinen Daumen über der Tastatur schweben, um etwas zu antworten. Doch was? Ich hole es ab? Wann soll ich vorbeikommen? Können Sie ...

Junas Tür wird geöffnet und meine Augen folgen ihrem Körper, der auf mich zukommt. Mit jedem Schritt, den sie näherkommt, wird ihr Lächeln breiter. »Ich bin so froh, dass du mich begleitest.«

Ich lösche die Nachricht.

»Ich freu mich schon«, sage ich, während ich das Handy wieder in meiner hinteren Hosentasche verschwinden lasse.

Juna legt den Kopf schief und sieht mich ungläubig an. »Du freust dich? Wo ist der Levi, den ich kenne?«

»Du meinst Grantel?«, frage ich mit einem herausfordernden Grinsen.

Sie beißt sich kichernd auf die Lippen und in mir regt sich der Wunsch, dass es meine wären, bei denen sie das tut. »Du bist nicht bekannt für deinen Enthusiasmus«, erklärt sie und stupst mir mit dem Zeigefinger in den Bauch, woraufhin ich ihre Hand festhalte und sie an mich ziehe.

Nur ein bisschen. Nicht so weit, wie ich es mir wünschen würde. »Harte Schale, weicher Kern! Ist es nicht das, was in allen Liebesromanen der Fall ist? Drauf steh'n die Frauen doch.«

Sie senkt den Kopf, um auf ihre Hand zu schauen, die von meiner umklammert wird. Und als sie nur den Blick hebt, sieht sie so wunderschön aus. Fuck! In meinem Kopf herrscht ein heilloses Durcheinander. Ich will sie! Aber was soll daraus werden? Das hier ist hoffnungslos.

»Ich glaube nicht, dass deine Schale so hart ist, wie du denkst. Sie ist nur vernarbt.«

Scheiß auf hoffnungslos!

Ich überbrücke die letzte Distanz zwischen uns, beuge mich zu ihr hinunter und küsse sie. Ihre Lippen schmecken nach Kakao und sind so weich, dass ich Angst habe, zu stürmisch zu sein und sie zu verletzen. Stöhnend befreit sie ihre Hand aus meiner, um sie gemeinsam mit der anderen an meinen Hals zu legen. Sie presst sich enger an mich, bis kein Blatt mehr zwischen uns passen würde. Ihre Berührungen treiben mich in den Wahnsinn. Ihre Lippen an meinen. Ihre weiche Haut an meiner. Ihr Herzschlag an meinem. Als ihre Zunge um meine tanzt, umfasse ich knurrend ihren Arsch und hebe sie an. Sofort schlingt sie ihre Beine um meine Hüfte und endlich ist sie nicht mehr kleiner als ich. Endlich sind wir auf einer Augenhöhe und weil ich das auskosten will, löse ich mich von ihr, öffne meine Lider und erkenne, dass sie dasselbe tut. Ihre eisblauen Augen fixieren mich, lassen meinen Blick nicht los. In meiner Brust erwacht bei diesem Anblick ein ganzer Schwarm Hornissen – das können keine Schmetterlinge sein - und in diesen Moment fühlt es sich an, als sähe sie mir tief in die Seele.

»Ich muss dir etwas sagen«, hauche ich. Dabei müsste es heißen: Es gibt so viele Dinge, die ich dir sagen will.

Juna nickt abwartend und ich nehme all meinen Mut zusammen, ihr meine Geschichte zu erzählen, da klingelt ihr Telefon.

Und der Moment ist dahin.

Meine Chance ist dahin.

Vorsichtig lasse ich sie zu Boden sinken und sofort fühlt es sich falsch an, sie nicht mehr an mir zu spüren.

»Ja?« Junas Stimme klingt zittrig, als sie das Gespräch annimmt. Sie sieht mich an, doch dieses Mal scheint sie beinahe durch mich hindurchzusehen. »Ja, wir sind unterwegs.«

Sie schnappt unsere Jacken und reicht mir meine. Als ich sie nehme, berühren sich unsere Finger und Juna schenkt mir ein liebevolles Lächeln. »Wir reden später, okay?«

Ich nicke zwar, weiß jedoch nicht, ob ich mich dann immer noch dazu durchringen kann.

***

Juna

Mein Kopf dreht sich und ich weiß nicht, ob es an dem Alkohol in meinem Blut oder dem Kuss liegt. Dieser Kuss, der mich nur noch durcheinander macht. Es war nur eine Frage der Zeit, bis es wieder soweit ist, dass wir die Beherrschung verlieren. Und hey, immerhin habe ich dieses Mal nicht geweint. Das ist doch schon mal ein Fortschritt.

Jetzt so zu tun, als wären wir beide nicht lieber woanders, ist kein Kinderspiel. Sowohl Levi als auch ich bemühen uns, nicht im Sekundentakt zu dem anderen hinüber zu schielen. Also lasse ich den Blick hinunter zu meinen Füßen gleiten und versuche nur bis zum nächsten Schritt zu denken: nicht an all die Gefühle, nicht an das Kribbeln, nicht an den Wunsch, seine Lippen wieder auf meinen zu spüren. Ich denke nur an den nächsten Schritt.

Allerdings gibt es da etwas, was meine Aufmerksamkeit stört. Nämlich seine Hand, die verdächtig nahe an meiner ist und die ich im Augenwinkel wahrnehme. Ich könnte sie ergreifen. Gerade, als ich meinen Gedanken in die Tat umsetzen will, ist er zu weit von mir entfernt.

***

Zum Glück müssen wir nicht allzu lange so nebeneinanderher laufen. Keine Ahnung, wie ich und meine Gefühlswelt das ansonsten aushalten sollten. Eine Gruppe dick eingepackter Touristen warten bereits sehnsüchtig am Eingang auf uns. Sie quatschen und lachen, und man spürt regelrecht die Spannung in der Luft liegen. Das hier ist ein Abenteuer und sie sind mittendrin. So wie wir. Ich muss zugeben, dass ich selbst noch nicht so oft mit dem Schneemobil gefahren bin und deshalb noch dankbarer für Levis Anwesenheit bin.

»Bist du schon mal gefahren?«, frage ich in der Hoffnung, dass er mir diese Aufgabe abnimmt.

»Schneemobil nicht, aber im Sommer fahren meine Jungs und ich oft mit dem Quad. Das kann nicht so anders sein. Wieso?« Er hebt spitzbübisch einen Mundwinkel. »Hast du Schiss?«

»Pff!« Ich winke ab. »Nö! Aber ich hätte nichts dagegen, wenn ich nur mitfahren müsste.« Mit beiden Händen berühre ich meinen Kopf und verziehe schmerzerfüllt das Gesicht. »Hab nen Kater.«

Levi hält mir seinen Ellenbogen hin, damit ich mich bei ihm einhaken kann. »Milady.« Obwohl ich mich frage, ob es förderlich ist, ihm wieder so nah zu sein, kuschele ich mich an seinen Arm. Ob das wesentlich besser ist als Händchenhalten ist mir allerdings noch unklar.

»Da seid ihr ja endlich!«, ruft Kira und winkt aufgeregt in unsere Richtung. »Wir frieren uns hier schon unsere hübschen Hintern ab. Nicht wahr?« Die Gäste reagieren auf ihr Augenzwinkern mit einem kollektiven Kichern und stimmen Kira zu.

Als sie auf uns zukommt, sagt sie leiser hinterher: »Im Ernst jetzt, was habt ihr so lange getrieben?« Ihr Blick wandert zu Levis Arm, an dem ich immer noch hänge und nickt wissend. Okay, jetzt komme ich eindeutig nicht mehr um ein Gespräch herum. Mit den Augen bestätigt sie meinen Gedanken und zwinkert mir zu.

»Na dann mal los!« In die Hände klopfend geht sie in Richtung Schneemobil. Ich zucke zusammen. Der schrille Ton zieht sich von meinem Kopf bis in mein Rückgrat. Ich trinke nie wieder Alkohol!

Als ich meinen Blick über die Gäste gleiten lasse, entspanne ich mich ein wenig. Der Großteil ist über Fünfzig. Wenn ich raten muss, tippe ich eher auf eine ruhige Fahrt als auf ein Wettrennen gegen die Zeit.

»Levi fährt. Ich bin nur Beifahrer«, rufe ich Kira zu, die sich gerade einen Helm aufsetzt und auf ihren fahrbaren Untersatz steigt. Sie reckt ihren behandschuhten Daumen in die Luft und beobachtet die Gäste, die ebenfalls nach und nach auf ihre Schneemobile steigen. Ich bin froh darüber, dass sie ihnen offenbar schon vorher alle Instruktionen mitgegeben hat. Dazu bin ich heute nicht im Stande.

Nachdem auch Levi seinen Platz eingenommen hat, setze ich mich hinter ihn, vergrabe meine Hände in seiner Jacke und lege die Schläfe gegen seine aufgebauschte Kapuze. Die Kälte des Stoffs ist wohltuend und für einen Moment schließe ich die Augen. Die Kühle und der Sauerstoff, die ich tief in meine Lunge sauge, sind besser als jede Kopfschmerztablette.

Motorendröhnen ertönt und als ich spüre, wie wir uns in Bewegung setzen, öffne ich wieder die Augen. Wir fahren als Letztes vom Hof und bilden somit das Schlusslicht unserer Gruppe, während Kira die Gruppe anführt.

Zunächst rollen wir noch vorsichtig über den bereits plattgewalzten Schnee. Die Strecke wurde heute nicht zum ersten Mal in Angriff genommen, was es uns deutlich erleichtert.

Wir lassen die Geräusche hinter uns und befinden uns nach wenigen Minuten fernab der Zivilisation. Nachdem Kira sich vergewissert hat, dass alle bereit sind, gibt sie Gas.

Auch Levi und ich beschleunigen, was mir für gewöhnlich nichts ausmachen würde. Heute jedoch zieht sich mir der Magen zusammen und ich muss mich auf meine Atmung konzentrieren.

Levi hingegen scheint den Kater vergessen zu haben und ist völlig in seinem Element. Ich wusste ja, dass er auf Geschwindigkeit steht und genau das beweist er mir in diesem Augenblick.

Unser Motor brüllt auf, bevor wir immer schneller werden.

»Wuhu!«, ruft er und ich spüre, wie seine Brust vor Lachen bebt. Ich hingegen habe Mühe, mich festzuhalten.

»Sollen wir …« Ich schlucke, weil mir die Luft wegbleibt. Ich hätte echt zuhause bleiben sollen. Vielleicht sollten wir lieber auf der Piste bleiben?

Levi rast an den anderen vorbei in den hohen Schnee. Es ist nicht verboten und an anderen Tagen würde ich es auch genießen, doch heute nicht. Also löse ich meine Umklammerung an seinem Bauch und lege meine Hand an seinen Arm, um seine Aufmerksamkeit zu bekommen.

»Fahr langsamer!«, rufe ich ihm zu.

»Was?« Levi dreht seinen Kopf in meine Richtung, um mich zu verstehen.

Ich atme noch einmal tief durch. »Kannst du bitte langsamer fahren?«

In dem Augenblick, in dem er nickt und den Blick wieder nach vorne richten will, entdecken wir einen riesigen Schneehaufen direkt vor uns.

»Fuck!« Levi zieht den Lenker nach rechts, doch es ist zu spät. Die Hektik führt dazu, dass wir nicht nur den Haufen erwischen, sondern das Fahrzeug die Haftung am Boden verliert.

***

Levi

Alles passiert so schnell.

In einem Moment ist noch alles in Ordnung, im nächsten steht die Welt Kopf. Ich höre aufgeregte Stimmen, die auf mich zukommen. Ich vernehme einen Motor gleich neben mir.

Mein Schneemobil, das nun kopfüber liegt.

Mein Schädel dröhnt. Der Schnee kriecht mir unter den Pullover und lässt mich erschaudern.

Dann höre ich es. Ein Wimmern ... Junas Wimmern. Und sofort ertappe ich mich bei einem Gedanken: Es ist meine Schuld.

Ich versuche zu erahnen, woher ihre Stimme kommt und entdecke sie dann wenige Meter von mir entfernt auf dem Boden liegen und sich den Kopf halten. Mein Herz schlägt schmerzhaft in meiner Brust. Viel zu schnell. Viel zu intensiv.

Ich will zu ihr gehen. Zu ihr kriechen. Bei ihr sein, aber ich bewege mich nicht von der Stelle. Alles, was ich tun kann, ist zuzusehen, wie Kira an ihrer Seite auftaucht und ihr hilft, sich aufzusetzen.

Irgendwer ist auch bei mir. Ich sitze. Ich stehe. Ich ... kann keinen einzigen klaren Gedanken fassen.

»Juna«, murmele ich, während ich sie nicht aus den Augen lasse. Kira führt sie weg zu ihrem eigenen Schneemobil, wo Juna sich hinsetzt. Sie sitzt geduckt da und hält sich den Kopf, aber zumindest scheint sie nicht zu bluten. Was nicht mein Verdienst ist.

»Alles okay?«, fragt mich ein älterer Mann, doch ich erkenne sein Gesicht nicht, weil ich an ihm vorbei zu ihr schiele.

»Ja«, hauche ich. »Juna?«

Er klopft mir freundschaftlich auf die Schulter. Um mich zu beruhigen? Um mir zu sagen, dass ich nichts falsch gemacht habe? Doch, das habe ich! »Ihr geht es sicher gut. Das ist nur der Schock. Wir haben schon einen Krankenwagen gerufen.«

Mein Blick zuckt in die Richtung des Mannes. »Ein Krankenwagen.«

»Ja. Sicher ist sicher, Junge.« Er lächelt mich vorsichtig an. Ein grauer Bart bedeckt sein halbes Gesicht. So hat er sich seinen Ausflug vermutlich nicht vorgestellt. Ob ich jetzt gefeuert werde? Mein Blick wandert wieder zu Juna und ich wünschte, sie würde mich ansehen. Ich kann nicht ins Krankenhaus. Ich muss ihr sagen, dass ich das nicht kann. Nicht dorthin. Aber sie hält den Blick starr auf den Boden vor sich gerichtet, während mehrere Leute um sie herumstehen und ihr eine Decke um die Schulter gelegt wird. Erst jetzt spüre ich, dass auch eine um meinen Körper liegt. Wo kommt die her? Wer hat sie mitgenommen? Mir ist überhaupt nicht kalt. Ich will diese Decke nicht. Weil ich mich plötzlich eingeengt fühle, schleudere ich sie von mir und stehe auf.

»Hey, Junge ...« Schnaufend schlage ich die Hand des bärtigen Mannes von mir und stolpere ein paar Schritte nach hinten. Weg von diesen Menschen. Weg von meinem Versagen.

»Lass ihn«, höre ich eine weiche Frauenstimme.

Von Weitem höre ich das Geräusch des Rettungsdienstes und je lauter es wird, umso lauter werden auch meine eigenen Gedanken und umso verschwommener wird mein Blick.

***

»Ihnen geht es gut«, sagt der Arzt, der mich die letzten Minuten untersucht hat. »Sie hatten großes Glück.« Seine Stimme ist nicht gerade einfühlsam und das hätte ich auch nicht von ihm erwartet. Ich habe Scheiße gebaut und Juna in Gefahr gebracht. »Es hätte schlimmer ausgehen können. Sie hätten sich schwer verletzen können.« Ich mich? Und was ist mit ihr? Stumm nicke ich und nachdem er seine Handschuhe in den Müll geworfen hat, entlässt er mich mit einer Geste zur Tür. »Seien Sie nächstes Mal ein bisschen vorsichtiger. Ihre Freundin müsste auch in wenigen Minuten fertig sein. Setzen Sie sich einfach ins Wartezimmer.«

Als wäre ich ein kleines Kind, das soeben die größte Standpauke seines Lebens bekommen hat, verlasse ich mit gesenktem Kopf den Behandlungsraum und folge seiner Anweisung.

In wenigen Minuten kommt sie und wird mir sagen, dass alles okay ist. Sie wird mir versichern, dass ich nichts Falsches gemacht habe, obwohl wir beide wissen, dass es eine Lüge ist. Sie wird mich in den Arm nehmen und trösten, auch wenn es so überhaupt nicht laufen dürfte.

Ich stehe vor dem Wartezimmer, in dem Kira auf ihre Freundin wartet. Es hätte schlimmer ausgehen können …

Ich hätte sie verlieren können. Mein Hals wird eng. Ich will schreien, doch ich bleibe stumm. Und während mein Verstand sagt, dass ich warten sollte, entscheidet sich mein Herz für die Flucht.

Ich darf nicht noch jemanden in mein Leben lassen, nur um ihn wieder zu verlieren.

Also öffne ich die Tür zum Wartezimmer nicht, sondern laufe weg. Wie immer.

Kapitel 10

22. Dezember

Juna

Stöhnend drehe ich mich von einer Seite zur anderen und greife nach der Hand, die neben meinem Kopf liegt.

»Hey.« Ein vorsichtiges Lächeln entsteht auf meinen Lippen.

»Na? Wie geht es dir?« Kira richtet das Kissen unter ihrem Kopf und sieht mich mitleidig an. Auf ihrem Gesicht liegt ein sorgenvoller Ausdruck.

»Alles halb so wild«, beteure ich zum tausendsten Mal. Nach dem Sturz hat sie darauf bestanden, mich keine Sekunde aus den Augen zu lassen. Nachdem mein Arzt ihr ans Herz gelegt hat, auf Anzeichen für eine Gehirnerschütterung zu achten, hätte nicht einmal mehr ein Kran sie von meiner Seite wegtragen können.

»Ist er ...« Ich beiße mir auf die Zunge. Kira schüttelt entschuldigend den Kopf. Als ich entlassen wurde, haben Kira und ich noch eine Weile auf Levi gewartet, bis eine Schwester uns mitgeteilt hat, dass er schon vor mir behandelt wurde und weg sei. Seither habe ich ihn nicht mehr gesehen und in mir hege ich die Angst, dass ich das auch nicht mehr werde.

Ich versuche meine Sorge wegzulächeln, doch Kira kennt mich zu gut. Fürsorglich drückt sie meine Hand, ehe sie sich aufsetzt und den Kopf schieflegt. »Wie wäre es mit Frühstück im Bett? Ich besorg uns Orangensaft.«

Dankend nicke ich, drehe mich, sobald sie mein Zimmer verlassen hat, jedoch wieder in die andere Richtung und starre aus dem Fenster.

Habe ich mich in ihm getäuscht? Habe ich zu viel in die letzten Tage mit ihm hinein interpretiert? Hatte mein Vater recht und ich bin zu naiv? Eine Träne läuft mir über die Wange. Im ersten Moment will ich sie wegwischen, doch dann entscheide ich mich dagegen. Mein Schmerz darf gefühlt werden.

Die Sonne strahlt wunderschön zum Fenster hinein. Ich versuche ihre Strahlen einzufangen und in meinem Herzen zu verankern. Es ist nicht falsch, verletzt zu sein. Die vergangenen Tage haben mir etwas bedeutet. Dass das jetzt womöglich vorbei ist, ist traurig und das ist okay.

***

Eine Stunde dauert es, bis ich Schritte vor meiner Zimmertür höre und kurz halte ich den Atem an, in der Hoffnung, dass *er* es ist. Mittlerweile erkenne ich Levi bereits am Geräusch seiner Schritte. Oder daran, wie er seine Jacke an den Haken hängt, zur Küche schlurft und den Kühlschrank öffnet, um ihn ohne irgendetwas hinauszunehmen wieder zu schließen. Doch nichts davon tritt ein. Kira öffnet meine Tür, nimmt das voll beladene Tablett und wirft sie mit einem Fußtritt wieder zu. »Ich hoffe, du hast Hunger«, flötet sie, ehe sie sich neben mich setzt. Ihr Kaffee schwappt beinahe über, doch Kira schafft es noch gerade so die Balance zu halten. Sofort greife ich nach meinem eigenen Becher Kakao und genehmige mir einen großen Schluck.

»Hast du die Kaffeebohnen selbst gepflückt?«, frage ich, während ich überlege, welches Brötchen ich mir zuerst einverleibe. Meine Finger schweben über dem mit der Marmelade, doch dann greife ich nach dem, das mit Schokolade nur so überflutet wurde und beiße genüsslich hinein. Ich bin beinahe verhungert in der letzten

Stunde und musste mich stark beherrschen, mir nicht selbst etwas in der spärlich ausgestatteten Küche zu machen.

Ich erwarte, dass Kira über meine Anspielung auf die Dauer ihrer Abwesenheit lacht oder einen dummen Spruch bringt, doch sie schweigt. Kauend werfe ich ihr einen fragenden Blick zu. Meine Freundin pfriemelt an der Kruste eines Brötchens bis vor ihr auf dem Teller ein kleiner Berg entsteht.

»Was ist los?« Ich lecke mir über die Lippe, um die daran klebende Creme zu entfernen. Ich befürchte, dass ein ernstes Gespräch folgt und daran will ich nicht mit Schokolade bekleckert teilnehmen.

»Ich hab ein Angebot bekommen.« Als sie sich endlich dazu überwinden kann mich anzusehen, liegt Hilflosigkeit in ihrem Blick. »Du kennst doch Danielle?« Ich nicke. Danielle ist eine Aushilfe aus Frankreich, die jedes Jahr für ein paar Wochen hier ist. »Na ja. Jedenfalls ...« Kira räuspert sich.

»Spuck's schon aus!«

Meine Freundin stößt den angehaltenen Atem aus. »Sie hat mir angeboten, bis zu meinem Studium bei ihr zu leben.« Kira schüttelt mit großen Augen den Kopf. »Frankreich, Juna! Wir kamen ins Gespräch und ich habe ihr erzählt, dass ich gerne mal den Eiffelturm sehen würde und da hat sie mir dieses Angebot gemacht.«

»Das ...« Plötzlich habe ich das Gefühl, dass sich ein Teil meines Essens in meiner Kehle festgesetzt hat. Ich wusste, dass sie nicht für immer hierbleiben würde, aber ich hatte damit gerechnet, noch einige Monate zu haben, bis ich mich verabschieden muss. Auf einmal fühlt es sich so an, als würden alle gehen. Aber das ist nicht ihr Fehler.

»Das ist doch genial! So eine Chance bekommst du nicht noch mal.«

»Oder?« Ihre Schultern sacken nach unten und sie beginnt breit zu grinsen. Kira ist offensichtlich beruhigt, dass ich nicht traurig bin oder sie davon überzeugen will, es nicht zu tun. »Ich meine ... ich werde dich total vermissen und ...«

»Mach dir keine Gedanken«, unterbreche ich sie mit einem leichten Stupsen gegen den Arm. »Ich laufe nicht weg. Du kommst mich danach einfach besuchen und erzählst mir von deinem Abenteuer.«

Kira beginnt aufgeregt auf der Stelle zu hüpfen und wirft sich mir in die Arme, sodass der Kaffee nun doch überschwappt. »Ich fliege nach Frankreich und schicke dir Bilder von mir auf dem Eiffelturm!«

»Ich freue mich schon darauf.« Mit einem traurigen Lächeln und schwerem Herzen schließe ich meine Arme um sie. Ich weiß, dass sich die Welt nicht um mich dreht und doch fühlt es sich gerade so an, als gerate sie völlig aus den Fugen.

***

Levi

Mein Nacken schmerzt. Mein Rücken tut weh. Meine Gedanken sind wie umnebelt. Die letzte Nacht habe ich nicht geschlafen. Stundenlang saß ich in meinem Auto und habe auf meine Hände gestarrt, die das Lenkrad umklammert haben. Nach dem Aufenthalt im Krankenhaus habe ich mir ein Taxi gerufen und bin zur Werkstatt gefahren, um den Opel abzuholen. Ich könnte schon jetzt wieder auf dem Heimweg nach England sein. Einen Flug habe ich schon rausgesucht und die Karre schnurrt wieder wie ein Kätzchen. Nichts spricht also dagegen, einfach das Weite zu suchen und so zu tun, als hätte es die letzten Tage nicht gegeben, außer meine Gefühle und mein Gewissen. Es fühlt sich beschissen an …

Ich habe mit mir gerungen: Fahren oder nicht? Zurück zur Hütte gehen oder nicht? Soll ich mit Juna reden oder nicht?

Fuck, ich wünschte, ich könnte einfach über meinen Schatten springen. Doch als wären meine Gedanken nicht schon wirr genug, ist mir vor wenigen Stunden bewusst geworden, was für ein Tag morgen ist: der 23. Dezember.

Der schmerzhafteste Tag des ganzen Jahres. Ein Teil in mir wollte die Augen davor verschließen und verteufelte mich für diese ganze Finnland-Aktion. Der andere Teil wollte mit Juna darüber reden, weil er wusste, dass sie mir helfen könnte mit der Scheiße umzugehen.

Weil ich weder das eine noch das andere tun konnte, entschied ich mich für einen Zwischenweg. Mit bis zu den Ohren hochgezogenen Schultern stieg ich aus meiner Karre und warf die Tür ins Schloss. Zumindest hat die Heizung einwandfrei funktioniert. Wenn ich auch kurzzeitig Sorge um die Batterie hatte. Aber was wäre das Schlimmste gewesen, was hätte passieren können? Ich wäre gezwungen worden, noch länger hier zu bleiben. Immerhin wäre mir dann die Entscheidung abgenommen worden, ob ich davonlaufe oder nicht.

Ich wurde nicht gefeuert, was ich beim besten Willen nicht nachvollziehen kann. Sowieso frage ich mich, wie dringend sie hier Hilfe benötigen, wenn sie nicht einmal nachfragen, wie lange ich noch bleiben will. Offenbar sind Elfen Mangelware.

Dass ich nicht gefeuert wurde, bedeutet jedoch nicht, dass ich keine Drecksarbeit zugeteilt bekommen habe. Die letzten Stunden habe ich Mist geschaufelt, Mülleimer ausgeleert und Schnee geschippt – was mit Sicherheit keine Elf-Aufgaben sind. Meine Füße sind mir beinahe abgefroren, weshalb ich mir im Moment eine kleine Auszeit im Aufenthaltsraum gönne. Der Becher mit dem heißen Kaffee wärmt mir zumindest meine Hände, während ich mich in diesem Raum völlig verloren fühle. Zwei Mädchen sitzen an einem Tisch neben mir und werfen mir immer wieder bedeutsame Blicke zu. Offensichtlicher kann man gar nicht über jemanden reden. Vielleicht sind es Freundinnen von Juna.

Ein Stich durchdringt mein Herz. Den ganzen Tag über habe ich nach ihr Ausschau gehalten, um mich im Notfall hinter irgendeinem Baum oder einer Hütte zu verstecken. Doch ich habe sie nicht gesehen.

Ich richte meine Aufmerksamkeit auf meine Hände. Hinter mir höre ich das beunruhigende Ticken der Standuhr. Achtzehn Uhr.

Es ist bald Feierabend. Und wo soll ich dann hin? Wieder zurück ins Auto? Mir ein neues Hotel in der Nähe suchen?

Die zwei Mädchen erheben sich und schieben ihre Stühle lautstark unter den Tisch. »Schönen Abend noch«, wünschen sie mir beim Hinausgehen, doch in ihren Stimmen schwingt etwas ganz anderes mit: Du bist Schuld an dem, was passiert ist!

Meine Hände zittern, als ich die Tasse zu meinen Lippen führe. Als wüsste ich das nicht längst.

»Du kannst Feierabend machen, Levi«, höre ich plötzlich eine Stimme hinter mir. Ich zucke zusammen, weil ich nicht mitbekommen habe, wie Ella sich an den beiden Mädels vorbeigeschmuggelt hat. Nickend nehme ich einen Schluck und hoffe, dass sie wieder verschwindet, doch sie setzt sich zu mir an den Tisch und sieht mich mit besorgter Miene an. »Was ist los mit dir?«

Ich stoße ein nasales Schnauben aus. »Das willst du nicht wissen.«

Ella lehnt sich vor und legt mütterlich eine Hand auf meine. Alles in mir zieht sich zusammen und ich widerstehe dem Drang, sie einfach wegzuziehen. »Du kannst mit mir reden. Ich bin eine gute Zuhörerin.«

Ich denke an Juna, die genau die gleichen Worte zu mir gesagt hat. Vielleicht habe ich all die Jahre die falschen Menschen getroffen, denn nie zuvor haben mir so viele Leute ihre Hilfe angeboten. Nur dass ich sie nicht annehmen kann. Schon gar nicht heute, wo ich die Gedanken an damals so weit wie möglich von mir schieben will. Also schüttele ich den Kopf. »Es ist alles wunderbar.« Meine Stimme klingt zynisch, doch Ella erwidert nichts mehr.

Eine Weile sitzen wir noch so da, bis sie aufsteht, ihre Hand wieder zurückzieht, um sie kurz auf meiner Schulter zu platzieren. »Du bist nicht allein, okay?« Mit diesen Worten verlässt sie den Raum und lässt mich zurück. Allein mit meinen Gedanken und Vorwürfen.

Tränen steigen mir in die Augen, die ich den ganzen Tag erfolgreich verdrängt habe. »Fuck!« Die Wut, die mich überflutet, trifft mich unerwartet. Fluchend schmettere ich meine Tasse gegen die Wand und sehe dabei zu, wie sie in tausend Einzelteile zerspringt, die braune Flüssigkeit an der Wand hinabrinnt und ihre Spur hinterlässt.

Diese verfluchten Tränen vernebeln mir die Sicht, verengen meinen Hals und bringen meinen Selbsthass nur noch mehr an die Oberfläche. Schluchzend vergrabe ich mein Gesicht in den Händen. Meine Schultern beben, mein Herz bricht, meine Welt ist so sehr im Ungleichgewicht, dass ich das Gefühl habe zu fallen.

Ich stehe auf, taumele zum Waschbecken und lasse Wasser reinlaufen. Ich umklammere das weiße Porzellan, weil ich sonst den Halt verlieren würde. Alles ist zu viel. Ich hätte nie herkommen sollen.

Ich lausche dem Rauschen, als das Becken sich immer weiter füllt und versuche mich nur darauf zu konzentrieren. Ich will alles andere ausblenden. Wie in Trance sammle ich immer wieder Wasser in meinen Händen und werfe es mir ins Gesicht. Ich brauch diese Abkühlung, um einen klaren Kopf zu bekommen. Auch, wenn mir das nicht sonderlich gut gelingt.

Das Handy in meiner Hosentasche reißt mich aus meiner Trance und als ich den Namen meiner Tante sehe, drücke ich auf den grünen Hörer. Umständlich klemme ich mir das Handy zwischen Schulter und Ohr. »Hey.«

»Wie geht es dir?« Die Stimme meiner Tante zu hören sollte beruhigend sein, doch im Augenblick ist sie wie Benzin, das man in ein Feuer kippt. Sie bringt nur noch mehr Erinnerungen.

Ich hebe den verschleierten Blick zur Decke und stoße ein Lachen aus. »Wie soll es mir schon gehen?«

Tante Ann geht nicht auf meinen Kommentar ein und im gleichen Augenblick tut er mir leid. Ihr geht es an diesen Tagen nicht besser als mir. »Ich sollte bei dir sein.« Ihre Stimme ist nur ein Flüstern und doch höre ich das Zittern heraus. »Ich vermisse sie auch.«

Frustriert presse ich mir die Fäuste gegen die Augen und gehe stolpernd ein paar Schritte zum Tisch, um nach meiner Jacke zu greifen und zur Tür zu eilen. Ich halte es hier drin nicht mehr aus. Zu eng. Dieser Raum, mein Körper, mein Kopf.

Ich schlucke den Kloß in meinem Hals hinab. Ich schaffe es nicht, ihr zu antworten, weil ich sonst heulen würde wie ein kleines Kind.

»Warst du schon bei ihnen?«

Ohne zu antworten, schließe ich die Tür hinter mir, lege auf und versuche den Sauerstoff in meine Lungen zu saugen. Sollte atmen nicht das leichteste der Welt sein? Wie kann es dann sein, dass es mir so schwerfällt?

***

Juna

Ob ich eine Stubenhockerin bin? – Ganz bestimmt nicht! Kira fungierte heute als mein persönlicher Bodyguard – so bezeichnet sie sich selbst, ich sehe in ihr eher einen Aufseher. Ich durfte nicht einmal das Haus verlassen, um einzukaufen. Das hat sie übernommen. Dass ich mich hier drinnen frei bewegen darf und nicht nur im Bett versauern muss, habe ich mir nach drei Stunden erkämpft. Ich bemitleide schon jetzt ihre Kinder. Die werden sich sicherlich niemals krankstellen, um die Schule zu schwänzen.

Hier drinnen ist mir irgendwann die Unterhaltung ausgegangen. Ich habe etliche Serien eingeschaltet, doch sie haben mich alle an Levi erinnert, weil wir gefühlt jede in den letzten Tagen begonnen haben. Kein Mensch ist so wählerisch wie er. Die meisten haben wir nach zehn Minuten wieder ausgeschaltet.

Und weil mir nichts Besseres eingefallen ist, habe ich beschlossen, zu putzen. Kurz hatte Kira auch dagegen Einwände, doch mein

Argument, dass ich im Fall von plötzlicher Erschöpfung ein Bett und einen Coach in greifbarer Nähe habe, hat sie vertröstet.

»Süße?« Kira beißt sich auf die Unterlippe. Sie setzt sich aufrecht hin, während ich mich bücke, um unter dem Fernsehschrank Staub zu wischen. Vermutlich zum allerersten Mal, seit ich hier bin.

»Hm?«

»Hast du schon in den Gruppenchat geguckt?«

Ihre Stimme klingt nicht gerade so, als hätte jemand ein süßes Hundebild hineingeschickt, also sehe ich mit gerunzelter Stirn auf. »Nein. Was ist passiert?«

Sie hält mir das Smartphone und das Bild darauf hin. Erst erkenne ich nicht, was sie mir damit sagen will, doch dann sehe ich es. Das Bild zeigt den Aufenthaltsraum, in dem die ganzen Geschenke für das Kinderdorf gelagert sind. Und es steht vollständig unter Wasser.

»Was?« Ich reiße ihr das Handy aus der Hand und zoome in das Bild rein, um das Ausmaß dieser Katastrophe auszumachen.

»Sämtliche Geschenke sind durchnässt. Wir müssen alles neu verpacken.« Ihre Stimme zittert. Kira ist nicht gerade ein sensibler Mensch, aber wenn es um Kinder geht, zeigt sich ihr großes Herz.

»Dann lass uns loslegen!«, rufe ich und stemme mich auf. Weil mein Kopf noch nicht völlig in Ordnung ist, wird mir schwindelig und ich stütze mich an der Wand ab.

***

Zwei Stunden lang herrschte im Aufenthaltsraum das reine Chaos. Jeder, der von dem Unglück gehört hat, ist hergekommen und hat geholfen aufzuräumen. Die einen haben wie verrückt Wasser abgeschöpft und gewischt, die anderen haben versucht die Geschenke zu retten. Sie wurden getrocknet und aussortiert. So langsam jedoch läuft alles langsamer. »Lasst uns Feierabend machen. Wir sind alle erschöpft und morgen wird wieder ein langer Tag.« Ella lehnt sich gähnend gegen die Wand. Nicht nur sie wirkt müde, sondern wir alle. Niemand widerspricht ihr und auch mir fehlt die Kraft dazu. Während die anderen sich anziehen und sich erschöpft verabschieden, lasse ich den Blick noch mal über die Geschenke wandern, die reihenweise vor den Heizungen aufgebaut sind, um noch komplett zu trocknen. Zum Glück gab es kaum gravierende Schäden und die meisten Spielzeuge sind nicht einmal besonders betroffen, da sie zusätzlich in Plastik eingepackt waren. Die Kinder werden sich auch ohne Originalkarton darüber freuen.

Kira, die neben mir auf der Bank sitzt, lehnt den Kopf an meine Schulter. »Die Kinder bekommen die Geschenke dann am ersten Weihnachtsfeiertag. Ist doch auch schön. Levi wird sich morgen vermutlich furchtbar fühlen, wenn er davon erfährt.« Sie versucht sich an einem Lächeln, doch es erreicht ihre Augen nicht. Die ganze Arbeit war umsonst! »Was hat Levi damit zu tun?«

Kira zieht ihren Kopf zurück und wendet sich ab. Sie will mir nicht sagen, was es damit auf sich hat, aber ich rücke näher und rüttle an ihrem Bein. »Sprich mit mir!«

Kira zuckt die Schultern. »Es war sicher keine Absicht.«

»Er war das?«, stoße ich entgeistert aus.

Sie nickt schwach. »Er muss vergessen haben, das Wasser abzustellen, als er gegangen ist. Es ist übergelaufen.«

»Und … du bist sicher, dass er es war?«, frage ich vorsichtig. Ich bin kein Freund davon, jemanden ohne Beweise an den Pranger zu stellen. Wenn auch irgendetwas in meinem Inneren spürt, dass es genau so passiert ist.

Kira nickt vorsichtig. Sie deutet auf Pete, der gerade mit einem triefenden Knäuel Geschenkpapier an uns vorbeiläuft. Nachdem auch er gegangen ist, sitzen Kira und ich alleine auf der kalten Bank. Ich weiß, dass die anderen Recht haben und doch fühlt es sich falsch an, jetzt einfach zu gehen. »Pete hat das Chaos entdeckt. Du weißt ja, dass er immer erst spät abhaut, weil er die Rentiere noch mal füttert, bevor er geht. Als er Feierabend machen wollte, hat er noch Licht brennen sehen und die Katastrophe vorgefunden. Die anderen waren zusammen etwas trinken und Levi wurde zuletzt hier gesehen.«

In meinem Kopf bilden sich Bilder, die zu einem Film geformt werden: Levi, dem alles egal ist; Levi, der Weihnachten für so viele Kinder ruiniert; Levi, der wieder einmal ohne Konsequenzen davonkommt. Eine Wut, die ich so nicht kenne, kriecht in mein Herz und setzt mein gesamtes Nervennetzwerk unter Strom. Ich stehe auf und obwohl ich spüre, dass Kira mich aufhalten will, laufe ich an ihr vorbei und werfe mir meine Jacke über. »Wo willst du hin?«, fragt sie ängstlich. Ihre Augen sind geweitet, ihre Nase ist aufgebläht.

»Ich muss ihn suchen«, presse ich hervor und verlasse mit schnellen Schritten das Haus. Der kalte Wind bläst mir entgegen und zum ersten Mal kann ich ihn nicht genießen. Genauso wenig wie die winzigen Schneeflocken, die sich in meinen Wimpern verfangen. Nie zuvor bin ich schneller und energischer durch die Straßen dieses Dorfes gelaufen. Meiner Heimat. Ein Ort voller Liebe und Güte. Doch im Moment spüre ich davon nichts.

Ein unsichtbares Band zieht mich in Richtung der Rentiere. Dort haben wir hin und wieder unsere gemeinsamen Mittagspausen verbracht. Vielleicht denke ich immer noch zu sentimental und ich werde wieder einmal enttäuscht, doch noch gebe ich nicht auf. Wütend stapfe ich durch den hohen Schnee bis zu der Koppel, auf der die Unterschlüpfe der Tiere sind.

Schon von Weitem erkenne ich die Gestalt, die mit einem Bein auf dem Gitter steht und in die Dunkelheit blickt. Sofort beschleunige ich meine Schritte, lege mir Wörter und Sätze im Mund zurecht. Er soll erkennen, dass er Mist gebaut hat und dennoch will ich sachlich bleiben: Wir müssen darüber reden, was passiert ist … Ich verstehe, dass es dir nicht gut geht, aber dein Handeln hat Konsequenzen …

Doch sobald ich bei ihm bin, habe ich alles wieder vergessen und lasse meinen Gefühlen freien Lauf.

»Weißt du eigentlich, was du angerichtet hast?«

Levi erschreckt sichtlich über meine Anwesenheit. Wie in Zeitlupe löst er sich von dem Gitter und dreht sich in meine Richtung. Er sieht schlecht aus, doch ich verdränge das Gefühl von Mitleid sofort in die hinterste Ecke meines Herzens. »Juna … Dass ich dich im Krankenhaus …«

»Lenk nicht ab!« Energisch schüttele ich den Kopf. »Übermorgen sollten die Kinder im Kinderdorf ihre Geschenke bekommen. Sie freuen sich schon so lange darauf, aber du warst egoistisch und hast ihnen diese kleine Freude genommen!«

Verwirrung tritt in seine Augen. Levi macht einen Schritt auf mich zu, doch ich weiche zurück. Als hätte ich ihm damit eine Ohrfeige verpasst, zuckt er zusammen. »Was … was meinst du?«

Aufgebracht presse ich die Luft zwischen den Zähnen aus. »Du hast für eine Überschwemmung gesorgt und alles unter Wasser gesetzt. Die ganze Arbeit umsonst!«

»Ich … Nein, das kann …« Seine Augen zucken unruhig von einer Seite zur anderen, bis er mich schließlich wieder ansieht und Erkenntnis in ihnen liegt. »Das war keine Absicht.«

Die ersten Tränen kitzeln in meiner Nase und bilden sich langsam in meinen Augen. Ich wollte nicht weinen. Nicht vor ihm. Weil ich sein Mitleid nicht brauche.

»Das ist unwichtig, Levi. Dich interessiert nichts und niemand außer dir selbst. Ich habe keine Ahnung, was dir in deinem Leben passiert ist, aber was auch immer es war, es gibt dir kein Recht, die Gefühle anderer mit Füßen zu treten.« Meine Stimme bricht nun endgültig. Erst als ich den letzten Satz laut ausgesprochen habe, erkenne ich, dass die Tränen nicht nur den Kindern, sondern auch mir gelten. Es waren meine Gefühle, die er zertrampelt hat. Ohne auf eine Antwort zu warten, mache ich auf dem Absatz kehrt und laufe zurück nach Hause.

***

Levi

Obwohl sich meine Augen schon vor einer Ewigkeit an die Dunkelheit angepasst haben, sehe ich jetzt nur noch Schwarz.

Bin ich egoistisch? Hat sie recht? Es gefällt mir nicht, aber ich weiß, dass es so ist. Alles, was ich tue oder lasse, ist eigennützig. Ich. Ich. Ich.

Vermutlich hätte ich ihr nachlaufen sollen und mit Sicherheit hätte ich sie beruhigen können. Ich hätte mich entschuldigt, hätte ihr erklärt, wieso ich so abweisend und gedankenlos war. Und das Schlimmste ist, sie hätte es verstanden.

Doch ihre Worte haben mich zum Nachdenken angeregt. Ist es das, was ich tun sollte? Wieder ungeschoren davonkommen, weil ich Mitleid in jemandem auslöse? Diese Frage beantworte ich mir selbst. Ich sollte endlich anfangen meine Scheiße selbst auszubaden. Egal, wie es mir im Moment geht. Ganz egal, wie zerrissen sich mein Inneres anfühlt.

Also mache ich mich auf den Weg an den Ort, an dem ich Chaos hinterlassen habe.

***

Juna

»Hast du ihm eine reingehauen?«, fragt Kira und stopft sich eine ganze Handvoll Chips in den Mund. Hätte ich gewusst, dass sie Salt and Vinegar ebenfalls mag, hätte ich sie ihr längst geschenkt. Und dann würde ich jetzt nicht bei dem Anblick an Levi denken müssen.

»Nein«, antworte ich kopfschüttelnd. »Aber ich habe ihm meine

Meinung gesagt.« Ich richte das Sofakissen unter meinem Kopf und hasse es, dass es nach ihm riecht. Ob sich so Liebeskummer anfühlt? Bisher bin ich immer glimpflich aus Liebesgeschichten rausgekommen. Einmal hat mir ein Typ – dessen Namen ich für immer aus meinem Wortschatz gelöscht habe – klargemacht, dass er nur mit mir zusammen war, um an einen Job in der Firma meines Vaters zu kommen. Ich habe ihm dann ganz ruhig erklärt, dass er niemals wieder mir oder meinem Vater zu nahekommen soll und ihn danach nie wieder gesehen. Erstaunlicherweise war ich weniger traurig oder verletzt als ich es hätte sein sollen. Ich war weniger verletzt als jetzt …

»Wetten, dass du noch viel zu nett zu ihm warst?« Kira, die nach wie vor auf dem Boden hockt, lehnt sich mit dem Rücken gegen das Sofa und streckt die Beine aus, sodass sie mit den Zehen gegen ein Bein des Couchtischs tippen kann. Als ich nach meinem kleinen Wutausbruch wiederkam, hatte sie meine Süßigkeitenschublade gefunden und ausgeräumt.

Seufzend beuge ich mich von meinem Platz hinunter und greife nach einer Packung veganer Schokoriegel. Einen stecke ich mir zur Hälfte in den Mund. »Gar nüsch.« Kauend gehe ich unser Gespräch noch mal durch. Im Endeffekt hätte ich mir noch viel mehr von der Seele reden sollen. Dass ich enttäuscht von ihm bin, zum Beispiel. Dass ich ihn echt mochte … und immer noch mag. Verdammt!

»Wir sollten uns betrinken!« schlägt meine Freundin vor. »Danielle hat in ihrem Kühlschrank eine ganze Ladung Sekt gebunkert!« Mit einem Ausdruck im Gesicht, als hätte sie gerade ein Heilmittel gegen Krebs gefunden, dreht sie sich in meine Richtung.

Und obwohl ich ihr nicht oft einen Wunsch abschlagen kann, schüttele ich den Kopf, setze mich auf und klemme mir die Schokoladenpackung unter den Arm. »Ich denke, ich leg mich hin.« Nachdem ich aufgestanden bin, tätschele ich ihr den Kopf wie bei einem Hund. »Aber du darfst gerne gehen. Ich ruh mich aus.«

»Bist du sicher?« Ich weiß, dass sie bleiben würde, wenn ich es von ihr verlange und das rührt mich.

Dennoch nicke ich und drücke ihr einen Kuss auf die Stirn. »Amüsier dich!«

In meinem Zimmer herrschen arktische Temperaturen, weil ich es liebe, mich mit dem ganzen Körper unter der Decke zu verschanzen und doch die kühle Luft an meinem Gesicht zu spüren. So fühlt es sich an, als wäre ich draußen und gleichzeitig behütet. Der zweite Schokoriegel verschwindet in meinem Mund, während ich unter meine Decke schlüpfe und sie bis zum Kinn hochziehe. Draußen ist es stockfinster. Es ist so dunkel, dass ich die Sterne von meinem Bett aus funkeln sehen kann.

Dieser Anblick beruhigt mich. Er schenkt mir Frieden, denn einer dieser Sterne ist meine Oma, die auch in diesen Momenten auf mich aufpasst.

***

Mein Schlaf ist unruhig, weshalb ich sofort wach bin, als ich etwas im Flur höre. In der nächsten Minute sitze ich aufrecht in Bett und horche auf. Habe ich mich geirrt?

Als ich ein unterdrücktes Stöhnen vernehme, springe ich auf. Ich schnappe mir mein Handy vom Nachttisch, schalte die Taschenlampe an und halte es vor mich wie eine Waffe. Auf Zehenspitzen schleiche ich durch mein Zimmer zur Tür und öffne sie einen Spalt weit, um hindurch zu linsen. In genau dem Moment taucht eine Gestalt hinter der Ecke auf und ich halte mein Handy kreisend in die Höhe, um sie zu blenden. Doch statt vor mir zurück zu schrecken, greift die Person nach meinem Handgelenk und drückt es hinunter.

»Was hattest du vor?«

»Levi?« Ich presse meine müden Augenlider zusammen. »Was machst du hier? Es ist mitten in der Nacht. Ich dachte, du wärst ein Einbrecher.« Resigniert lasse ich die Schultern sinken und schalte das Deckenlicht an. Levi kneift die Augen zusammen und schenkt mir ein amüsiertes Grinsen. »Zum Glück bin ich keiner. Mit deiner Handylampe hättest du höchstens einen Vampir erschrecken können.«

Ich mache einen Schritt zurück und lasse mich auf mein Bett sinken. So hatte ich unsere nächste Begegnung nicht vorgestellt. Vor allem hätte ich nicht gedacht, dass meine Wut auf ihn so plötzlich verschwindet. Ein Lächeln reicht, um mich zu besänftigen? Ich muss dringend an meiner Beherrschung arbeiten. »Was willst du hier?«, frage ich und versuche noch sauer zu klingen.

»Ich ...« Er lehnt sich gegen meinen Türrahmen, vergräbt eine Hand an seinem Nacken und sieht von oben hoch. In dieser Position setzt er den perfekten Dackelblick auf. »Ich wollte dir etwas zeigen.«

»Und wieso sollte mich das interessieren?« Boom!

»Weil ich es nur deinetwegen gemacht habe.« Scheiße. Meine Mimik lockert sich. Er hebt die Hände. »Okay, das war falsch. Ich habe es nicht nur für dich getan. Aber es war zu einhundert Prozent nicht eigennützig.« Ein Hauch von Stolz klingt in seiner Stimme mit und ich würde lügen, wenn ich behaupten würde, ich wäre nicht neugierig.

Kurz lasse ich ihn noch zappeln, dann erhebe ich mich wortlos von meinem Platz, schnappe mir einen Pullover aus dem Schrank und ziehe ihn über. Ich beeile mich nicht. Soll er ruhig merken, dass ich nicht die ganze Nacht wachgelegen habe, um auf seine Rückkehr zu warten.

Levi beobachtet mich mit Argusaugen, während ich immer noch in völliger Ruhe meine Jacke und anschließend die Schuhe anziehe. »Hast du deinen Egoismus irgendwo verbuddelt und willst mir jetzt das Grab zeigen?«, fühle ich ihm auf den Zahn.

»Nein.« Er schüttelt den Kopf und hält mir die Tür auf. »Aber ich denke, das habe ich verdient.«

»Das und noch mehr«, versichere ich. Obwohl ich nicht weiß, wohin er mich führt, folge ich dem verschneiten Weg vor mir. Es ist eine klare Nacht und so schön, dass es schade ist, sie mit diesen Gefühlen zu erleben.

»Hey …« Levi berührt mich am Handgelenk, sodass ich stehenbleibe, um ihn anzusehen. Der Mondschein lässt sein Gesicht noch schöner wirken. Seine Finger legen sich sanft um meine Haut und mein Körper, der elendige Verräter, reagiert viel zu stark auf Levis Berührung. Die Haare an meinen Armen stellen sich auf und eine Gänsehaut wandert über meinen Rücken bis hoch zu meinem Scheitel. Meinem Gesicht versuche ich dies nicht anmerken zu lassen. »Es tut mir leid.« Er will mich zu sich ziehen, doch ich versteife mich. Ganz so einfach will ich es ihm nicht machen.

»Was genau?«

Er senkt den Blick, lässt mein Handgelenk jedoch nicht los. »Alles. Aber am meisten, dass ich dich einfach im Krankenhaus zurückgelassen habe. Das kann ich mir nicht verzeihen.«

Ich sollte meinen Arm aus seinem Griff befreien. Ich sollte ihm sagen, dass er sich seine Entschuldigung sonst wohin stecken kann. Dass ich mir selbst so viel wert bin, dass ich mich nicht so behandeln lasse. Aber wieder einmal übernimmt mein Herz die Kontrolle. »Und wieso hast du es getan?« Ich wünschte, meine Stimme wäre nicht so brüchig, sondern stark.

Wieder zieht er mich zu sich und dieses Mal habe ich keine Kraft mehr, mich zurückzuhalten. Und ich will es auch gar nicht mehr. Mich aufzulehnen gegen etwas, was ich zulassen will, ist viel zu schwer. »Weil ich ein Idiot bin. Ich will dir etwas zeigen und danach erzähl ich dir endlich meine Geschichte, okay?«

Wir sind uns so nah, dass sein Atem mein Gesicht kitzelt. Mein Blick wandert von seinen Augen zu seinen Lippen und ich nicke. »Aber du musst mir Zeit lassen«, hauche ich und gehe wieder einen Schritt zurück. »Du hast mich verletzt und das war nicht okay.«

»Ich weiß.« Er lässt meine Hand los, doch ich spüre seine Berührung auch noch, als wir mit einiger Entfernung voneinander in Richtung Eingang laufen.

Ich liebe die Nacht, weil dann alles schläft und so friedlich ist. In wenigen Stunden wird wieder Leben in diesen Ort fließen. Die ersten Läden werden öffnen und Vorbereitungen für den Tag getroffen. Doch bis dahin herrscht hier nichts als Ruhe.

»Schließ deine Augen«, bittet Levi leise und obwohl ich ihm nicht schon wieder so viel Vertrauen schenken will, tue ich es und lasse mich von ihm leiten. »Okay.« Seine Stimme ist dicht an meinem Ohr. »Du kannst hinsehen.«

Als ich meine Lider vorsichtig aufschlage, kann ich meinen Augen im ersten Augenblick nicht trauen. Verwirrt lasse ich das Bild vor mir auf mich wirken und versuche eine andere Erklärung für das zu finden, was ich dort sehe. »Wie ...« Ich gehe einige Schritte auf den Schlitten zu und lasse meine Hand über die Geschenke gleiten. »Wie hast du das geschafft?« Ich werfe Levi einen Blick über die Schulter zu und auch er beobachtet meine Reaktion mit einem angespannten Gesichtsausdruck.

»Ich bin offenbar sehr produktiv, wenn mir etwas wichtig ist.«

Levi hat die letzten Stunden damit verbracht, dreißig Geschenke neu zu verpacken und auf dem Schlitten unterzubringen.

Tränen sammeln sich in meinen Augen und weil ich gelernt habe, meine Gefühle nicht zu unterdrücken, falle ich ihm letztendlich um den Hals. Vielleicht habe ich mich ja doch nicht in ihm getäuscht.

Kapitel 11

23. Dezember

Levi

Wieso fühlt es sich so an, als würde ich von innen verbrennen? Ich habe mich die letzten Stunden auf diesen Moment vorbereitet und mir meine Sätze sorgfältig zusammengelegt. Doch jetzt, wo Juna auf dem Sofa sitzt, eine Decke fest um ihre Schultern geschlungen hat und mich dabei beobachtet, wie ich Kakao zubereite, erscheint mir mein Skript völlig falsch. Wie soll ich jemandem erklären, wie ich mich fühle, wenn ich mich doch seit Jahren vor diesen Gefühlen versteckt habe? Ja, wenn ich sie selbst nicht akzeptiere, wie kann ich erwarten, dass andere es tun?

Meine sich braun färbende Hafermilch verrühre ich wie in Zeitlupe. Das einzige Geräusch hier im Raum ist das Klirren des Löffels, wenn er an den Rand der Tasse schlägt.

Juna hat mir die Chance gegeben, mich zu rechtfertigen und dafür bin ich dankbar. Dennoch wünschte ich, ich müsste es nicht.

Das Piepen der Mikrowelle zieht meine Aufmerksamkeit auf sich. Und während ich meine Tasse hineinstelle und die Zeit einschalte, bringe ich Juna ihre.

»Danke«, sagt sie mit einem müden Lächeln. Wenn sie sich auch nur halb so erschöpft fühlt wie ich, dann wundert es mich, dass sie nicht längst eingeschlafen ist, während ich die Zeit in die Länge ziehe. Sie nimmt einen Schluck und obwohl sie sich mit Sicherheit die

Zunge verbrannt haben muss, sieht zu mir hoch und schenkt mir ein Lächeln. Der Kakao hat ihre Oberlippe verfärbt. »Haben wir noch Marshmallows?«

Ein Lächeln zupft an meinen Mundwinkeln, während ich nicke und mich auf die Suche nach der halbvollen Packung mache. Die letzten Tage haben wir drei davon vernichtet. Ich verstehe nicht, wie ein Mensch mit nur einem Satz die ganze Spannung aus mir herauslassen kann. Als gäbe es ein Ventil in mir, das bisher nur noch niemand gefunden hat. Bis auf sie.

Mit meiner Tasse und den klebrigen Marshmallows in den Händen kehre ich zu ihr zurück und setze mich Juna gegenüber auf den Boden. Ich brauche den Abstand, um klare Gedanken zu fassen.

Auch ich nehme einen Schluck. »Heiß«, sage ich und stelle die Tasse mit verzerrtem Gesicht zurück.

»Heiß, aber lecker«, bestätigt sie. Wir sehen uns an und ich spüre wieder die Anspannung in mir hochkochen. Mein Lächeln wird matter, unechter und auch das entgeht Juna nicht. Sie ist der aufmerksamste und empathischste Mensch, der mir je untergekommen ist. »Ich habe dir versprochen, dir meine Geschichte zu erzählen.«

Sie nickt vorsichtig. »Das ist der Grund, wieso ich um ein Uhr am Morgen hier sitze und Kakao trinke, statt zu schlafen.«

»Ja.« Ich schlucke den Kloß in meinem Hals hinunter. Wenn ich sie nicht endgültig verlieren will, muss ich endlich mit der Sprache rausrücken. »Du hast mich an meinem ersten Abend gefragt, wieso ich bei meiner Tante aufgewachsen bin.«

Abwartend sehe ich sie an, bis sie zustimmend nickt.

»Das liegt daran, dass ...« Ich senke den Kopf. Fuck, wieso fällt mir das so schwer?

Ein Rascheln ertönt und eine Sekunde später spüre ich Junas Körper neben meinem. Ihre Hand umgreift meine, die bisher matt in meinem Schoß lag. Als sie ihre umfasst, hat sie endlich einen

Sinn. »Meine Familie ist vor zehn Jahren bei einem Feuer ums Leben gekommen.«

Ich erwarte, dass sie etwas sagt oder zumindest die Luft einzieht, doch Juna regt sich nicht. Nichts ist zu hören, außer mein stockender Atem. Nur ihre Hand legt sich ein bisschen fester um meine. Und während sie das tut, legt sich eine weitere eng um mein Herz. Es gibt einen Grund, wieso ich meine Erinnerungen verdränge. Sie verschlingen mich und rauben mir am Ende vollkommen den Atem.

Wir schweigen so lange, bis ich mich in der Lage fühle, weiterzusprechen. Auch wenn ich das niemals werde, nehme ich einen Atemzug und spreche aus, was ich noch niemandem erzählt habe – Nicht einmal Tante Ann.

»Wir hatten in der Schule diese beschissenen Kerzen gebastelt und obwohl meine Mutter wollte, dass ich sie ausmache, habe ich sie angelassen, weil sie so schön gebrannt haben.«

Junas Augen liegen starr auf meinen. Sie wartet ab, während ich mich in ihrem Blau verliere. Es ist einfacher, sich auf das schimmernde Eis in ihnen zu konzentrieren als auf den Sturm in mir. Ich zähle die dunklen Punkte, die sich auf ihren hellblauen Iriden sammeln: sechs. Sechs winzige Pigmente, die Junas Augen einzigartig machen. So wie meine Narben mich einzigartig machen. In dem Moment, in dem ich daran denke, beginnt die Haut an meinem Hals zu brennen. Sie erinnert sich an den Schmerz. So wie mein Herz sich an ihn erinnert.

Ich versuche zu atmen, versuche zu schlucken. Doch die Hand, die sich um meinen Hals gelegt hat, lässt nicht locker.

»Es war meine Schuld, verstehst du?« Meine Stimme bricht und schlussendlich bewegt Juna sich doch. Sie will mich in eine Umarmung ziehen, doch ich ertrage dieses Mitgefühl nicht. Hat sie nicht verstanden? Ich bin schuld, dass meine ganze Familie jetzt tot ist! Also versuche ich mich von ihr zu lösen und will aufstehen, doch sie lässt meine Hand nicht los, sondern zieht mich sanft auf den Boden zurück.

»Sieh mich an!« Mit schräggelegtem Kopf taxiert sie mich. »Du warst ein Kind, Levi. Du kannst nichts dafür.«

Abwertend stoße ich die Luft aus. »Kind hin oder her! Ich bin am Leben und sie nicht!« Wut steigt in mir auf. Wut auf Juna, Wut auf mich, Wut auf die ganze beschissene Welt. »Das ist nicht fair, Juna! Wie zur Hölle soll ich damit leben? Ich kann es nicht!«

Obwohl ich eben noch so dringend von ihr wegwollte, rutscht Juna ein Stück näher heran und dieses Mal lasse ich es zu. Weil ich zu erschöpft bin, um weiter wegzulaufen. Und weil ich mir im tiefsten Innern wünsche, dass sie mich vom Gegenteil überzeugt. Ihre Hand wandert meinen Arm hoch, bis sie die Narben erreicht. Kurz zucke ich zusammen und schließe entkräftet die Augen, doch als ihr Daumen sanft darüberstreicht, sehe ich sie wieder an. Tränen stehen in ihren wunderschönen Augen. Ihre Unterlippe zittert.

»Ich kann mir nicht einmal im Ansatz vorstellen, wie das für dich sein muss. All die Jahre hast du dir Vorwürfe gemacht und dir selbst eingeredet, dass du dieses Leben nicht verdient hast.« Die Tränen kämpfen sich einen Weg aus ihren Augen und laufen jetzt ungehindert über ihre helle Haut. Juna wischt sie nicht weg, sondern lässt ihren Gefühlen freien Lauf. Sie zeigt mir, dass sie mit mir leidet.

Als kleines Kind wusste jeder von meinem Schicksal. Freunde meiner Tante wussten jedes Detail aus meinem Leben, obwohl wir uns vorher noch nie gesehen haben. Für gewöhnlich meiden Menschen deinen Blick, wenn sie von deinem beschissenen Schicksal erfahren. Vielleicht sprechen sie dir ihr Mitleid aus oder sie drücken deine Schulter. Auf ihren Gesichtern liegt dieses Unbehagen, weil sie nicht wissen, wie sie mit der Situation umgehen sollen. Aus diesem Grund behalte ich meine Geschichte gerne für mich. Weil es das nur schlimmer macht. Aber in Junas Gesicht liegt kein Unbehagen und auch kein gespieltes Mitleid. Bei ihr erkenne ich nur tiefes Mitgefühl.

Meine Augen folgen einer Träne, die sich vorsichtig ihren Weg zu ihren Lippen bahnt.

Konzentriere dich auf Dinge, die gerade passieren, dann wirst du nicht von deinen Emotionen überrollt.

»Du lebst, Levi! Und deine Familie würde sich für dich wünschen, dass du dieses Leben nicht vergeudest. Das bist du ihnen schuldig. Es ist ihr Geschenk. Es ist ein Wunder, dass du es aus diesem Haus geschafft hast. Und was nützt es, wenn du dieses Wunder wegwirfst?«

So lange habe ich diese Leere gespürt und diesen Selbsthass. Ich habe mir gewünscht, ich wäre mit ihnen gestorben, weil es nur fair gewesen wäre.

Ich schüttele den Kopf. »Du verstehst es nicht. Niemand kann das verstehen!«

Juna bewegt sich, geht vor mir in die Hocke und umfasst jetzt mit beiden Händen meinen Hals. »Denkst du, sie wollen, dass du dich dein Leben lang bestrafst? Dass du unglücklich bist und dich verkriechst, statt jeden Moment auszukosten? Du könntest ebenfalls tot sein. Würdest du wollen, dass sie leiden, wenn es umgekehrt gewesen wäre?«

Abermals schüttele ich den Kopf. Einerseits, weil ich das natürlich nicht wollen würde, andererseits, weil ich ihre Worte nicht zu mir durchdringen lassen will. Doch was, wenn Juna recht hat? Was, wenn mein Leben ein Geschenk ist, das ich so achtlos behandele? Was, wenn es umgekehrt gewesen wäre? Mein Herz schmerzt in der Vorstellung, dass meine Familie meinetwegen unglücklich wäre. Sie hätten schon genug verloren ... Ich habe schon genug verloren.

Ihre Worte sind wie Sonnenstrahlen, die den Nebel durchdringen, der meine Gedanken schon so lange bedeckt. Es ist, als könne ich endlich wieder ein bisschen klarer sehen. Diese Welt, die ich mir aufgebaut habe, in der ich mich vor meinen eigenen Gefühlen versteckt habe, war niemals ein Versteck. Es war mein Verlies. Meine Hölle, die ich mit all meiner Wut und meiner Trauer gefüllt habe. Über eine so verdammt lange Zeit!

Diese Erkenntnis lähmt mich. Die Sicherheit, die ich verspürt habe, war keine. Das Leben, das ich geführt habe, war keines. Ich bin nur weggelaufen.

Dieses Gefühl von Vergebung zu spüren, bringt mich um.

All die Jahre hatte ich das Gefühl, meine Familie zu verraten: weil ich leben darf und sie nicht, weil ich lachen und lieben darf, während sie nichts mehr fühlen.

Ein Teil von mir wünscht sich, ich hätte niemals mit Juna darüber geredet, denn diese Erkenntnis macht die vergangenen Jahre nur schlimmer. Die Vorstellung, ich hätte ein glückliches Leben führen können, ist zu viel für mich und ich breche in Tränen aus.

Zum ersten Mal seit langer Zeit.

***

Juna

»Bist du müde?« Im Grunde ist diese Frage überflüssig, denn die Müdigkeit steht ihm ins Gesicht geschrieben. Ebenso wie mir. Und doch liegen wir seit einer Stunde nebeneinander auf dem Boden und starren an die Decke.

»Wieso fragst du?« Levis Stimme ist immer noch belegt. Vom Weinen und vom Reden. Eigentlich habe ich mehr geredet als er, doch es hat ihn offensichtlich angestrengt, sich über seine Gefühle klarzuwerden und mir zu antworten.

»Wir sollten zu deinem alten Zuhause fahren.« Der Vorschlag liegt mir seit einigen Minuten auf der Zunge, doch ich habe hin und her überlegt, ob es mir zusteht, ihn vorzubringen.

Levi dreht den Kopf in meine Richtung und ich tue es ihm gleich. Unsere Nasenspitzen berühren sich beinahe. Wir atmen die gleiche Luft.

Levis Augen sind rot unterlaufen, sein Gesicht ist fahl und doch finde ich ihn in diesem Moment unglaublich schön. Zum ersten Mal, seit wir uns kennen, habe ich das Gefühl, sein echtes Wesen zu sehen. Zum ersten Mal zeigt er sich mir so, wie er wirklich ist. »Ist das dein Ernst?« Er wirft einen Blick aus dem Fenster. »Es ist mitten in der Nacht und wir haben nicht geschlafen.«

»Genaugenommen ist es bald Morgen«, witzele ich. »Und Schlaf ist überbewertet.«

Levi rollt sich zur Seite, stützt seinen Ellenbogen auf dem Boden ab und lässt den Blick über mich wandern. Ich versuche zu erahnen, was er denkt. Ob er mich für wahnsinnig hält oder für anmaßend. Ob er sich wieder in sein Schneckenhaus zurückzieht oder ...

»Okay.«

Überrascht über seine rasche Antwort ziehe ich die Augenbrauen hoch und setze mich hin. »Echt? Du hast nichts auszusetzen?«

Sein Mundwinkel zuckt leicht nach oben. Von einem Lächeln würde ich nicht sprechen, aber das kann ich auch wirklich nicht erwarten. »Es könnte sein, dass ich mich in einer halben Stunde dafür hasse und vermutlich liegt es an meinem Schlafmangel, dass ich falsche Entscheidungen treffe, aber lass es uns tun.«

Bevor Levi es sich anders überlegen kann und wieder zu klarem Verstand kommt, springe ich auf und halte ihm meine Hand hin. »Ich bin an deiner Seite, okay?«

Er greift danach und lässt sich von mir hochhelfen. »Versprochen?«

Der flehende Tonfall seiner Stimme lässt mein Herz schwer werden, weshalb ich ihm ein zusicherndes Lächeln schenke. »Bis zum Schluss.«

***

Bevor ich ins Auto gestiegen bin, habe ich Kira eine Nachricht geschrieben, dass Levi die Geschenke neu verpackt hat und sie ihn für den gesamten Tag entschuldigen soll. Wie ich meine Freundin kenne, wird sie eine lückenlose Geschichte erfinden, wieso er heute nicht zur Arbeit erscheinen wird. Und jeder wird es ihr abkaufen. Denn so ist sie eben.

»Das ist es also«, sage ich und lege den Gurt um meinen Körper. Levis verwirrter Ausdruck lässt mich auflachen. »Das ist das Auto, das dich in mein Leben gefahren hat.«

Er stößt ein klägliches Lachen aus. »Es hat mich in der Wildnis zum Sterben liegen lassen.«

»Wie kann man nur so dramatisch sein?«, lache ich kopfschüttelnd.

Obwohl der Morgen langsam anbricht, ist es noch stockdüster. Vor uns liegen drei Stunden Fahrt und ich überlege mir, wie ich Levi von seinen Gedanken ablenken kann.

Ich öffne Spotify und suche nach einer Playlist, die genau den Zweck erfüllen wird, den ich mir erhoffe. Weil das Auto uralt ist, muss ich mein Handy mit einem Kabel verbinden und warte, bis das Radio die ersten Töne von *Last Christmas* abspielt. Sofort dreht Levi sich mit schmerzhaft verzogenem Gesicht in meine Richtung. »Willst du, dass ich aus dem fahrenden Wagen springe?«

»Nein. Das nennt man Konfrontationstherapie. Außerdem kannst du mir hier nicht weglaufen. Du musst dich deiner Angst stellen!« Mit einem breiten Grinsen drehe ich die Lautstärke bis zum Anschlag auf.

Levi schüttelt mit einem schmerzerfüllten Ausdruck auf dem Gesicht den Kopf. »Das ist keine Angst. Das ist abgrundtiefer Hass.«

Während die schwarzen Umrisse der Bäume immer schneller an uns vorbeirasen, schlüpfe ich aus meinen Schuhen und stütze meine Füße auf dem Armaturenbrett ab. »Hass ist nur der Schatten der Angst.«

»Da spricht wieder die Psychologin aus dir«, sagt er schmunzelnd und ich erkenne genau, was er damit vorhat.

»Lenk nicht ab.« Mit dem Zeigefinger knuffe ich ihn in die Seite. »Wenn du die folgenden Stunden überleben willst, musst du dich auf deine Angst einlassen. Du musst sie akzeptieren und annehmen.«

Weil Levi nichts sagt, schließe ich die Augen und höre Wham dabei zu, wie sie eines der bekanntesten Weihnachtslieder der Welt herausschmettern. Schade, dass sie nur diesen einen wirklich erfolgreichen Hit hatten. Ich hätte mir auch weitere Schnulzen von ihnen angehört. Sanft wiege ich mich hin und her und beginne tonlos mitzusingen. Ich will Levi nicht noch mehr traumatisieren.

Auch das nächste Lied *Driving Home for Christmas* von Chris Rea bringt Levi lautstark zum Stöhnen, während ich mir meine Freude daran nicht verkneifen kann. Solange er darüber nachdenkt, wie schrecklich die Musik ist, kann er nicht an seine Panik denken, die sicher noch kommen wird. Ich kann mir nicht einmal vorstellen, wie sehr ihn die nächsten Stunden aufwühlen werden. Mein Herz wird schwer bei dem Gedanken daran, dass er zu dem Ort zurückkehren muss, an dem er seine Kindheit verloren hat. Doch vielleicht ist das der einzige Weg, um sie wieder in sich aufnehmen zu können. Jeder von uns braucht etwas Kindliches in sich: die Naivität, das Vertrauen in das Gute, den Glauben an eine gerechte Welt. All das wurde Levi genommen und das bricht mir das Herz.

»Wie groß ist die Wahrscheinlichkeit, dass wir nach diesem Lied ausmachen?«

»Nicht besonders groß«, antworte ich immer noch mit geschlossenen Augen.

***

Levi

Mit einem Blick auf mein Handy, das ebenfalls als Navi dient, muss ich erkennen, dass wir noch mindestens zwei Stunden hier drin eingeschlossen sind. Wenn Juna mich für meine Taten bestrafen will, macht sie ihr Werk ganz hervorragend. »Was, wenn ich einsehe, dass mein Hass nur Angst ist? Ich habe echt fürchterliche Angst, dass ich meinen Verstand verliere bei dem Gejaule.«

Junas Kichern erhellt den Raum. Sie dreht sich in meine Richtung, verschränkt ihre angewinkelten Beine unter sich und sieht mich an. In der Dunkelheit erkenne ich ihre strahlenden Augen nicht, doch ich weiß, dass sie da sind. Ich weiß, dass sie mir wieder tief in die Seele blicken können. »Okay, ich gebe dir die Wahl: Du suchst ein Lied aus, dann ich eins. Aber ich stelle dir nach jedem Lied eine Frage, die du ehrlich beantworten musst!«

»Der Vertrag muss noch verhandelt werden«, antworte ich. »Erstens: Ich muss kein Weihnachtslied nehmen. Zweitens: Wir wechseln uns mit Fragen ab.«

Zunächst wirft sie mir einen kritischen Blick zu, nickt dann jedoch gütig.

»Okay, dann mach *Fallen* von Volbeat an.« Die meisten schätzen mich eher so ein, dass ich Rap höre oder der typische Radiohörer bin, doch im Herzen stehe ich auf Rock und Punkrock. Auch Juna reißt die Augen auf, als das Lied durch die Boxen strömt. Schon der erste Ton berührt mein Herz. Meine Freunde würden mich eher als Emotionskrüppel bezeichnen, dabei haben sie mich schon in meiner »besten« Zeit kennengelernt. Vorher habe ich nur durch Musik ausdrücken können, was ich fühle.

»Damit hätte ich jetzt nicht gerechnet«, kommentiert sie das Lied, das mich schon seit Jahren begleitet. Ich habe nicht nur meinen Vater, sondern meine ganze Familie verloren und lag ebenso wie der Sänger im Dreck.

»Schockiert?«, frage ich mit einem kessen Grinsen.

Doch sie schüttelt entgegen meiner Erwartung den Kopf. »Ich finde es wunderschön. Musik kann die Gefühle besser übermitteln als Worte.«

Erstaunt darüber, dass sie mich so gut zu verstehen scheint, werfe ich einen kurzen Blick auf ihr Gesicht, ehe ich mich wieder der Straße zuwende. Hin und wieder könnte man meinen, Juna wäre zu naiv für diese Welt. Doch in solchen Momenten überrascht sie mich.

»Es geht um Verlust«, raune ich, während Michael Poulsens beeindruckende Stimme den Wagen einnimmt.

»Aber auch darum, weiterzumachen«, ergänzt Juna und entlockt mir damit ein Lächeln.

»Du bist eine unverbesserliche Optimistin.«

Juna zuckt mit den Schultern und lehnt sich tiefer in den Sitz. Die harten Sitze sind vielleicht nicht die gemütlichste Unterlage, doch in unserem momentanen Zustand wäre vermutlich sogar ein steinharter Boden ein einladender Ort, um ein Nickerchen zu machen. »Das nehme ich gerne als Kompliment an.«

»Vielleicht glaubst du mir nicht, aber das war es. Du bist eine außergewöhnliche Frau, Juna.« Obwohl ich nicht weiß, wie sie reagieren wird, lasse ich meine Hand zu ihrer wandern und berühre sanft ihre Finger. Junas Blick huscht in mein Gesicht und ich kann sehen, dass sich ihr Brustkorb schneller bewegt. »Ich wünschte, ich hätte dich schon früher kennenlernen dürfen. Meine Freunde ... Mit ihnen habe ich nie darüber geredet. Für sie war ich eben einfach etwas verschlossen.«

Als wären das die magischen Worte, öffnet sie ihre Finger und streichelt meine damit. »Das wünschte ich auch«, haucht sie so leise, dass ich sie kaum verstehe. »Du musst sehr einsam gewesen sein.«

Ich schlucke schwer und spüre, dass mich der Nebel wieder übermannen will, doch Junas Berührung hält mich im Hier und Jetzt. »Manchmal«, sage ich, obwohl ich eigentlich »Immer« sagen will.

Ihre Finger umklammern meine, als wären sie starke Magnete, die voneinander angezogen werden. »Du musst dich nicht mehr einsam fühlen. Jetzt hast du ja mich.«

Mit einem traurigen Lächeln sehe ich sie an und schaue dabei zu, wie sie etwas in ihr Handy eintippt. Sekunden später erscheint ein neues Lied auf ihrem Display und sie lässt die Augenbrauen wackeln. *Santa Baby* ertönt und lässt mich auflachen.

»Ich dachte, ich hätte dich mit meiner Offenheit von diesem Plan abgebracht.«

»Niemals!«, ruft sie und streckt die rechte Hand in die Luft. Und obwohl ich so tue, als würde mir das Lied physischen Schmerz zufügen, kann ich nur an ihre Hand in meiner denken.

»Aber denk nicht, dass ich meine eingefügten Klauseln vergessen habe!« Grüblerisch überlege ich mir meine erste Frage, während Juna mich abwartend mustert. »Okay«, sage ich. »Roboter gegen Dinosaurier: Wer würde gewinnen?«

Junas Lachen lässt mein Herz rasen. Es ist, als würde sich mit ihm eine Woge aus purem Licht durch den Wagen bewegen. »Das ist deine erste Frage?« Ich nicke grinsend. Juna beißt sich auf die Unterlippe und denkt sorgsam darüber nach. »Dinosaurier sind cool, aber ich glaube ein Roboter würde gewinnen, weil er niemals die Puste verliert.«

Ich nicke, weil ich dem nichts zuzufügen habe. Und während ich die nächsten Minuten diesem gräulichen Gejaule zuhören muss, überlege ich mir schon meine nächste Frage.

***

Juna

»*Kryptonite* von 3 Doors Down, bitte!«

Mit schnellen Fingern tippe ich die ersten Buchstaben ein und finde sofort den Song, der eine Zeit lang in jedem Radio lief. Doch nur die wenigstens haben sicher auf die Traurigkeit des Textes geachtet. Was, wenn man jemanden liebt, aber weiß, dass diese Person dein Kryptonit ist und du deshalb niemals mit ihr glücklich sein kannst? Ich denke an meine Eltern, die ich so sehr geliebt habe und sie mich dennoch immer wieder unglücklich gemacht haben. Schon als Kind wollte ich nur ihre Liebe haben.

»Bereust du deine Reise?«, frage ich und spüre, wie mein Herzschlag sich verlangsamt. Ein Kribbeln breitet sich in meinem Magen aus. Bitte sag Nein!

Wie so oft in der letzten Stunde dreht Levi den Kopf in meine Richtung. Trotz der Dunkelheit erkenne ich die Wärme in seinem Blick, die mein Herz wieder normal schlagen lässt. Vielleicht sogar ein bisschen schneller.

»Das war nun wirklich eine vergeudete Frage, Juna.« Meine Haut beginnt zu Kribbeln. Wie kann es sein, dass der Klang meines Namens aus seinem Mund diese Wirkung auf mich hat?

Das Lied neigt sich dem Ende zu und ich suche ein Neues aus, auch wenn ich mich nicht im Geringsten darauf konzentrieren kann. Ich tue so, als würde ich mir Gedanken über meine nächste Wahl machen, dabei denke ich nur an seine Hand auf meinem Schoß.

»Ich bin dran«, sagt er und ich nicke, während ich wahllos einen Song anmache. »Entweder ...«

»Wieso immer entweder oder?«, frage ich kichernd.

Levi zuckt mit den Schultern. »Das ist eben mein Ding.«

»Aha. Dein Ding also.« Eine unsichtbare Macht zupft immer heftiger an meinen Mundwinkeln, sodass sie beinahe schmerzen.

»Also: Entweder Weihnachten oder du findest die Liebe deines Lebens.«

Ich kneife kritisch die Augen zusammen. »Ich brauche genauere Informationen.«

»Na ...« Er richtet grüblerisch den Blick nach vorne. »Du kannst weiterhin von deinem Weihnachtsschnickschnack umgeben sein oder du findest deine große Liebe.«

»Und was ...« Mein Mund wird trocken. »Was, wenn sich die beiden Dinge nicht ausschließen?«

Levi sagt nichts, wirft mir nur einen fragenden Blick zu.

»Was … Wenn meine Liebe beispielsweise ein Elf wäre?« Ich räuspere mich eilig. »Rein theoretisch.«

Seine Mundwinkel zucken verführerisch. »Das wäre dann wohl ein Schlupfloch … rein theoretisch.«

Während bereits das nächste Lied angestimmt hat, wende ich mich lächelnd dem Fenster zu, lehne meinen Kopf an das Polster und beobachte, wie die Bäume zu der Musik im Auto und der in meinem Herzen tanzen.

***

Obwohl es hart war, bin ich nicht eingeschlafen. Das hätte ich Levi nicht antun können. Unsere Gespräche wurden mit der Zeit stockend, doch ich bin tapfer mit Levi wach geblieben.

Anders als die letzten Tage ist die Sonne heute gütig mit uns. Obwohl der Tag für finnische Verhältnisse noch recht früh ist, steht sie am Himmel und taucht diesen Tag in Licht. Genau das, was vor allem Levi jetzt mehr als alles andere braucht. Wir stehen vor dem Ortseingangsschild. Der Motor des alten Opels rattert ungesund vor sich her und ich befürchte, dass wir ihn langsam überstrapazieren, doch ich kann Levi nicht dazu drängen, diesen Schritt zu gehen – oder eben zu fahren. Diese eine Grenze muss er ganz allein in Angriff nehmen. Alles, was ich tun kann, ist hier zu sein und seine Hand dabei zu halten. Mein Blick ist auf sein Gesicht gerichtet, das in der letzten halben Stunde immer blasser und verschlossener wurde. »Alles okay?«, frage ich mit belegter Stimme.

Levi schüttelt den Kopf. »Irgendwie war ich dieser Rostlaube dankbar, dass sie den Geist aufgegeben hat«, sagt er. Auch seine Stimme ist rau und matt. »Ich dachte, es wäre Schicksal, obwohl ich an so was eigentlich nicht glaube.« Er schüttelt kaum wahrnehmbar den Kopf. »Vielleicht habe ich es mir einfach eingeredet, weil ich zu feige bin.«

Kopfschüttelnd winkle ich das Knie unter mir an, sodass ich mich besser in seine Richtung drehen kann. Ich binde mir mit einem Haargummi einen unordentlichen Dutt, damit meine Haare die nächsten Stunden nicht im Weg sind. Zum Glück ist außer uns weit und breit keiner auf der Straße. »Du bist hier, Levi. Das ist alles andere als feige. Es ist egal, was war. Wichtig ist nur, was jetzt ist.«

»Jetzt.« Er lacht höhnisch. »Jetzt schaffe ich es nicht einmal, dieses beschissene Schild hinter mir zu lassen.«

»Ich bin bei dir ... Bis zum Schluss!« Behutsam drücke ich seine Hand und sehe, wie er einen tiefen Atemzug nimmt, um loszufahren. In mir macht sich ein Stolz breit, mit dem ich nicht gerechnet hätte. Physisch mag es nur ein kleiner Schritt sein, aber psychisch ist es für Levi ein Sprung in unendliche Tiefen. Hand in Hand fahren wir eine der wenigen Straßen entlang. Hier oben im Norden werden die Dörfer immer kleiner. »Wohin willst du zuerst?« Wir haben darüber gesprochen, dass er sein altes Zuhause und den Friedhof besuchen will. Ob er dafür schon bereit ist, kann aber nur Levi allein entscheiden.

Ohne auf meine Frage zu antworten biegt er in eine Sackgasse ein, die mit kleinen süßen Häusern umrahmt ist. Levis Aura verändert sich. Er wird immer verschlossener, immer zurückgezogener, immer stiller. Und als wir vor einem der Häuser stehenbleiben und er den Wagen ausschaltet, weiß ich auch wieso.

Von einem Brand ist nichts mehr zu erkennen, doch aus Levis Augen muss das ganz anders aussehen.

***

Levi

Magensäure steigt meinen Rachen empor. Das hier ... Dieser Ort war mein Zuhause. Ich habe ihn geliebt. Diese Straße steckt voller Erinnerungen. Wie mein Dad mir das Fahrradfahren beigebracht hat. Wie ich hingefallen und dank ihm ohne eine einzige Träne wieder aufgestanden bin. Ich erinnere mich genau an das Geräusch von Moms Wagen, wenn sie von der Arbeit nach Hause gekommen ist. Er war blau. Ich spüre noch das Gefühl von Stolz, als wir mit Aava zum ersten Mal durch diese Straße gegangen sind. Ich durfte den Kinderwagen schieben. Ich war ein großer Bruder ... *War.* Jetzt bin ich kein Bruder mehr und auch kein Sohn.

Erst als Juna meine Hand nimmt, registriere ich, dass ich begonnen habe zu zittern. Ein röchelnder Atemzug drängt sich aus meinem Mund.

»Ist ... alles okay?« Sie weiß, dass nichts okay ist. Und ich weiß, dass sie das weiß. Dennoch nicke ich, weil die Wahrheit ohnehin nichts an der Situation ändert. Ich bin hier, um mit meiner Vergangenheit abzuschließen und ich sollte mich glücklich schätzen, schließlich bin ich anders als geplant dabei nicht allein. Zitternd lege ich meine freie Hand auf den Türgriff. Der leichte Zug, den es benötigt, um die Tür zu öffnen, verlangt mir meine letzte Kraft ab. Der eiskalte Wind dringt durch den schmalen Spalt der geöffneten Fahrertür. Sogar die Luft riecht nach Zuhause.

Meine Augen beginnen zu tränen, als ich die Tür aufstoße und hinaustrete. Ich versuche es auf die Kälte zu schieben, doch wem mache ich etwas vor? Juna steigt ebenfalls aus dem Auto. Ich beobachte sie dabei, wie sie die dicke Winterjacke aus dem Kofferraum holt und sie eng um ihren Körper wickelt. Mir ist nicht kalt. Dennoch nehme ich die Jacke, die sie mir reicht und schiebe die Arme hinein. Juna kommt näher und als wäre ich ein Kind knöpft sie sie mir behutsam zu.

Ihr Gesicht ist gesenkt, doch ich denke an die sechs Flecken auf ihren Iriden. Ich erinnere mich an die Position jedes einzelnen und der Gedanke daran vertreibt die anderen. Juna bringt Licht in meine Dunkelheit. Als sie beim oberen Knopf angekommen ist, lege ich meine Hände um ihre und warte, bis sie mich ansieht. »Danke«, hauche ich. Ein Wort und doch steckt so viel mehr dahinter. Ihr trauriges Lächeln zeigt mir, dass sie versteht und gemeinsam drehen wir uns in die Richtung, wo das Haus steht, in dem ich aufgewachsen bin. Die Fassade ist nicht mehr weiß, sondern grau und sogar dieses Grau zeigt bereits Spuren der vergangenen Jahre.

»Das ist es?« Junas Stimme ist sanft. Sie streichelt mein Trommelfell. Beruhigt mein Herz.

»Das war es«, bestätige ich.

»Wir sollten klingeln.«

Ich lege die Stirn kraus. »Reingehen?«

Juna nickt. »Was hast du zu verlieren?«

Obwohl ich sicher bin, dass ich auch nichts zu gewinnen habe, gehe ich vor und klingle. Die goldene Klingel ist immer noch dieselbe, doch der Ton ist ein anderer. Manches ähnelt noch einer Sache, doch im Wesentlichen ist tot, was tot ist.

Die Schritte, die vom Innern des Hauses zu uns hinausklingen, lassen den Kloß in meinem Hals erneut heranwachsen und das Blut in meinen Adern gefrieren.

Gerade als ich mich anders entscheiden und zurück zum Auto laufen will, öffnet sich die Tür und ein alter Mann mit eingefallenem Gesicht und ebenso eingefallenem Körper steht vor uns. »Hallo?« Seine Stimme ist krächzend und scheint, als hätte er sie nur für dieses eine Wort aufgespart.

»Hallo«, ergreift Juna das Wort mit einem Lächeln in der Stimme. »Mein Freund hat früher hier gewohnt.«

»Oh!«, macht der Mann. Es ist ein freudiges »Oh«. Dieses »Oh« überrascht mich. »Kaaro?«, fragt er und diese Frage überrascht mich noch mehr.

»Woher kennen Sie meinen Namen?« Mein Tonfall klingt schroffer als beabsichtigt. Da ist er wieder: mein Alter Ego Grantel.

Der alte Mann hebt die Hand, ehe er auf dem Absatz kehrt macht und uns im Türrahmen stehenlässt. »Kommt!«, ruft er uns hinterher.

Juna will ihm bereits folgen, da registriert sie, dass ich mich keinen Millimeter bewege. Ein einziger Schritt liegt zwischen mir und dem Ort, an dem ich alles verloren habe. Wie könnte ich den einfach so überwinden? Was wäre ich dann für ein Mensch?

***

Juna

»Was sagst du: Entweder du musst für den Rest deines Lebens mit dem Opel fahren, oder du musst für immer Rentierscheiße schaufeln.«

Levis Blick zuckt in meine Richtung. Es scheint, als würde er langsam wieder in unserer Realität ankommen. Seine Augen huschen über mein Gesicht. »Denkst du ernsthaft, ich würde auch nur einen Tag länger als nötig in diesem Monster verbringen?«

»Also die Scheiße?«

»Immer die Scheiße! Aber nur mit dir. Du verlässt mich nicht, oder?«

Ich wende nicht den Blick ab. Auch beim Herumalbern habe ich das Gefühl, die Frage wäre todernst gemeint. Levi wurde viel zu früh in seinem Leben allein gelassen. Wie kann ein Kind das verkraften, wenn ihn alle Menschen, die er liebt, verlassen? Ein Kinderherz unterscheidet nicht, ob dieser Verlust gewollt oder dem Schicksal verschuldet war. Es fühlt sich alleingelassen und dieses Gefühl bleibt.

»Nicht einmal in der dunkelsten Nacht.« Levi schenkt mir ein vorsichtiges Lächeln, das mein Herz schneller pochen lässt.

Vorsichtig nicke ich ins Innere des Hauses. »Willst du dieses Monster für immer besiegen?«

Er atmet tief durch, um schließlich zu nicken und einen Schritt hinein zu wagen. Ich erkenne in seinem Gesicht, dass das die größte Prüfung war, vor die er je gestellt wurde. Ich folge Levi, lasse den Blick nicht von seinem Gesicht, während seine Augen unaufhörlich über die Wände gleiten. Hin und wieder zucken seine Gesichtsmuskeln oder sein ganzer Körper erstarrt. Was er wohl sieht? Was er fühlt? Woran er sich erinnert? Diese Wände erzählen Geschichten, die nur noch er hören kann.

Als wir ein sachtes »Hier« hören, wird er aus seinen Gedanken gerissen. Der alte Mann steht in seinem Wohnzimmer mit der großen Fensterfront und deutet auf eine Kiste oben auf einem Regal. »Kannst du es herunterholen?«

Levi streckt sich und hievt die Kiste auf den Boden vor uns. Staub bedeckt den Deckel und breitet sich überall um uns herum aus. »Was ist das?«, frage ich.

Der Mann setzt sich in einen braunen Ledersessel und lehnt den Kopf nach hinten. Ein Lächeln tritt auf sein Gesicht. »Meine Frau wollte damals diese Ruine kaufen.«

Levi zuckt zusammen und sofort greife ich wieder nach seiner Hand.

»Ein Feuer«, erklärt der Mann, als wüssten wir das nicht. »Sie sagte es sei Schicksal, dass wir es kaufen und wieder neu aufbauen.« Er lacht leise. »Wisst ihr, sie war nicht unterzukriegen. Sie wusste damals schon, dass sie krank ist, aber sie hat dieses Haus als Aufgabe für mich angesehen.« Wieder ertönt ein vorsichtiges Lachen. »Damals war ich noch fitter und nach ihrem Tod war das Haus da, um mich abzulenken.«

»Das tut mir sehr leid«, flüstere ich.

Doch er schüttelt den Kopf. »Nein, nein. Es ist schon gut.« Mit dem Gehstock, auf den er sich gestützt hat, deutet er auf die Kiste. »Das ist alles, was ich von der Familie davor retten konnte. Ich habe es nicht übers Herz gebracht, es wegzuwerfen. Nehmt es! Seht euch um. Bleibt solange ihr wollt. Ich mach ein kleines Schläfchen.« Mit diesen Worten schließt er flatternd seine Lider und beginnt kurz darauf zu schnarchen.

Ich hebe die Kiste hoch, die schwerer ist als sie aussieht, und trage sie zurück in den Flur. »Komm mit«, sagt Levi und ich folge ihm in ein Zimmer neben der Treppe. »Das war mein Zimmer. Alle anderen haben oben geschlafen.« Der Schmerz in seiner Stimme und seinen Augen bricht mir das Herz. Obwohl es schon zehn Jahre her ist, bewegt sich Levi so natürlich durch dieses Haus, als wäre er nie weggewesen. In seinem ehemaligen Kinderzimmer befindet sich nun eine Art Bibliothek. Ringsherum befinden sich Bücherregale und in der Mitte steht ein einladender Lesesessel, vor dem ich die Kiste absetze. Ein Blick durch das bodentiefe Fenster zeigt, dass es draußen wieder begonnen hat zu schneien. Dicke weiße Flocken fallen vom Himmel und verwandeln die Welt in einen Ort voller Magie. Weil Levi plötzlich verloren im Raum stehen bleibt, ziehe ich ihn mit mir zu Boden und lege seine Hände um die bereits wellige Öffnung des Kartons.

Als wäre dahinter ein Schatz verborgen, der auch nur durch die kleinste Erschütterung zu Staub zerfallen könnte, öffnet er die Kiste. Ganz oben liegt eine Decke mit Blümchen und Schmetterlingen. Sofort zieht sich mein Herz zusammen, denn ich kann mir vorstellen, wem sie gehört hat.

Ein Schluchzen dringt aus Levis Kehle, als er die Kinderdecke mit zitternden Händen hochhebt und an sich presst. »Aava«, flüstert er. Tränen sammeln sich in meinen Augen, doch dieses Mal versuche ich sie zu unterbinden.

Unter der Decke liegt ein Buch, das ich vorsichtig hervorziehe. Es ist teilweise angebrannt, doch glücklicherweise nur an den Rändern. »Soll ich es öffnen?«

Levi nickt und ich halte den Atem an, während ich den schweren Buchdeckel aufschlage. Doch schon die ersten Fotos, die vor uns auftauchen, sind bereits zu viel für Levi. »Fuck!« Fluchend springt er hoch und flüchtet aus dem Raum. Die Decke hat er mitgenommen, doch für den Rest war er noch nicht bereit. Liebevoll lasse ich die Finger über die Bilder wandern. Levi als kleiner

Junge. Seine Eltern. Es ist ein Wunder, dass dieses Fotoalbum den Brand überlebt hat.

***

Levi

Zu viel! Das alles war zu viel! Zu früh!

Aavas Decke an meinen Körper gepresst laufe ich die Straße entlang. Der Schnee tränkt den Stoff, legt sich auf meine Wimpern, doch ich laufe weiter, einen Weg entlang, den ich niemals wieder laufen wollte. Und doch führen mich meine Füße wie automatisch dorthin. Ich bin hier, um mich meinen Monstern zu stellen und wo begegnet man seinen Monstern besser als auf einem Friedhof?

Ich passiere den Torbogen, lausche meinen eigenen Schritten durch den hohen Schnee und versuche nicht zu hyperventilieren. Hier draußen würde ich innerhalb weniger Stunden erfrieren, sollte ich in Ohnmacht fallen. Immerhin wäre ich gleich am richtigen Ort.

Schwarzer Humor, das ist es, was mich im Moment über Wasser hält. Nur einmal war ich mit Tante Ann hier und doch kennen meine Füße den Weg instinktiv zum Grab meiner Familie. Meine Eltern wurden gleichzeitig begraben. Sie sind noch in der Nacht des Brandes gestorben. Aavas Grab wurde wenige Wochen später ausgehoben, nachdem sie ebenfalls gestorben war. Irgendwo dort unten liegen sie und ein Teil meines Herzens liegt für die Ewigkeit bei ihnen. Nach all dieser Zeit gibt es immer noch Menschen, die ihnen Gegenstände ans Grab stellen. Ein Kreuz, das ziemlich neu aussieht. Halb vergraben unter dem Schnee ein Kranz aus Ästen. Und mit Eiszapfen bestückt ein kleines Kuscheltier.

Es tut gut zu wissen, dass meine Familie nicht vergessen wurde.

»Hey, Mom. Hey, Dad. Hallo Aava.« Meine Stimme bricht nach jedem Wort und meine Beine werden schwach. Ich gebe dem Instinkt nach, knie mich vor den Gräbern hin und streiche den Schnee davon hinunter. »Ich weiß, ich war lange nicht hier. Aber ich denke jeden Tag an euch.« Mein Hals kratzt. Meine Augen brennen. Mein Herz fühlt sich an, als würde es jeden Augenblick stehenbleiben. »Es tut mir so unfassbar leid.« Ich stoße einen quälenden Klagelaut aus. »Es tut mir so leid, dass ihr nicht hier seid! Ich vermisse euch!« Die ersten Tränen bahnen sich einen Weg aus meinen Augen und hinterlassen eine eiskalte Spur auf meinen Wangen. Schluchzend hebe ich die Decke an, vergrabe das Gesicht in ihr und wünschte, sie wären bei mir.

Als ich plötzlich eine Hand an meinem Rücken spüre und mit tränenüberschwemmten Augen hochblicke, erkenne ich Juna, die neben mir kniet. Eine Sekunde später zerre ich sie an mich, vergrabe mein Gesicht nicht länger in der Decke, sondern an ihrem Hals und weine.

***

Ich weiß nicht, wie lange wir nun bereits auf dem Boden vor meiner Familie knien. Ich weiß nicht, wann ich aufgehört habe zu weinen und stattdessen über mein Leben erzähle, als wären sie wirklich anwesend: nicht nur ihre Körper, sondern auch ihre Seele. Früher habe ich nicht an so was geglaubt, aber Juna hat mich dazu überredet und es fühlt sich wirklich befreiend an. »Tante Ann ist wirklich toll. Ich bin mir sicher, dass ihr zufrieden mit ihr seid.« Bei dem Gedanken an meine Tante breitet sich ein warmes Gefühl in meinem Innern aus. »Sie hat mich nie dazu gezwungen, über irgendetwas zu sprechen, dennoch kam ich mit den meisten meiner Probleme zu ihr.« Ich lache kurz auf. »Sie war sogar da, als ich meinen ersten Liebeskummer hatte.«

Juna hat die ganze Zeit noch nichts gesagt, sondern sitzt da, hält meine Hand und hört zu, wie ich mit meiner Familie spreche. »Nur eine Sache konnte ich ihr nie erzählen.« Mein rechter Mundwinkel zuckt, ehe ich meinen Blick zu dem Mädchen neben mir wende. »Übrigens: Das ist Juna. Ihr habe ich alles anvertraut.« Ich lasse weiter meinen Blick über sie wandern, und obwohl ich nicht friere, erkenne ich, dass ihre Lippen zittern. Ich ziehe die Augenbrauen zusammen. »Ich glaube wir sollten los.«

Juna schüttelt den Kopf. »Nein! Alles ist gut! Nimm dir die Zeit, die du benötigst!«

Vorsichtig löse ich meine Hand aus ihrer, um meine Finger unter den Ärmel ihrer Jacke zu schieben und sachte die dünne Haut an ihrem Handgelenk zu streicheln. Sie ist völlig durchgefroren und doch schenkt sie mir ihr wunderschönes Lächeln.

»Ich habe mich seit Jahren nicht mehr so befreit gefühlt. Ich denke, ich will es nicht überstrapazieren.«

»Okay.«

»Wie wäre es mit einer heißen Schokolade? Ich kenne einen tollen Laden.«

***

Juna

Gierig lasse ich die heiße Schokolade meinen Hals hinabrinnen. Levi hat nicht zu viel versprochen: Der Laden ist der Hammer! Neben der Schokolade habe ich mir vegane Waffeln mit warmen Kirschen bestellt, die Stück für Stück in meinem Magen verschwinden. Kurz bevor sie aufgegessen sind, hole ich unter meiner Jacke das Fotoalbum hervor und lege es auf den Tisch.

»Du hast es mitgenommen«, bemerkt Levi. Der Kloß in seinem Hals ist nicht zu überhören. Seit wir das Grab verlassen haben ist er verschwiegener geworden und das ist vollkommen okay. Dennoch darf er sich nicht wieder völlig verschließen.

»Natürlich.« Wie das Buch hole ich eine kleine Betonfigur eines Hundes und eine silberne Halskette unter meiner Jacke hervor.

Levi lacht auf. »Was hast du denn noch alles darunter versteckt?«

Zwinkernd stoße ich seinen Fuß unter dem Tisch mit meinem an. »Das würdest du wohl gerne wissen.«

Er nimmt die Kette in die Hand, schenkt mir dennoch ein kokettes Grinsen. »Allerdings.« Er dreht die Kette in den Händen. »Die gehörte meiner Mutter. Dad hat sie ihr zu ihrem zwanzigsten Hochzeitstag geschenkt. Daran erinnere ich mich.«

»Und der Hund?«, frage ich. Ich verschränke die Arme auf dem Tisch und lege den Kopf darauf. Die Müdigkeit übermannt mich von Sekunde zu Sekunde mehr.

»Den habe ich auf einem Flohmarkt ergattert.« Er lächelt traurig. »Von meinem eigenen Geld.«

»Oh!«, mache ich, während meine Augenlider immer schwerer werden. »Von deinem eigenen Geld.«

Levis Hand berührt die nackte Haut an meinem Nacken und jagt mir somit eine Gänsehaut über den Körper. »Nebenan gibt es eine Pension. Lass uns schlafen gehen!«

***

»Hier habe ich den Beweis, dass du nicht immer ein Grinch warst!« Nach dem Essen haben wir ein Zimmer für zwei Stunden gemietet und geschlafen. Genauer gesagt habe ich geschlafen. Levi ist währenddessen über seinen Schatten gesprungen und hat sich das Fotoalbum zur Hand genommen. Als ich wach wurde, habe ich ihn kurz dabei beobachtet. Sowohl Trauer als auch tiefe Liebe standen in seinen Augen.

Jetzt sind wir auf dem Weg zum Weihnachtsmanndorf und hoffen, dass der Schneesturm uns nicht einen Strich durch die Rechnung macht. Levi hat mir erlaubt, das Fotoalbum hervorzuholen und neben seinem nackten Babypo habe ich jetzt ein Bild von ihm mit Weihnachtsmannmütze entdeckt, das ich ihm vor die Nase halte.

»O Gott. Da war mir mein Hintern lieber!« Schaudernd wendet er sich wieder der Straße zu, auf der der Schnee sich immer weiter anhäuft.

Weil er auf meine Anspielung mit dem Grinch nicht eingegangen ist und wir nur noch eine halbe Stunde vor uns haben, in denen er vor meinen Fragen nicht weglaufen kann, schließe ich das Album behutsam und verfrachte es auf dem Rücksitz, ehe ich mich in seine Richtung drehe.

»Willst du mir die Geschichte davon erzählen, wer dein Weihnachten gestohlen hat?«

Levis Haltung verändert sich. Wo er eben noch im Angesicht der Lage entspannt in seinem Sitz hing, die rechte Hand lässig auf dem Schaltknüppel, versteift sich nun sein Rücken und er umklammert regelrecht mit beiden Händen das Lenkrad.

»Alles okay?«, frage ich alarmiert. Ich reiße die Augen auf, setze mich ebenfalls kerzengerade auf und frage mich, was ich falschgemacht habe.

Sein Kehlkopf hüpft verräterisch. »Du ...« Räuspernd beißt er sich auf die Lippe. »Du erinnerst dich an den Brief des kleinen Jungen an den Weihnachtsmann?«

Eine vage Erinnerung dringt zu mir durch, weshalb ich nicke. »Der Wunsch, dass das Geschwisterchen gesund wird?«

Levi stößt den Atem aus. »Früher war ich dieser kleine Junge. Aava lag im Koma und mein einziger Wunsch war es, dass der Weihnachtsmann sie heilt.«

»Levi.« Meine Tonlage klingt mitleidiger als beabsichtigt. Ich habe die Ahnung, dass Mitleid das Letzte ist, was er erwartet. Dennoch kann ich nicht umhin, welches für ihn zu empfinden. Nicht nur, dass er seine ganze Familie an wenigen Tagen verloren hat, gleichzeitig hat er auch noch seine Hoffnung verloren. Kein Kind sollte so was erleben. Meine Blicke wandern von seinen Augen, die regungslos nach vorne gerichtet sind, zu seinen fest zusammengepressten Lippen. »Ich weiß nicht ...«

»Schon gut«, unterbricht er mich mit matter Stimme und versucht sich sogar an einem Lächeln, um mich zu beruhigen. Was mein Herz nur noch mehr schmerzen lässt. »Ich bin drüber hinweg.«

Ich nicke, obwohl ich mich frage, ob er nur mich belügt oder sich selbst. Jemand der darüber hinweg wäre, dass der Weihnachtsmann seine Schwester nicht retten konnte, würde nicht einen so tiefen Groll gegen Weihnachten hegen. Mit einem Mal fühle ich mich schrecklich, dass ich versucht habe ihn zu therapieren. All die Lieder, die Kleidung ... Verdammt, er lebt in seiner wahrgewordenen Hölle!

»Dass du im Weihnachtsmanndorf nicht Amok läufst, gleicht einem Wunder«, scherze ich und versuche damit die Stimmung wieder ein bisschen aufzulockern.

»Ich bin eben ein Heiliger. Die Menschen sollten mich anhimmeln.«

»Ein Levi-Kaaro-Dorf«, grüble ich. »Dort gäbe es keine Lebkuchen und Zuckerstangen zum Knabbern, sondern Nudeln mit Ketchup.«

Levi nickt. »Einfach köstlich.«

Obwohl mich der bloße Gedanke daran schon schüttelt, bin ich froh über die Ablenkung. »Im Hof würde Punk-Rock gespielt, während die Leute vor schnellen Autos posieren.«

Schon während ich den letzten Satz ausspreche, merke ich, dass ich mich damit als Insta-Stalker verraten habe, doch entweder Levi hat es nicht bemerkt, oder er überspielt es meisterhaft. »Die einzige Gemeinsamkeit wären die Plätzchen.«

»Und der Porridge?«

Ich entlocke ihm ein Schmunzeln. »Aber nur, wenn du es mit deiner Kochkunst zubereitest.«

»Mit extra viel Schokolade«, verspreche ich mit erhobenem Haupt.

***

Levi

Während Juna weiter über das Levi-Kaaro-Dorf schwadroniert, konzentriere ich mich auf die Straße vor uns. Hätte ich nicht mein

Navi, wären wir aufgeschmissen. Die Schneeflocken werden immer dichter, der Weg immer schmaler. Ich hätte niemals gedacht, dass ich mich über den Anblick der beleuchteten roten Häuschen freuen würde, die das Weihnachtsmanndorf ankündigen.

Obwohl das Wetter unterirdisch ist und ich mir tausend schönere Dinge vorstellen könnte, als vor die Tür zu gehen, ist das Dorf so voll wie noch nie. Allein schon einen Parkplatz zu finden, dauert ein paar Minuten. Kein Wunder, morgen ist Heiligabend. Vermutlich war es nicht die beste Idee, sich einen Tag vor Heiligabend aus dem Staub zu machen. Gerade an diesen Tagen wird wahrscheinlich jede einzelne Elfe gebraucht ... Ach du Scheiße, ich bezeichne mich selbst als Elfe. Was ist nur aus mir geworden?

»Levi!« Kurz bevor wir endlich unsere Hütte erreichen, hält Juna mich am Arm zurück.

In ihrem Blick liegt etwas, das mich meine eigenen Gedanken vergessen lässt. Sie wirkt aufgelöst. Ein Fakt der sie noch interessanter macht. Zu sehen wie ihr Blick beinahe panisch zu mir zuckt, während sie mich mit sich hinter einen Pfahl zieht, lässt erahnen, dass sie doch genau wie jeder andere Mensch Geheimnisse hat. Sie streicht sich mit den Fingern durchs Haar. Eine fahrige Geste, die ihre Nervosität nur noch weiter verstärkt und so langsam auf mich überträgt. »Was ist los?«, frage ich leise und versuche um sie herum zu linsen, um die potenzielle Gefahr auszumachen.

»Vor unserer Hütte stehen meine Eltern.«

Ich reiße überrascht die Augen auf. »Deine Eltern sind hier?«

Juna stößt den angehaltenen Atem aus. »Offensichtlich wollen sie mich besuchen.«

»Aber ...« Ich lächle sie aufmunternd an. Vermutlich macht sie sich Gedanken, ob ich das verkrafte. »Das ist doch toll!«

»Ja.« Immer wieder schießt ihr Blick in Richtung ihrer Eltern, doch sie wirkt nicht wesentlich entspannter als eben. »Nur denken sie eventuell, dass wir ein Paar sind.«

»Was?« Ein Lachen steckt in meinem Hals, doch ich lasse es nicht raus. Offensichtlich ist Juna im Augenblick nicht zum Lachen zumute.

Sie verschränkt die Arme vor dem Gesicht und vergräbt es darin. Ein undefinierbarer Laut dringt aus ihrer Kehle, ehe sie mich hilfesuchend ansieht. »Wenn sie wüssten, dass ich mir mit Fremden eine Hütte teile und dann auch noch mit einem Jungen, würden sie ausflippen. Also habe ich ihnen erzählt, ich hätte einen Freund. Mein Vater ist sehr konservativ, was man bei seinem früheren Benehmen nicht denken würde. Seit meine Schwester auf der Welt ist, hat sich seine wilde Zeit jedoch in das komplette Gegenteil verändert.«

»Also verrate ich besser nichts von unseren kleinen außerehelichen Ausrutschern?«, scherze ich, obwohl ich nichts mit Juna je als Ausrutscher ansehen würde.

Sie reißt schockiert die Augen auf. »Bitte nicht!«

Ein freches Grinsen legt sich auf meine Lippen. »Dafür bist du mir etwas schuldig.«

»Alles!«, platzt es aus ihr heraus. »Wirklich alles!«

»Na wenn das so ist ...« Als wäre es ganz natürlich für uns, lege ich einen Arm um ihre Schultern und ziehe sie ein bisschen näher an mich heran. Sofort spüre ich, wie sie sich ein kleines bisschen versteift. »Sollte ich jetzt nicht meine Schwiegereltern kennenlernen, Schatz?«

»Nicht Schatz«, sagt sie erschaudernd. »Nur Tiere sollten Kosenamen bekommen.«

Überrascht hebe ich eine Augenbraue. »Und was ist mit Grantel?«

Ein Kichern lässt ihren Körper beben. »Das war ja nur ein Scherz, um dich zu ärgern.«

»Aber das hier ...« Ich berühre zärtlich ihr Kinn mit meinem Zeigefinger und drehe es in meine Richtung. »Ist doch auch nicht ernst gemeint. Oder, Schönheit?«

Wieder erschaudert ihr Körper, doch dieses Mal nicht vor Ekel.

Juna fixiert meinen Mund und auch mein Blick wandert von ihren eisblauen Augen, die trotz des schummrigen Lichtes funkeln, zu ihren perfekten Lippen.

»Ja«, japst sie, ehe sie sich räuspernd aus meiner Berührung befreit. »Nichts Ernstes.« Mit diesen Worten geht sie vor und setzt eine völlig andere Maske auf, ehe sie ihrer Familie zuwinkt.

***

Juna

Das Lächeln auf meinen Lippen fühlt sich so lange unbehaglich an, bis sich mir meine kleine Schwester Lene überschwänglich in die Arme wirft.

»Ich hab dich vermisst«, wispere ich an ihr blondes Haar, welches die letzten Monate beträchtlich gewachsen ist. Meine Mutter hat sie ihr zu zwei dicken Zöpfen geflochten, die ihr jetzt nach der langen Fahrt platt am Kopf liegen.

»Juju!« Sie versucht sich aus meiner Umarmung zu lösen, als ich beginne, ihr Gesicht mit Küssen zu überschütten. Bis zu diesem Augenblick wusste ich nicht, wie sehr ich dieses kleine Geschöpf vermisst habe. Seit ich nach Rovaniemi gezogen bin, habe ich meine Familie nur ein paar Mal gesehen. Dass sie ausgerechnet jetzt auf die Idee kommen mich zu besuchen, wo ich nicht allein wohne, ist ungünstig.

»Hallo, mein Kind.« Sobald Lene es aus meiner Umklammerung geschafft hat, kommt mein Vater auf mich zu, legt seinen Arm um meine Schulter und haucht mir einen Kuss auf den Scheitel. Ich schließe die Augen, um diesen kurzen Augenblick der Nähe zu genießen, ehe er wieder endet. »Du hast uns ganz schön lange warten lassen.« Trotz des Lächelns in seiner Stimme höre ich die unterschwellige Anklage.

»Ich habe euch nicht erwartet«, antworte ich. »Was macht ihr hier?«

An die Stelle meines Vaters tritt jetzt meine Mutter, die trotz des Schnees nicht auf hohe Absatzschuhe verzichten konnte. Ich kenne niemanden, der so viel Wert auf ihr Äußeres legt wie meine Mutter. »Brauchen Eltern einen Grund, ihr Kind zu besuchen?« Wie mein Vater gibt sie mir einen Kuss auf den Scheitel und knufft sachte meinen Arm. Durch die dicke Jacke spüre ich es nicht, doch das tut sie schon seit ich klein war. Keine Ahnung, ob sie das als liebevolle Geste empfindet.

»Ich wollte den echten Weihnachtsmann sehen!«, platzt Lene mit der Sprache heraus. »Mommy und Daddy haben gesagt, dass ich ihn hier sehen kann und dass du für ihn arbeitest!«

Ich gehe in die Knie, um mit meiner Schwester auf Augenhöhe zu sein. »Das kannst du wirklich und das tue ich«, bestätige ich die Aussage unserer Eltern und ignoriere dabei den schmerzenden Stich in der Brust. Sie sind nicht meinetwegen hier ...

Die Wärme, die sich in meinem Herzen ausbreitet, als Lenes Augen zu Strahlen beginnen, überdeckt jedoch jedes Stechen. Ich nehme ihre Hand und als ich mich wieder aufrichte, suche ich Levis Blick, der nach wie vor bei dem Pfahl steht. Entweder er wollte mir meinen Freiraum geben oder er hat Angst vor der Begegnung. Seinem verschmitzten Blick nach zu urteilen, war es eher Ersteres. »Mom, Dad, das ist Levi.«

»Dein Freund?«, fragt meine Mutter ohne Umschweife. Sie war noch nie die Sorte Frau, die ihre Gedanken hinterm Zaum hält. Das habe ich wohl von ihr geerbt. Eine der guten Eigenschaften, wie ich finde.

»Ihr Freund«, bestätigt Levi, der dicht neben mir auftaucht und seinen Arm um meine Schultern legt. Als wäre mein Kopf ein Glücksbringer, gibt er mir einen Kuss auf die Stirn. Und ich genieße diesen mehr als ich sollte. Vielleicht sogar am meisten von allen dreien.

»Ja. Wir sind schon ...«, beginne ich zu stammeln. »Also wir sind schon seit ... langem zusammen.«

Levi dreht sein Gesicht in meine Richtung. »Was ist schon Zeit. Mir kommt es auch vor wie eine Ewigkeit, Schönheit.« Seine Wangen sind von der Kälte gerötet und doch scheint seine Haut eine Hitze auszustrahlen, die meinen ganzen Körper umhüllt. Er ist mir so nah, dass ich kaum einen klaren Gedanken fassen kann. Mein Blick wandert zu seinen Lippen, die zu einem charmanten Lächeln verzogen sind und viel zu verführerisch aussehen.

»Rein!«, platzt es aus mir raus. »Wir sollten reingehen.«

Da niemand auch nur das geringste Problem mit meinem Vorschlag hat, dränge ich mich an allen vorbei und schließe die Tür auf. Ich liebe meine kleine Hütte, doch für fünf Personen ist sie eindeutig zu klein.

Lene ist die erste, die im Innern verschwindet und sich mit großen Augen umsieht. Beinahe habe ich vergessen, dass Levi die Hütte so prachtvoll dekoriert hat, dass man beinahe von dem ganzen Zeug erdrückt wird. Und das sage ich! Meine Eltern, die nichts mit dem ganzen Weihnachtskram anfangen können, werden uns für verrückt halten.

»Habt ihr Hunger?«, frage ich also in demselben Moment, in dem sie ihre Schuhe ausgezogen haben, um sie abzulenken.

Meine Mutter stellt ihre rote Markentasche neben der Eingangstür ab und reicht mir ihre Jacke. Weil ich nicht ausreichend Haken habe, lege ich sie achtsam auf dem Boden ab. »Nein. Wir bräuchten nur eine Dusche und ein Bett.«

Levi ist währenddessen mit Lene in der Küche verschwunden, um ihr alles zu zeigen. Ich wünschte, er hätte mich nicht allein gelassen. Nur wenige Minuten mit meinen Eltern reichen, damit ich mich wieder wie ein kleines Kind fühle.

»Ja«, bestätige ich eilig. »Wir sollten alle schlafen gehen. Es ist schon spät und morgen wird ein langer Tag.«

Mein Vater nickt zustimmend, während er seine Jacke auf die meiner Mutter packt. »Du hast recht, mein Kind. Wo ist unser Zimmer?«

»Da!« Levi taucht genau in dem richtigen Moment mit Lene im Schlepptau auf, um die Tasche meiner Mutter ganz gentlemanlike wieder aufzuheben und sie in sein Zimmer zu tragen. »Ich muss nur kurz noch etwas aus dem Gästezimmer holen.« Er schnappt sich einige seiner auf dem Bett liegenden Klamotten und stopft sie sich unter den Arm. »Oder wie ich es nenne: mein Depot. Juna besitzt so viele Weihnachtspullis, dass ich auslagern musste.« Er zwinkert meiner Mutter zu, als wolle er sie um den Finger wickeln und wenn mich ihr vorsichtiges Schmunzeln nicht täuscht, scheint er genau das geschafft zu haben. Obwohl ich gerne mehr von dieser Seite von ihm sehen würde, wünsche ich meiner Familie eine gute Nacht und schließe die Tür hinter Levi und mir. Ob es seltsam ist, gemeinsam mit ihm in mein Zimmer zu gehen, während meine Eltern davon ausgehen, dass wir ein Liebespaar sind? O ja.

Levi scheint das Ganze eher amüsant zu finden, denn er lässt sich schwungvoll auf die Matratze fallen und breitet die Arme aus. »Komm ins Bett, Schönheit! Deine Eltern erwarten etwas von uns!« Weil ich weiß, dass er mich nur aufziehen will, lasse ich seinen Satz unkommentiert. Was allein der Gedanke an ihn in meinem Bett mit mir macht, soll er mir nicht ansehen, also verschwinde ich eilig im Badezimmer.

Kapitel 12

24. Dezember

Juna

Obwohl wir uns nicht berühren, spüre ich Levi mit jeder Zelle meines Körpers. Sein Duft liegt in der Luft, sodass ich – selbst, wenn ich die Augen schließe – immer daran erinnert werde, dass er hier ist. Genau neben mir. Nur die beiden Decken zwischen uns.

Zwar liegen wir schon mindestens eine halbe Stunde hier, dennoch habe ich nicht das Gefühl, er würde bereits schlafen. »Bist du wach?«, frage ich flüsternd.

Sein Körper bewegt sich. Er befördert sein rechtes Bein unter der Decke hervor und winkelt es so an, dass sein Knie mich beinahe berührt. Instinktiv rutsche ich ein kleines Stück zur Seite.

»Bin ich.« Seine Stimme klingt nicht mehr so schalkhaft wie vorhin. Jetzt hat sie eine tiefere, raue Tonlage angenommen, die meinen Hals austrocknen lässt.

»Warst du schon immer Schwiegermutters Liebling?«, frage ich neckend, während ich mich auf die Seite drehe, um ihn ansehen zu können.

Er legt den Kopf auf seine verschränkten Arme und zuckt mit den Schultern. »Jeder hat halt versteckte Talente.«

»Das solltest du beruflich machen«, schlage ich kichernd vor. Ich bin froh, dass sich die Atmosphäre langsam auflockert.

Er dreht sein Gesicht in meine Richtung. »Ich wäre also ein Callboy.«

»Nur statt Sex bietest du Kuchen an«, ergänze ich. Im selben Augenblick registriere ich, dass das keine gute Idee war. Genau diese Themen sollte ich meiden, wenn ich heute noch ein Auge zubekommen will.

Levi lässt den Blick über mein Gesicht gleiten. Seines ist durch das trübe Licht der Lampe draußen vor meinem Fenster beleuchtet. »Kuchen statt Sex«, wiederholt er. »Das ist aber kein fairer Tausch.«

»Es geht um die Talente«, erkläre ich. »Du backst doch richtig gut.«

Ein Grinsen legt sich auf seine Lippen, das mich sofort meine Worte bereuen lässt. »Und das eine Talent schließt das andere aus?«

»Levi!« Kopfschüttelnd drehe ich mich um, sodass ich ihm meinen Rücken zudrehe und beende damit dieses Gespräch, das von Anfang an zum Scheitern verurteilt war.

»Ich muss jetzt schlafen.«

Ein leises Lachen ist zu hören, doch er erwidert nichts weiter.

***

»Warum schläfst du nicht?«, höre ich die leise Stimme meiner Schwester. Weil ich sie nicht aufschrecken will, öffne ich die Tür nur einen Spalt weit und versuche zu erkennen, was dort draußen vor sich geht. Lene sitzt am Küchentisch und Levi lehnt sich mit dem Rücken gegen die Arbeitsplatte hinter sich. Die Uhr über ihm zeigt mir, dass es bereits drei Uhr morgens ist. Also habe ich entweder geschnarcht oder ihm fällt es noch schwerer neben mir zu schlafen als mir neben ihm. Ich habe keine Ahnung, wann ich eingeschlafen bin, doch als ich wachgeworden bin, habe ich sofort gemerkt, dass die Seite neben mir leer war.

»Ich kann nicht, und du? Wieso bist du noch so spät wach?«

Meinen Kopf lasse ich lautlos gegen den Türrahmen fallen und beobachte Levi und Lene durch den kleinen Spalt. Dieser Anblick erfüllt mich mit einem Gefühl der Dankbarkeit. Wärme breitet sich in meiner Brust aus, die langsam meinen ganzen Körper erfüllt. Levi sieht meine Schwester auf eine Art an, die nur zu gut zeigt, wie sehr er seine eigene vermisst.

»Ich bin einfach so aufgeregt.« Obwohl Lene versucht zu flüstern, wird ihre Stimme immer schriller.

Levis Mundwinkel zucken und das führt dazu, dass mein Herz sie nachahmt. »Liebst du Weihnachten auch so sehr wie deine Schwester?«

Lenes Lachen ähnelt meinem, was mich unheimlich glücklich macht. Sie ist genauso aufgeschlossen und fröhlich wie ich. »Niemand liebt Weihnachten so sehr wie Juju.« Sie senkt den Blick. »Außer Omi.« Die letzten beiden Wörter kommen ihr nur noch leise von den Lippen und sofort kniet Levi sich vor meine kleine Schwester, um mit ihr auf Augenhöhe zu sein.

»Vermisst du deine Omi?«

Zwar kann ich nicht sehen, wie ihre Unterlippe bebt, aber ich höre das Zittern in Lenes Stimme. »Ja, schon.«

Im nächsten Augenblick springt Levi wieder auf und klatscht lautlos in die Hände. »Sag mal, magst du eigentlich Plätzchen?«

»O ja!« Lene hüpft vom Stuhl und folgt Levi zum Tresen, wo er sie hochhebt, um sie darauf abzusetzen. Er reicht ihr vom Schrank über ihr eine Rührschüssel und beginnt die Zutaten herauszusuchen. Vorsichtig, um sie nicht zu stören, schließe ich die Tür und gehe zurück ins Bett, wo ich sicherlich kein Auge zubekomme: nicht solange er weg ist, und schon gar nicht, wenn er wieder neben mir liegen sollte.

***

Levi

Schon tagsüber ist es schwer, nicht daran zu denken, wie gerne ich Juna küssen würde. Nachts neben ihr zu liegen und sie nicht berühren zu dürfen, ist die reinste Qual. Ich weiß, dass sie wach ist, denn ihr Atem geht viel zu gleichmäßig.

»Bist du wach?«, wiederhole ich die Frage, die sie mir vor einigen Stunden gestellt hat.

»Bin ich«, wiederholt sie meine und dreht sich wieder zu mir. Die Matratze senkt sich unter ihrer Bewegung. Ich sitze auf meinem Platz, während sie ihr Kissen umarmt und mit großen Augen zu mir hochsieht. Wie wunderschön sie ist. »Was ist los?«, fragt sie flüsternd.

Seufzend lehne ich den Hinterkopf gegen die Wand und starre an die Decke. »Morgen bin ich im Haupthaus eingeteilt.«

»Und?« Das Rascheln der Decke zeigt mir, dass sie sich bewegt. Kurz darauf sitzt sie im Schneidersitz neben mir. »Ist das schlimm?«

Schweigend drehe ich den Kopf in ihre Richtung und mustere ihr Gesicht. Ich blinzele in die Dunkelheit, um sie besser zu erkennen. »Zum ersten Mal sehe ich *ihn*.« Stöhnend fahre ich mit beiden Händen durch meine Haare. »Ich weiß, dass es irrational ist, aber ich will ihm nicht unter die Augen treten.«

»Du bist immer noch verletzt und wütend«, erkennt sie mit sanfter Stimme.

Ich nicke, weil mein Hals sich immer weiter verengt. Ohne ein weiteres Wort erhebt Juna sich vom Bett und geht zu einer Kommode. Sie holt ein Blatt Papier aus der obersten Schublade und setzt sich, das Blatt zwischen den Händen versteckt, im Schneidersitz vor mich hin. Ihr Blick ist gesenkt. Sie leckt sich nervös über die Lippe. »Levi?«

»Ja?« Meine Stimme klingt ebenso nervös, wie sie aussieht.

»Bitte sei mir nicht böse.« Mit diesen Worten reicht sie mir den Schnipsel, der mir mehr als bekannt vorkommt. Dass es erst sechs Tage her sein soll, dass ich diesen Zettel in Frau Weihnachtsmanns Hütte geschrieben habe, kommt mir völlig unfassbar vor.

»Du hast ihn mitgenommen?«, frage ich stirnrunzelnd, während ich meinen Wunsch in den Händen halte. Mein Wunder, das sie mich überredet hat aufzuschreiben. Ich will sie fragen, was zum Teufel sie sich dabei gedacht hat. Ich will ihr vorwerfen, meine Privatsphäre verletzt zu haben. Ich will vom Bett springen, doch alles, was ich tue, ist sie anzustarren und abzuwarten, was sie zu sagen hat.

»Ja ... Es ...« Sie schüttelt den Kopf. Die Augenbrauen hat sie entschuldigend zusammengezogen. »Es tut mir leid. Ich wollte dir nur helfen.«

»Dazu hattest du kein Recht, Juna«, sage ich matt. Ich bin selbst überrascht über die Ruhe in meiner Stimme. Bei jedem anderen wäre ich ausgeflippt. Jeden anderen hätte ich auf der Stelle von mir gestoßen.

Tränen sammeln sich in ihren Augen. »Ich weiß«, wimmert sie. »Ich wollte es dir schon viel früher sagen.«

»Wieso jetzt«, frage ich. Und obwohl ich sauer auf sie bin, würde ich sie gerne in den Arm nehmen und trösten.

Erneut leckt sie sich über die Lippen, eh sie mit den Schultern zuckt und sich die Tränen aus den Augen wischt. Niemand sieht sogar beim Weinen so schön aus wie sie.

»Ich denke, du solltest dein Wunder selbst erfüllen«, antwortet sie schniefend. »Auch wenn du mir jetzt nicht mehr vertraust.« Den letzten Satz haucht sie nur noch.

»Ich brauch ein bisschen frische Luft«, sage ich und verlasse das Zimmer. Obgleich es im Flur stockfinster ist, finde ich blind den Weg zu meiner Jacke und den Schuhen, um beides überzuziehen.

Die Kälte, in die ich trete, lässt mich erschaudern. Doch genau das brauche ich jetzt. Freiraum. Freiheit.

Ich gehe einige Schritte, bis ich unter einer Laterne haltmache, mich dagegen lehne und die krakelige Schrift auf dem Zettel entziffere.

Ich wünsche mir, nicht mehr so wütend zu sein.

***

Natürlich könnte ich mein frühes Aufstehen darauf schieben, dass ich ein Morgenmensch bin, doch diese Lüge könnte mir ein Blinder vom Gesicht ablesen. Also warte ich nicht erst darauf, dass Junas Familie aufsteht und ich mich erklären muss, ehe ich die Hütte verlasse.

Wer hätte jemals gedacht, dass ich zu früh zu meinem Job als Elfe erscheine? Ich jedenfalls nicht. Nach meinem kleinen Spaziergang, der sich über eine Stunde gestreckt hat, bin ich nicht mehr zurück ins Bett gegangen, sondern habe die letzten Stunden auf dem Sofa verbracht.

Das Vibrieren meines Handys reißt mich aus meinen Gedanken. Hastig ziehe ich mir mit den Zähnen den Handschuh von der linken Hand und nehme das Gespräch an. »Ja?«, nuschele ich. Das Handy zwischen Ohr und Schulter geklemmt, immer noch auf den Handschuh beißend.

»Wie war es?« Gestern Mittag habe ich Tante Ann von unserem kleinen Trip erzählt.

»Ich war im Haus und am Friedhof«, erzähle ich knapp. Die Luft hier draußen ist schneidend. Winzige Schneeflocken tanzen im Wind. Sie sind so unscheinbar, dass ich sie nur im Licht der Lampen erahnen kann.

»Und?« Das Klirren von Geschirr ertönt am andern Ende der Leitung. Es ist beruhigend zu wissen, dass ihr Leben auch ohne mich seinen ganz normalen Gang läuft.

Ich denke über meine Worte nach. Bisher hatte ich nicht die Gelegenheit, mir über den gestrigen Tag Gedanken zu machen. Der Plan war, dass ich mich in der Hütte in mein Bett lege und den Tag Revue passieren lasse. Das war wohl ein Griff ins Klo.

»Ich komm klar«, antworte ich und bin selbst überrascht darüber, dass es stimmt. So lange habe ich mich vor dieser Begegnung gedrückt und jetzt war es am Ende doch nur ein Haus und ein Friedhof.

Da gab es keine Anklage. Kein Gericht. Keine Schuldzuweisungen.

All das war die ganze Zeit nur in mir und meinem Kopf.

»Also kommst du jetzt nach Hause?«

»Noch nicht«, sage ich. »Ich bleibe noch ein paar Tage.«

Als ich am Haupthaus ankomme, verbschiede ich mich von meiner Tante und lege auf. Die Türen sind noch geschlossen, weshalb ich eine Viertelstunde in der Kälte ausharren muss, ehe ich hineingelassen werde. Theoretisch hätte ich zurückgehen und in dem warmen Wohnzimmer warten können, doch die Gefahr, jemanden zu wecken, war zu groß. Ob es Ironie des Schicksals ist, dass ich ausgerechnet heute nicht in der Postzentrale oder in der Rezeption, sondern beim Weihnachtsmann höchstpersönlich eingeteilt bin? Ich glaube nicht an das Schicksal, aber wenn doch, wäre es ihm wohl zuzutrauen. Ich müsste immer noch sauer auf Juna sein, dass sie den Zettel gestohlen hat, doch das bin ich seltsamerweise nicht. Ich weiß, dass sie das nicht aus böser Absicht getan hat. So ist sie nicht. Sie dachte, es wäre das Beste für mich und die letzten Stunden habe ich darüber nachgedacht und mich gefragt, ob sie womöglich recht hat.

Die letzten Tage habe ich es geschafft, mich von dem dicken bärtigen Mann fernzuhalten. Bis auf seine Frau und zahlreiche Bilder habe ich von ihm nichts mitbekommen. Vielleicht ist es heute endgültig an der Zeit, meinem Endgegner zu begegnen.

Bowser oder Thanos wären mir lieber.

***

Juna

Auch wenn ich nicht mit Besuch gerechnet habe, kann ich meiner Familie ein mehr als einladendes Frühstück servieren. Oma sagte immer, Frühstück sei die wichtigste Mahlzeit des Tages, weshalb dafür immer genügend im Kühlschrank zu finden ist. Lene ist die erste, die aus Levis Zimmer kommt. In ihrem roten Pyjama, den ich ihr letztes Jahr zu Weihnachten geschenkt habe, sieht sie selbst aus wie einem Weihnachtsbuch entsprungen. Ihre Augen werden groß, während sie mein Kostüm von oben bis unten mustert.

»Boa!«, sagt sie bewundernd.

Ich gehe an ihr vorbei zur Kaffeemaschine und wuschle ihr durchs Haar. Zwar bin ich kein Kaffeefan, das Geräusch der Kaffeemaschine und den Duft der frisch gemahlenen Bohnen liebe ich hingegen sehr. Lene tritt neben mich und gemeinsam beobachten wir die Kanne, die sich langsam mit brauner Flüssigkeit füllt. »Hast du Hunger?«

Sie schüttelt den Kopf und ich werfe ihr einen verschmitzten Blick zu. »Zu viele Plätzchen gefuttert?«

Die Augen meiner Schwester werden groß, während sie sich ertappt auf die Unterlippe beißt. »Du weißt davon?«

Matt lächelnd tippe ich mir mit dem Zeigefinger gegen die Nase. »Ich rieche Plätzchen auf meilenweite Entfernung.« Ich habe kaum ein Auge zugetan aus Schuldgefühlen. Die halbe Nacht habe ich darauf gewartet, dass Levi zurückkommt, doch dann habe ich eingesehen, dass er seine Zeit braucht und ich sie ihm geben muss. Immerhin ist er nicht sofort abgehauen, ohne sich zu verabschieden.

»Echt?« Mit geöffnetem Mund starrt sie mich an, während die letzten Tropfen Kaffee in die Kanne fließen.

Nickend öffne ich die Keksdose daneben, hole mir ein Gebäck und beiße genüsslich hinein.

»Sind Mom und Dad schon wach?«

»Sie haben gestern gesagt, du sollst mich herumführen.«

Nachdenklich sehe ich den reichlich gedeckten Tisch an, der nicht nötig gewesen wäre. »Ich bin heute in der Rezeption eingeteilt. Willst du mit?«

Lenes Gesichtsausdruck spricht Bände. Wo Erwachsene meist eine Maske aufsetzen, um ihre wahren Gefühle zu verschleiern, zeigen Kinder diese ganz ungeniert.

»Okay, ich habe verstanden«, sage ich. »Vielleicht kann Levi dir ja ein bisschen mehr zeigen.« Als ich seinen Namen sage, beginnen ihre Augen zu funkeln. Offenbar haben die Frauen in meiner Familie eine Schwäche für diesen Kerl.

Den Frühstückstisch und den Kaffee lasse ich in der Hoffnung stehen, dass meine Eltern meine Mühen würdigen, und helfe meiner Schwester in ihre dicken Winterschuhe sowie ihre Jacke. Zum Schluss binde ich ihr meinen Schal um den Hals und setze ihr eine Bommelmütze auf. Noch ist die Sonne nicht aufgegangen, doch das ändert nichts an der Schönheit dieses Ortes. Kurz schließe ich die Augen, um einen tiefen Atemzug zu nehmen: nichts ist so berauschend wie die kalte finnische Morgenluft; nichts gibt so viel Energie, nichts lenkt das Innere wieder so schnell in die richtige Bahn.

»Komm«, sage ich, lege meiner Schwester eine Hand in den Rücken und führe sie in Richtung des Haupthauses.

***

Levi

Es ist nicht so, dass ich mich wie ein Feigling vor der Begegnung mit dem Weihnachtsmann drücke. Schließlich weiß ich, dass es nicht der echte Weihnachtsmann ist. Ach was rede ich? Ich weiß, dass es keinen Weihnachtsmann gibt. Dennoch bin ich nicht gerade unglücklich darüber, dass ich seit meinem Schichtbeginn eine Springeraufgabe nach der anderen übernehmen soll: Druckerpapier für die Fotos holen, für Ordnung in der Schlange sorgen, die Stühle im Wartebereich immer wieder ordnen und die Eingangshalle vom Schneematsch befreien. Alles keine Aufgaben, um die ich mich reißen würde, und doch habe ich mich nicht darüber beklagt. Gerade wechsele ich eine Glühbirne im Shop aus, als ich Juna sehe. Augenblicklich legt sich ein vorsichtiges Lächeln auf mein Gesicht. Neben ihr erscheint Lene, die mich schmerzlich daran erinnert, dass ich mit Aava so vieles verpasst habe. Ob ich wohl ein guter großer Bruder gewesen wäre? Mit großen Augen sieht Lene sich um und als sie mich entdeckt, winkt sie mir hastig zu. An ihren Handgelenken hängen ihre Handschuhe, die Juna ihr liebevoll von den Fingern gezogen hat.

Ich steige von der Leiter, wische mir die Hände an der Hose ab und gehe auf sie zu. »Hey.«

Juna senkt verlegen den Blick. »Hey.« Es ist offensichtlich, dass sie noch immer Gewissensbisse wegen des Zettels hat. »Ich wollte dich fragen, ob du Lene heute ein bisschen mitnehmen kannst. Du bist schließlich beim Weihnachtsmann.« Als ich das Gesicht verziehe, kommt sie einen Schritt auf mich zu und legt sachte eine Hand auf meinen Arm. »Schaffst du das?«

»Ob ich es schaffe, mein Wunder zu erfüllen?« Ich zucke mit den Schultern. »Hab ich denn eine Wahl, wenn ich nicht mehr Grantel sein will?«

Ihr rechter Mundwinkel zuckt leicht nach oben. »Vermutlich nicht.« Sie beißt sich auf die Unterlippe. »Bist du noch böse?«

Ich frage mich, ob es überhaupt jemanden gibt, der dieser Frau lange böse sein kann. Ich schüttele den Kopf. »Auch, wenn es uncool war, hast du es nur gut gemeint.«

Mit einem Lächeln auf den Lippen lässt sie ihre Hand noch ein bisschen länger auf meinem Arm liegen und streichelt sanft mit ihrem Daumen darüber. »Ich mach das auch nie wieder.«

Ich nicke anerkennend. »Merke ich mir fürs nächste Mal, wenn ich einen Wunsch auf einen Zettel schreiben soll, damit ihn eine Frau, die sich als Oma verkleidet, an einen Baum hängen kann.«

Grinsend wendet sie sich von mir ab, um sich zu ihrer Schwester zu beugen. »Wir sehen uns heute Nachmittag wieder, ja?« Juna richtet den Kragen von Lenes Mantel und haucht ihr einen Kuss auf die Stirn.

***

»Du musst dich nicht anstellen«, höre ich eine Stimme hinter mir.

Kira kommt mit einem ganzen Stapel Umschlägen auf mich zu, die ich ihr umgehend abnehme. In der Hoffnung, die Begegnung noch so lange wie möglich hinauszuzögern, habe ich mich mit Lene am Ende der Schlange aus aufgeregten Kindern und ebenso hibbeligen Erwachsenen gestellt. Sie alle warten auf eine Audienz bei dem einzig wahren Weihnachtsmann.

»Muss ich nicht?«, frage ich in der Hoffnung, dass sie die Enttäuschung in meiner Stimme nicht hört. »Ich habe aber jemanden dabei.« Mit einem Kopfnicken deute ich auf Lene, die neugierig versucht über die Menschenmenge zu linsen, um das Ende der Reihe auszumachen.

Kira winkt lässig ab. »Ist das deine Schwester?«

Ihre Worte stechen in der Brust, doch ich lasse mir nichts anmerken. »Nein, Junas.«

Kiras Augen weiten sich überrascht. »Uh!« Sie lässt spielerisch die Augenbrauen hüpfen. »Schon jetzt gemeinsame Familientage. Das ging ja schnell.« Sie deutet mit einer Kopfbewegung an, dass wir mitkommen sollen.

Mit einem mulmigen Gefühl folgen wir Kira an der ellenlangen Warteschlange vorbei. Dabei ernten wir nicht nur einen fiesen Blick.

»Du hast den großen Boss also noch gar nicht kennengelernt?«

Ich schüttele den Kopf, während meine Laune von Schritt zu Schritt weiter in den Keller sinkt. Das hier ist der Höhepunkt von Levi Grantelbarts Leben.

Eins muss man diesem Ort lassen: Er ist wahnsinnig toll aufgemacht. Überall in diesem dunklen, mystischen Flur stehen an den Wänden winzige bunte Stühle, auf denen höchstens Kinder oder echte Elfen Platz haben können. Wir passieren eine riesige uralt aussehende Uhr. Sie schimmert in einem matten Gold und vor ihr liegen etliche Geschenke. Kira bleibt davor stehen und deutet darauf.

»Lene, hast du dich schon einmal gefragt, wie der Weihnachtsmann es schafft, in einer Nacht die ganze Welt zu durchqueren?«

Lene nickt hastig.

»Das ist der Geschwindigkeitsregulator der Erdkugel.« Sie hebt den Zeigefinger zu den Lippen. »Mehr darf ich aber nicht darüber sagen.«

»Ist das ein Geheimnis?«, fragt Lene flüsternd.

Kira nickt verschwörerisch. »Das größte der Welt.«

Nur wenige Schritte von der Uhr entfernt befindet sich eine Tür, durch die Kira vorsichtig den Kopf durchsteckt. Mit einem breiten Lächeln dreht sie sich wieder in unsere Richtung und winkt uns zu sich, ehe sie die Tür nur so weit öffnet, dass wir hindurchpassen.

Da ist er.

In all seiner Pracht sitzt der weißhaarige Mann mit dem roten Samtanzug auf seinem Thron, während eine Familie um ihn herum Platz genommen hat. Die Kinder strahlen über beide Wangen, die Eltern werfen sich Blicke zu, die allzu deutlich machen, wie zufrieden sie mit diesem Ausflug sind und dass sich die letzten Stunden der Anstehzeit eindeutig gelohnt haben. Die ganze Familie trägt weihnachtliche Pullover, die mich sofort wieder an Juna denken lassen. Die Eltern in Rot, die Kinder in Grün. Ein Mädchen, das ungefähr sechs sein muss, reißt ihre Augen weit auf, als der Weihnachtsmann es auf den Schoß nimmt. Ob die Eltern auch so glücklich strahlen würden, wäre der Mann nicht in seiner Verkleidung und würde das machen?

»Einmal in die Kamera blicken!«, ruft eine Elfin, die auf einem Podest am gegenüberliegenden Ende steht und als alle hinsehen, erhellt gleich mehrmals ein Blitz den großen Raum. Nachdem die Bilder gemacht wurden, unterhält sich der Weihnachtsmann noch eine winzige Weile mit der Familie, ehe er allen nacheinander die Hand gibt und breit lächelnd hinterherwinkt. Offensichtlich macht ihm sein Job echt Spaß, denn das Lächeln ebbt nicht ab, nachdem sie verschwunden sind.

Lene zupft vorsichtig am Saum meines roten Samtoberteils,

sodass ich mich zu ihr hinunterbeuge. »Darf ich zu ihm?«, flüstert sie mir ins Ohr. Am liebsten würde ich mit den Schultern zucken, denn in Wahrheit habe ich keine Ahnung, was ich hier überhaupt mache. Da ich aber der Erwachsene bin, nicke ich und führe sie zu ihm.

»Weihnachtsmann«, haucht sie ehrfürchtig, als sie vor ihm stehenbleibt und er sieht sie aus tiefgrauen Augen an. Mit dem Lächeln, das hinter seinem Bart auftaucht und Grübchen auf seinen Wangen hinterlässt, bringt er sogar mich zum Zweifeln, ob er nicht doch echt ist. »Ich bin Lene«, spricht sie weiter, ehe sie wie das Mädchen davor auf seinem Schoß Platz nehmen darf.

»Das weiß ich doch«, antwortet er mit tiefer Stimme, die das Bild perfekt macht. Ich stelle mir vor, wie das Casting für diesen Job ausgesehen haben mag. Ob die Männer tief lachen, breit lächeln und dunkel sprechen müssen? »Du warst dieses Jahr ein ganz braves Mädchen, stimmt's?«

Für Lene ist diese Aussage offenbar der endgültige Beweis dafür, dass er der Richtige ist, denn sie strahlt übers ganze Gesicht. »Ja! Sehr brav! Ich habe meiner Mama immer im Haushalt geholfen und Papa jeden Tag die Zeitung aus dem Briefkasten geholt!«

Der Weihnachtsmann nickt wissend. »Das steht alles auf meiner Liste.« Er beugt sich vor, sodass sein Ohr vor ihrem Gesicht ist. »Sag mir, Lene: Was wünschst du dir dieses Jahr von mir?«

»Ein Rentier«, antwortet sie so prompt, dass es offensichtlich ist, dass sie schon seit Monaten auf diese Frage gewartet hat.

Ein brummendes Lachen dröhnt aus der Kehle des Weihnachtsmannes. »Tiere sind keine Geschenke, mein liebes Kind.«

Lenes Blick senkt sich traurig zu ihren Händen. »Oh.«

»Aber ich finde ganz bestimmt etwas, was dich zum Strahlen bringt.« Er stupst mit seinem behandschuhten Zeigefinger auf ihre Nase, was ihr sogleich wieder ein Kichern entlockt. Dieses kleine Mädchen ist mindestens genauso bezaubernd wie ihre Schwester.

Mit einem eleganten Hopser springt Lene vom Schoß und landet mit einem breiten Grinsen vor meinen Augen.

»Geh mal kurz mit Kira«, bitte ich sie und schiebe sie sachte in Kiras Richtung. »Du kannst dir das Foto kaufen. Ich bezahl es.«

Sie gibt ein jubelndes Geräusch von sich und hüpft auf der Stelle. »O ja! Danke, Levi!«

Ich warte, bis sie außer Hörweite ist, ehe ich mich wieder zum Weihnachtsmann drehe. »Ich wollte noch kurz mit dir reden«, beginne ich zögernd und trete verlegen von einem Bein aufs andere.

»Was gibt's, mein Junge?« Obwohl draußen unzählige Kinder auf ihn warten, scheint er keine Eile zu haben, mich abzufertigen. Zwar setze ich mich nicht auf seinen Schoß, dennoch habe ich das Gefühl, als biete er mir alle Zeit der Welt.

»Ich weiß, dass du nur einen Job spielst, aber du bist eben der Einzige, an den ich mich wenden kann«, sage ich weiter und weiche seinem Blick aus. Anscheinend hat er keine Probleme mit Blickkontakt. Vermutlich war das ebenfalls ein Thema im Vorstellungsgespräch.

Aus dem Augenwinkel sehe ich sein Nicken. »Erzähl mir deine Sorgen.«

Es kostet mich all meine Kraft, die ich aufbringen kann, um weiterzureden. Wieso tue ich das hier überhaupt? Wieso verstecke ich mich nicht weiter, wie all die Jahre? Ich vergrabe meine Hände tief in meinen Hosentaschen und ertaste den Zettel. »Vor zehn Jahren habe ich mir vom Weihnachtsmann gewünscht, dass er meine kleine Schwester wieder gesund macht.« Ich schlucke. Jedes Wort verlangt mir alles ab. »Sie ist trotzdem gestorben.« Obwohl die Zeit laut jeglichen Ratgebern alle Wunden heilt, bilden sich Tränen in meinen Augen. »Ich weiß, dass du ...«

Der Weihnachtsmann streckt seine Hand vorsichtig nach mir aus und berührt mein Handgelenk. Immer noch sitzt er auf seinem Stuhl und doch habe ich das Gefühl, als wären wir auf einer Augenhöhe. »Mein Junge. Es tut mir so leid. Ich wünschte ich oder irgendjemand sonst hätte dir diesen Wunsch erfüllen können. Manchmal gibt es Dinge auf dieser Erde, die sich niemand erklären kann, furchtbare Dinge, die man nicht in Worte fassen kann. Dein Verlust ist eines dieser Dinge.« Er schenkt mir einen traurigen, väterlichen Blick, der mich tief berührt. »Hätte ich die Macht dazu, würde ich dir deinen Schmerz nehmen.«

»Ich bin hier ...« Ich puste die angestaute Luft aus. Mit ihr verschwindet ein Teil des Kloßes, der seit Jahren darin festgewachsen ist, aus meinem Hals. »Ich will dir verzeihen und endlich weiterleben. Ich ... will mir verzeihen.«

***

Juna

Ich hatte nie das Gefühl, mir würde es fehlen, dass jemand Zuhause auf mich wartet ... Bis heute.

Dass ich Weihnachten über alles liebe, sollte kein Geheimnis sein. Aber es ist nun mal auch die stressigste Zeit des Jahres im Leben eines Weihnachtselfen. Die letzten beiden Jahre war ich schon am frühen Abend so erschöpft, dass ich kaum noch dazu fähig war, mir auch nur ein Brot zu schmieren. Es machte mir nichts aus, dass ich die Abende allein verbracht habe. Letztes Jahr habe ich nicht einmal die jährliche Weihnachtsfeier besucht. Die Tage sind so voller Freude, Glück und Weihnachtswunder, dass mein Speicher prallgefüllt ist.

Als ich jetzt jedoch völlig erschöpft die Tür zur Hütte aufschließe, merke ich sofort, dass etwas anders ist als die letzten Jahre. Der Duft von frischgekochtem Essen strömt mir in die Nase und lässt mir das Wasser im Munde zusammenlaufen. Durch die Boxen unserer Musikanlage ertönen bereits Weihnachtslieder, ohne dass ich sie anstellen muss. Und sämtliche Lichterketten in der Wohnung leuchten in ihren schönsten Farben.

»Da bist du ja!« Levis Stimme reißt mich aus meinem Staunen

und sein Anblick lässt mich ernsthaft daran zweifeln, ob ich wirklich wach bin. Das hier könnte auch einfach ein verdammt schöner Traum sein! Er trägt einen unfassbar kitschigen Weihnachtspulli, den er sich vermutlich aus dem Shop besorgt hat und der absolut nicht zu ihm passt. Seine roten Wangen, die ganz bestimmt von der Hitze hier stammen, bringen mich zum Schmunzeln.

»Was geht hier vor sich?«, frage ich amüsiert, während ich mich vorsichtig aus meinen Sachen schäle. Vielleicht bin ich in einem Paralleluniversum gelandet und das will ich keinesfalls durch zu schnelle Bewegungen wieder rückgängig machen.

»*It's Christmas time*«, singt er in völlig falscher Tonlage, was mich nur noch weiter grinsen lässt.

»Bitte tu das nie wieder«, flehe ich lachend.

»*There's no need to be afraid*«, trällert er weiter und bewegt sich wieder so unrhythmisch wie an unserem zweiten Abend. Er nimmt meine Hand und dreht mich im Kreis, während er weitersummt, da er offensichtlich den Text nicht weiter kennt.

»Hast du Drogen in deine Plätzchen gegeben?«, frage ich kichernd, während er mich weiter herumwirbelt. »Wehe, die hast du meiner Schwester gegeben.«

»Nein«, antwortet er. Auch auf seinem Gesicht liegt ein zufriedenes Grinsen, was mein Herz höherschlagen lässt. Levi lächeln zu sehen, stellt etwas mit meinem Innern an, was mir völlig fremd ist. Sein Lächeln ist wie eine Farbe, die mir auf meiner prallgefüllten Farbpalette noch gefehlt hat. Levi zieht mich mit einem Ruck an sich, sodass wir aneinander lehnen. Mein Brustkorb hebt sich schwerfällig. Das Atmen fällt mir schwerer. Teilweise wegen der schnellen Bewegung, teilweise wegen seiner Nähe. Seine Augen ziehen meine an wie zwei Magnete. Levis rechte Hand umschließt immer noch meine, während sich seine Linke an mein Kreuz legt. Sein Grinsen verändert sich zu einem Lächeln, das ich tief in meinem Unterleib spüre. Dieses Lächeln gilt nur mir und es fühlt sich an, als hätte es nie zuvor jemand anderem gegolten. »Das ist mein Weihnachtsgeschenk an dich, Schönheit.«

»Aber ich habe gar nichts für dich«, hauche ich atemlos.

Sein rechter Mundwinkel zieht sich verschmitzt in die Höhe. »Ich habe mir erlaubt, mir selbst ein Geschenk zu machen.«

Überrascht hebe ich eine Augenbraue. »Welches denn?«

»Das ...« Levi zuckt lässig mit der Schulter. »Erfährst du schon noch.« Mit einem Schritt zur Seite und einer eleganten Geste in den Raum senkt er den Kopf. Seine Augen lässt er jedoch nicht von meinen. »Milady.«

»Mein Herr«, entgegne ich mit einem kleinen Knicks und folge dem Essensduft. Unser kleiner Tisch ist über und über mit Leckereien bedeckt, während meine Eltern und Lene darum sitzen und mich mit einem zufriedenen Lächeln begrüßen.

Das Nicken meines Vaters bedeutet so viel wie: Hast dir einen guten Jungen ausgesucht.

Ich weiß, Papa ...

»Setz dich!«, verlangt Levi, während er selbst den Kühlschrank öffnet und zwei Flaschen entkorkt: einen Wein, der mich an den Abend erinnert, an dem wir nebeneinander auf dem Boden lagen; und einen Kinderpunch für meine Schwester.

»Seit wann trinkst du Wein?«, fragt meine Mutter irritiert, nachdem Levi die Gläser verteilt hat. Lene ist so begeistert davon, dass auch sie ein richtiges Weinglas bekommen hat, dass sie nur Augen dafür hat.

»Seit Kurzem«, antworte ich mit einem verschmitzten Blick in Levis Richtung.

Er setzt sich mir gegenüber an den Kopf des Tisches und deutet auf das Essen. Kartoffelpüree, und -gratin, verschiedene Salate, selbstgebacktes Brot und genügend Aufstrich für eine ganze Armee. Das ist nicht gerade ein typisch finnisches Weihnachtsessen, doch ich weiß, dass ich mir keine Gedanken darüber machen muss, ob etwas wirklich vegan ist. Levi hat nicht einmal innerhalb der letzten Tage darüber diskutiert oder mir irgendwelche Theorien vorgehalten, dass diese Ernährung ungesund sei.

»Guten Appetit!«, sage ich, ehe ich den ersten Schritt mache und meinen Teller randvoll belade. Vermutlich wird meine Hose heute noch aus allen Nähten platzen, doch das ist es mir wert.

***

»Das war lecker!« Seufzend lasse ich mich nach hinten gegen meinen Stuhl sinken und halte mir den Bauch. Meine Vorahnung ist schon vor zehn Minuten wahrgeworden. Ob mich die drückende Hose aufgehalten hat, mir noch ein Bisschen von dem köstlichen Brot zu nehmen? Wohl kaum! Niemand hält mich auf. Schon gar nicht eine Hose!

Mit einem Blick zur Uhr lehnt Levi sich vor, stützt die Ellenbogen grinsend auf die Tischplatte ab und sieht uns dann nacheinander an. »Seid ihr bereit für die nächste Überraschung?«

Meine Eltern und ich schütteln synchron den Kopf. Ein weiteres Weihnachtswunder: Wir sind uns in einer Sache einig.

Doch Lene, die statt mit dem Essen viel mehr mit ihrem Weinglas mit Punsch beschäftigt war und die gesamte Zeit so getan hat, als wäre sie eine Königin, nickt heftig und überstimmt uns somit alle mit nur einer Bewegung.

Levi steht von seinem Stuhl auf und klatscht in die Hände. »Dann kommt!«

Alle blicken ihn verwundert an, doch er lässt sich nicht aufhalten und macht sich schnurstracks auf den Weg zur Eingangstür. »Draußen?«, fragen meine Mutter und ich. Langsam wird mir dieses Paralleluniversum unheimlich.

Als er nicht antwortet, sondern seine Schuhe und die Jacke anzieht, hechtet meine Schwester ihm regelrecht hinterher. Wir anderen hingegen stemmen uns eher schwerfällig auf.

»Was hast du geplant?«, frage ich, als ich keuchend neben Levi ankomme. »Ist das dein Geschenk?«

»Nein«, antwortet er mit einem Blick zu meiner Schwester. »Das ist für Lene.«

Wieder dick eingepackt stürmt Lene als erstes hinaus und noch ehe ich die Schnürsenkel meiner Schuhe zubinden kann, höre ihr Kreischen. Ich reiße die Augen auf und laufe mit offenen Schuhen hinter ihr her.

Lene steht vor einem großen Schlitten, der an einige der Rentiere gespannt ist. Der Weihnachtsmann winkt ihr mit einem brummenden Lachen zu.

»Rentiere!« kreischt sie erneut und hüpft auf der Stelle.

***

Levi

Seit dem Gespräch, bei dem ich mir und dem Weihnachtsmann vergeben habe, fühle ich mich anders. Es ist, als sei eine Last von meinem Herzen gefallen, ganz so als hätte sie nur an einem dünnen Faden gehangen, um mich in die Tiefe zu ziehen und den ich endlich durchschneiden konnte. Ich bin kein anderer Mensch. Ich bin nicht plötzlich ein Freigeist wie Juna oder so aufgeschlossen, das wäre utopisch, doch ich kann endlich freier atmen. Lenes Wunsch von einem eigenen Rentier konnte ich ihr nicht erfüllen, doch zumindest konnte ich dafür sorgen, dass sie einen kleinen Ausflug mit einem Rentierschlitten machen darf.

»Das hast du organisiert?«, fragt Juna mit leiser Stimme, die neben mir auftaucht.

Ich nicke, während ich Lene dabei zusehe, wie ihre kleinen Hände über den riesigen Kopf eines der Rentiere streicheln. Ihre Eltern stehen vor dem Schlitten und schießen lachend ein Bild nach dem anderen von ihrer Tochter. Zögerlich schiebt Juna ihre Hand in meine und verschränkt ihre Finger mit meinen. Ich wende den

Blick zu ihr hinab, lasse ihn über ihr wunderschönes blasses Gesicht wandern.

»Danke«, haucht sie.

»Willst du mir mein Geschenk auch schon geben?«, frage ich rau.

Juna löst ihre Augen nicht von meinen, während sie vorsichtig nickt. Ich greife in meine Jackentasche und drehe mich nun komplett in ihre Richtung. Sie steht so dicht vor mir, dass ich ihren Atem an meiner Haut spüre. »Wie du weißt, bin ich nicht der größte Weihnachtsfan.«

Ihr Lachen lässt ihr Gesicht weicher werden. »Nein, das ist mir neu.«

Ich lasse mich nicht ablenken, sondern streiche sanft mit dem Daumen über ihren Handrücken. Niemals hätte ich gedacht, dass es sich nach so kurzer Zeit so natürlich anfühlen würde, einem Mädchen so nahe zu sein. »Es gibt aber eine Tradition, die ich wirklich gerne einmal ausprobieren würde.«

Aus meiner Tasche hole ich einen kleinen Mistelzweig hervor, der gar nicht so leicht zu finden war, und halte ihn schmunzelnd zwischen uns. Junas Augen richten sich nach oben und als sie erkennt, was ich da in der Hand halte, bilden sich kleine Grübchen in ihren Wangen.

»Ein Mistelzweig«, erkennt sie schmunzelnd.

»Ein Mistelzweig«, bestätige ich. »Du weißt, was die Tradition von uns erwartet.«

Sie nickt vorsichtig und beißt sich für einen winzigen Moment auf die Unterlippe. »Und was wäre ich für eine Weihnachtslehrerin, wenn ich dir dieses Lernerlebnis verbiete, nicht wahr?«

»Ganz genau.« Mit diesem Satz lasse ich den Mistelzweig fallen, umfasse Junas Gesicht mit beiden Händen und überwinde mit einem Schritt den Zwischenraum, der uns voneinander trennt. Ihr Atem streicht nun nicht mehr die Haut an meinem Hals, sondern meine Lippen. Er geht immer schneller, ebenso wie meiner und verwandelt sich in der Kälte in Nebel. Anders als bei unserem letzten Kuss sind wir nicht allein. Um uns herum tanzen keine Nordlichter und doch gibt es nichts, was ich anders machen würde. Nachdem mein Mund ihren endlich berührt hat, schießt ein Blitz durch meinen Körper. Mit meinen Lippen öffne ich ihre. Alle Härchen richten sich auf, als unsere Zungen sich finden und Juna heiser stöhnt. Ihre Hände graben sich in den Stoff meiner Jacke, während ich meine immer noch um ihr Gesicht gelegt habe. Ihre Haut ist kalt, doch ihr Atem ist heiß. Eine Gänsehaut überzieht meinen ganzen Körper und sämtliche Gedanken und Zweifel, die noch irgendwo in meinem Kopf herumgespukt haben, sind mit einem Mal verschwunden. Nichts zählt mehr, bis auf diesen Moment.

Kapitel 13

25. Dezember

Juna

Einer der ernüchterndsten Sätze der letzten Zeit kam für mich letzte Nacht in Form einer Frage meiner Schwester: Darf ich heute bei dir schlafen?

Was wäre ich für eine große Schwester, wenn ich ihr diesen Wunsch verwehrt hätte? Nichtsdestotrotz kommt es mir langsam so vor, als gäbe es etwas im Universum, das Levi und mir die Zweisamkeit nicht gönnt. Mal sind es Erinnerungen, dann Zweifel und dann ist es ein kleines Mädchen mit langen weißblonden Zöpfen, das mein Kissen vollsabbert.

Anders als gestern hat meine Familie mich heute bei meinem Arbeitstag begleitet. Vielleicht, weil es sie wirklich interessiert hat oder vielleicht, weil sie nicht wie die anderen Besucher überall warten wollten. Den erhabenen Blick meiner Mutter, als wir an allen vorbei zum Weihnachtsmann gegangen sind, hätte man in Stein meißeln sollen. Nie zuvor habe ich sie stolzer erlebt. Es war ein erstaunlich schönes Gefühl, dass dieser Stolz meinetwegen war, wenn auch nur aus eigennützigem Denken. Der Tag verging wie im Flug. Meine Eltern haben mich zum Abschied lange umarmt und mir für diese schöne Zeit gedankt. Mit schwerem Herzen stehe ich an Ort und Stelle, wo ich ihnen eben noch hinterhergewinkt habe. Anders als die restlichen Tage hat es heute nicht ein einziges Mal geschneit. Dennoch beginnen meine Füße langsam zu frieren, als Levi sich an mich heranpirscht. Ich erkenne ihn an seinen Schritten, ehe ich ihn sehe. Man merkt ihm immer noch an, dass er es nicht gewöhnt ist, durch den hohen Schnee zu stapfen. Ich könnte mich vermutlich wie ein Schneefuchs an jemanden heranpirschen, doch Levi bewegt sich eher so galant wie ein Elefant.

»Willst du nicht reinkommen?«, fragt er, als er bei mir ankommt und seine Hände von hinten an meine Oberarme legt.

Nickend drehe ich mich in seine Richtung und schenke ihm ein dankbares Lächeln. »Du warst großartig!«

Levi zuckt lässig mit den Schultern. »Bin ich immer. Aber …« Er verzieht das Gesicht, als folge nun etwas, was mich nicht sonderlich freuen wird. »Dafür bist du mir etwas schuldig.«

»Okay.« Langsam machen wir uns auf den Rückweg zur Hütte. Ich frage mich, ob er heute Nacht wieder in seinem Zimmer schlafen wird.

»Wie müde bist du?«, fragt er.

Kritisch ziehe ich die Augenbrauen zusammen. »Ist noch auszuhalten. Wieso?«

Levi öffnet die Tür und hält sie mir auf. »Weil wir heute feiern gehen.« Nachdem ich ihm einen verwunderlichen Blick zugeworfen habe fügt er hinzu: »Ich habe gelesen, das macht ihr Finnen so.«

»Ja, schon«, beginne ich, während ich meine Jacke ausziehe. »Aber eigentlich erst am Sechsundzwanzigsten. Und zu den Leuten habe ich bisher nicht gehört.«

»Vielleicht …«, sagt er grinsend und nimmt mir meine Jacke ab. »Hattest du bisher nur nicht die richtigen Begleiter für eine Party.«

»Kannst du mir verraten, was du mit meinem guten alten Grantel angestellt hast?«, frage ich in der Hoffnung, ihn ablenken zu können. Ich bin kein Partymensch. Ich tanze zwar für mein Leben gerne, aber wenn ich ans Feiern denke, erinnere ich mich an diesen einen Geburtstag, an dem ich völlig einsam in der Kneipe saß. Das war nicht gerade die schönste Erinnerung, die ich habe.

»Den habe ich fürs Erste in eine Kiste gepackt und weggeschlossen«, erklärt er schulterzuckend und fügt dann hinzu, als wäre nichts dabei: »Ich habe gestern dem Weihnachtsmann vergeben, dass er meine Schwester nicht gerettet hat.«

»Levi!« Perplex reiße ich meine Augen auf und merke, wie meine Kinnlade nach unten fällt. Ich schüttele den Kopf, weil ich glaube, mich verhört zu haben. »Und das sagst du mir so nebenbei?«

Er wendet sich von mir ab und läuft Richtung Wohnzimmer, wo er beginnt, die Decke auf dem Sofa zu richten, obwohl sie dank der Perfektion meiner Mutter völlig akkurat liegt. »Ist keine große Sache.«

»Keine große Sache?«, frage ich schrill. »Das ist die größte Sache!« Immer noch mit weit aufgerissenen Augen und einem fassungslosen Grinsen auf den Lippen laufe ich um ihn herum, bis ich vor ihm stehe. Ich nehme seine Hände in meine und zwinge ihn, mich anzusehen, indem ich mich immer wieder in seine Blickrichtung bewege. »Hey! Das ist echt großartig!«

Er verzieht beschämt das Gesicht. Zwischen seinen Augenbrauen entsteht eine tiefe Furche. »Es ist peinlich, dass ich das so lange mit mir herumgeschleppt habe und es jetzt so einfach war.«

Vorsichtig mache ich noch einen Schritt auf ihn zu und lege ihm eine Hand an die Wange. Weil er größer als ich ist, muss ich mich auf die Zehenspitzen stellen. »Manchmal sind die kleinen Päckchen die schwersten.« Ich sauge schmunzelnd die Unterlippe zwischen die Zähne und mustere sein Gesicht, das sich langsam wieder entspannt. Seine Stirn ist wieder glatt. Sein Kiefer ist nicht mehr fest zusammengepresst und auf seinen Wangen entstehen feine Grübchen. »Das müssen wir dann wohl feiern.«

***

Levi

Einen Club zu finden, der sowohl Juna als auch mir zugesagt hat, war nicht so einfach wie gedacht. Es hat mich überrascht, dass in

Rovaniemi derart viele davon zu finden sind. Instinktiv bin ich davon ausgegangen, dass die Finnen eher Muffel sind, was Feiern angeht. Schlussendlich haben wir uns für einen nicht gerade finnischen Club entschieden: einen Irish Pub mitten in der Innenstadt von Rovaniemi. Wir mussten einige Straßen entfernt parken, weil alle Seitenstraßen belegt waren. Der ausschlaggebende Punkt, der Juna dazu geführt hat, dorthin zu gehen, war eine Live Band, die für heute Abend angekündigt war. Auch bei der Kälte stehen die Menschen draußen, trinken, rauchen und lachen miteinander. Juna geht mit ein wenig Abstand neben mir her, obwohl ich sie am liebsten im Arm halten würde. Genauso wie ich auf der Fahrt hierher gerne ihre Hand gehalten hätte oder sie küssen würde. Aber der richtige Augenblick war noch nicht da, um über uns zu sprechen. Ob es überhaupt ein »Uns« gibt. Ob sie eines will ...

»Da sind ... echt viele Menschen«, murmelt Juna als wir vor der Tür anhalten müssen, um eingelassen zu werden.

»Seit wann bist du denn menschenscheu?«, frage ich und stupse sie neckend an. »Als hättest du nicht jeden Tag mit Tausenden zu tun.«

Juna gibt ein glucksendes Lachen von sich. »Die meisten davon sind aber Kinder. Die zählen nicht.« Sie lugt an dem Türsteher, der sich gerade angeregt mit einer Frau vor uns unterhält, vorbei ins Innere des Pubs. »Betrunkene zählen dafür doppelt.«

Ohne weiter darüber nachzudenken, lege ich ihr meinen Arm um die Schulter. »Bei mir zählen dafür Elfen doppelt. Also sind wir quitt.« Ich ziehe sie grinsend an mich. »Jetzt sind wir in meinem Revier. Nur schade, dass hier keine schnellen Autos sind, vor denen ich posieren kann, was? Das wär doch mal was für Instagram.«

Aus den Augenwinkeln beobachte ich Junas Reaktion und wie das Lächeln aus ihrem Gesicht schwindet. Ich würde lügen, wenn ich behaupte, ich hätte nicht auch nach ihr gesucht. Vielleicht war es sogar das Allererste, was ich getan habe. Nur war meine Suche erfolglos. Juna war wie ein Puzzle, das ich im Laufe der letzten Tage nach und nach zusammengesetzt habe. Und mit jedem Puzzlestück fand ich das Ergebnis umwerfender.

»Kira hat mich dazu überredet, dich zu stalken«, erklärt sie mit einem verlegenen Lachen in der Stimme. »Ich wollte deine Privatsphäre nicht verletzen.«

Kurz bevor wir am Türsteher ankommen, drehe ich mich in ihre Richtung, damit wir uns ansehen können. »Niemand weiß so viel über mich wie du. Und das nach nur einer Woche. Denkst du, da stört mich so was?« Juna schafft es, nur mit einem Lächeln mein Herz schneller schlagen zu lassen. Meine Mundwinkel ziehen sich wie ihre nach oben. Sachte hebe ich meine Hand und streiche ihr eine ihrer langen hellblonden Strähnen hinters Ohr. »Es gibt nichts mehr, was ich dir nicht erzählen würde, Schönheit.« Einen Augenblick sehen wir uns an. Ein Augenblick, der sich wie eine Ewigkeit anfühlt, versinke ich in ihren eisblauen Augen. Juna bewegt ihren Kopf kaum merkbar, doch ich spüre den leichten Druck, den sie auf meine Hand ausübt, die immer noch an ihrem Hals verharrt. Sie lehnt sich mir entgegen und ich frage mich, ob ihre Wangen meinetwegen oder dank der Kälte immer mehr Farbe annehmen.

Der Moment verfliegt, als wir vom Türsteher aus unserer Blase geholt und reingebeten werden. Räuspernd wende ich mich ab und fluche innerlich über unser echt miserables Timing.

Im Eingang helfe ich Juna aus ihrer Jacke und mustere sie von oben bis unten. Als ich aus meinem Zimmer kam, stand sie bereits fertig angezogen vor der Haustür und hat auf mich gewartet. Wenn ich gewusst hätte, was sie unter der Jacke trägt, hätte ich mich kaum auf die Fahrt konzentrieren können. Wenn mir vorher jemand erzählt hätte, dass ein gehäkeltes Kleid nicht an Omas Tischdecke erinnern, sondern verdammt sexy sein kann, hätte ich ihn für verrückt erklärt. Was Juna da trägt, hat absolut nichts mit einer Häkeldecke zu tun.

»Wow«, murmle ich, während ich den Blick über sie schweifen lasse. Das beige Kleid schmiegt sich eng am Oberkörper an, während die Ärmel weit flatternd an den Armen hinabhängen. Auch ab der Hüfte wird der Stoff wallender, doch das tut dem verdammt heißen Anblick keinen Abbruch. Juna dreht sich kichernd um, um mir ihren Rückenausschnitt zu zeigen. Ich ziehe scharf die Luft ein. »Du willst mich umbringen. Jetzt gibt es keinen Zweifel mehr daran!« Das Kleid wird am Rücken lediglich durch zwei Schnüre gehalten und präsentiert mir einen wahninnigen Blick auf ihre unbedeckte Haut.

»Wo bliebe da der Spaß?«, fragt sie augenzwinkernd, greift nach meiner Hand und zieht mich hinter sich her. Gerade denke ich, dass ich nichts dagegen hätte, für immer so hinter ihr zu laufen, da dreht sie sich mit einem breiten Grinsen um und lässt diesen Gedanken auf der Stelle verstummen.

Als würde die Musik durch ihre Adern fließen, bewegt Juna sich sofort zu den Klängen der irischen Band, die oben auf einer kleinen Tribüne steht. Die Männer zupfen an ihren Instrumenten, während eine junge Frau mit geschlossenen Augen in ihrem langen grünen Kleid um sie herumtänzelt. Obwohl wir erst ein paar Minuten hier drin sind, klatscht Juna jubelnd, als das erste Lied verstummt. »Würdest du gerne etwas trinken?«, frage ich mit einer Geste zur Theke. »Ich hol dir etwas.«

»Ich geh schon. Was willst du?«, winkt sie ab und greift in ihr Dekolleté, wo sie einen dünnen Geldbeutel herauszieht.

Lachend schüttele ich den Kopf. Was sie da wohl noch alles drin versteckt? »Ja dann ... Ein Bier bitte.«

Obwohl ich es war, der sie hierhergeschleppt hat, fühle ich mich ein wenig verloren, sobald sie sich unauffällig an den Umstehenden vorbeigeschlängelt hat. Juna hingegen wirkt, als gehöre sie hierher. So wirkt sie immer. Das ist vielleicht ihr verstecktes Talent. Während sie weg ist, sehe ich mich in dem Pub um. Er ist genauso, wie man sich einen Irish Pub vorstellt: Dunkel, rustikal und doch verleiht er zum Verweilen. Die Musik wird durch die leicht gewölbten Decken perfekt wiedergegeben. Einige Leute sitzen an ihren dunkelbraunen Tischen auf denen schon etliche leere Bier- und Schnapsgläser stehen. Andere tanzen ausgelassen vor der Bühne. Ich verstehe, wieso es so viele Leute hierherzieht, und das an Weihnachten. Man fühlt sich sofort heimisch und das, egal von wo man kommt. In einem Irish Pub mitten in Finnland kann auch ein finnischer Engländer sich fast ein bisschen zuhause fühlen.

Schlussendlich landet mein Blick doch wieder auf Juna. Ich beobachte sie, wie sie an der Bar ansteht und sich mit dem Kellner unterhält. Ob sie merkt, dass er mit ihr flirtet? Ein brodelndes Gefühl von Eifersucht steigt in mir hervor, das ich mit aller Kraft unterdrücke. Sie ist mit mir hier und nicht mit ihm. Sie kennt ihn nicht einmal. Er wohnt nicht mit ihr zusammen.

Aber offensichtlich bringt er sie zum Lachen. Fuck …

Das Vibrieren meines Handys holt mich aus meinen Gedanken. Intuitiv ziehe ich es aus meiner Hosentasche und der Name auf dem Bildschirm lässt mich staunen. Seit ich hier in Finnland bin hat sich keiner meiner Freunde bei mir gemeldet. Dass ausgerechnet jetzt einer meiner Jungs mich anruft, bringt mich völlig aus dem Konzept. Bevor ich abhebe, bahne ich mir schnell einen Weg durch die neu eintreffenden Gäste und an dem Türsteher vorbei ins Freie. Draußen ist es arschkalt und ich verteufle mich schon nach wenigen Sekunden dafür, dass ich mir nicht erst noch meine Jacke geschnappt habe. Allerdings wollte ich keine Zeit vergeuden. Ich will auf keinen Fall, dass Juna mich suchen muss. »Hey, was geht?«

»Wo steckst du, Alter?«, platzt Lucas mit der Frage raus, die ich von ihm erwartet habe. Ich habe niemandem erzählt, wieso ich nach Finnland gereist bin.

»Im Moment in einem Irish Pub in Rovaniemi«, sage ich.

Bei ihm ist keine laute Musik zu hören, was bedeutet, dass er noch bei der Familienfeier ist. Für gewöhnlich würden wir uns gleich treffen und die Clubs unsicher machen. So wie jedes Jahr nach den Familienfeiern meiner Freunde.

»Mit der Kleinen?«

Perplex ziehe ich die Augenbrauen zusammen. »Woher weißt du von ihr?« Ich leugne es nicht, denn was würde das schon bringen? Und ... wieso sollte ich? Wieso zur Hölle fühlt es sich denn falsch an, dass er von Juna weiß?

Lucas pustet die Luft aus. Vermutlich raucht er gerade heimlich im Schuppen auf dem Hinterhof seines Familienhauses. »Hab ich auf Insta gesehen.« Ein Vibrieren kündigt an, dass er mir eine Nachricht geschickt hat. Es ist ein Screenshot. Offenbar hat Kira heute Mittag ein Bild von Juna und mir geschossen, wie wir im Shop nebeneinander an der Kasse stehen und ich ihr helfe, ein Plüschrentier zu verpacken. »Was tragt ihr da?«

»Eine Uniform«, sage ich nuschelnd. Fuck, wieso fühlt sich das alles so mies an? Ich schäme mich nicht für die letzte Woche. Am Anfang habe ich das, aber mittlerweile hat sich einiges verändert. Lucas jedoch davon zu erzählen, lässt mich an meiner Wahrnehmung zweifeln. Als er beginnt zu lachen, fühle ich den Kloß wieder in meinem Hals wachsen. »Das ist nicht dein Ernst! Du fährst nach Finnland, um ein beknackter Elf zu sein?«

Ich stoße die angehaltene Luft aus. »Das ist alles nicht so schlimm. Ehrlich gesagt ist es hier gar nicht so übel.«

Es wundert mich nicht, dass er mich für durchgedreht hält, das würde ich auch, doch sein Lachen ist alles andere als freundschaftlich.

»Die Kleine muss verdammt gut im Bett sein.«

»Halt dein Maul!«, knurre ich. Das Atmen fällt mir plötzlich schwerer. »Juna ist etwas Besonderes. So redest du nicht noch einmal über sie.«

»Juna also«, sagt er lachend, während er noch mehr Rauch aus seiner Lunge pustet. »Wenn du sie nicht flachlegst, was ist dann dein Plan? Sie sieht nicht so aus, als würde sie mit dir nach England kommen.«

»Ich leg auf«, brumme ich und warte nicht auf seine Antwort, ehe ich meine Worte wahrnehme. Wie zur Hölle konnte er es schaffen, mich mit nur einem Telefonat derart aus der Fassung zu bringen? Alles, was ich mir die letzten Tage in meinem Inneren aufgebaut und zurechtgelegt habe, ist dahin: all das Selbstbewusstsein, all die positiven Gedanken, all die Freude …

Anders als vorhin, als ich den Pub betreten habe, fühlt es sich jetzt wieder so an, als hätte sich eine Hand eng um meinen Hals gelegt und als hätte jemand all die Last, die ich abgeworfen habe, wieder auf meine Schultern gepackt. Suchend lasse ich meinen Blick über die Gäste wandern und entdecke sie sofort. Mit meinem Bier in der einen und einem orangenen Cocktail in der anderen Hand tanzt Juna auf der Stelle zu der Musik der Band. Die Haare trägt sie offen wie immer, doch heute fallen sie ihr in Locken wie ein weißer Vorhang über die Schultern. Sie hüpfen bei jeder Bewegung. Sogar hier an diesem Ort erinnert sie an eine Waldelfe.

»Der schmeckt köstlich!«, schwärmt Juna, als ich neben ihr ankomme. Sie fragt nicht, wo ich war oder wieso ich sie allein gelassen habe. So ist sie nicht und das bestätigt meine Worte von eben. Sie ist etwas Besonderes. Sie hält mir ihr Getränk hin, das ich kopfschüttelnd ablehne. »Kennst du Solero-Eis? Genau so schmeckt es! Und das ganz ohne Alkohol. Niklas meinte, das sei ein Verkaufsschlager.« Sie nimmt einen großen Schluck durch den pinken Strohhalm und verdreht genüsslich die Augen.

»Ihr habt euch gut verstanden, hm?« Ich nippe an meinem Bier, sehe sie jedoch über das Glas hinweg an. »Du … und Niklas.«

Sie leckt sich den Rest des Getränkes von den Lippen und sieht mir tief in die Augen. Ich will den Blick abwenden, weil ich mich insgeheim für meine Eifersucht schäme. Was habe ich für ein Recht, eifersüchtig zu sein? Doch ich bleibe standhaft.

»Bisher war das Gespräch eher oberflächlicher Natur. Für eine innige Beziehung reicht es jedenfalls noch nicht«, zieht sie mich auf. Als ich nicht reagiere, greift sie kichernd nach meiner Hand, stellt ihr Getränk auf einen Stehtisch neben uns und nimmt mir auch meins ab, um es neben ihrem abzustellen.

»Was hast du vor?«, frage ich skeptisch, nachdem sie mich Richtung Bühne zerren will.

»Tanzen! Wir tanzen jetzt!« Während die Leute um uns herum klatschend nach oben zur Band schauen, beginnt Juna auf der Stelle zu hüpfen wie ein junges Reh.

»Du weißt doch, dass ich nicht tanzen kann«, erinnere ich sie an meine roboterartigen Bewegungen. Nichts gäbe es in diesem Augenblick, was ich weniger genießen würde als mich vor all diesen Menschen lächerlich zu machen. Einfältig genug fühle ich mich ohnehin schon. Was habe ich mir nur bei alledem gedacht?

»Okay. Mach mir nach!« Während sie sich auf einem Bein hüpfend um die eigene Achse dreht und das andere Bein im Rhythmus auf den Boden tippt, hebt sie die Arme über den Kopf, sodass ich ihre Hand nicht einmal loslassen muss. Ich hingegen stehe stocksteif da und habe keine Ahnung, wieso das nicht vollkommen bescheuert bei ihr aussieht.

Die ersten Leute drehen sich zu ihr um, weil Juna schrille Geräusche von sich gibt, doch das scheint sie nicht zu stören. Im Gegenteil, sie hebt den Daumen in ihre Richtung und erntet nichts als einstimmiges Jubeln.

»Los, mach mit!« Jetzt wirft sie den Kopf immer wieder in meine Richtung, um mich nicht aus den Augen zu lassen.

Ich schüttele den Kopf, kann aber nicht verhindern, dass ich bei ihrem Anblick schmunzeln muss. »Das will keiner sehen!«

»Doch«, ruft sie über die Musik hinweg, die immer lauter zu werden scheint. »Ich!« Sie hüpft mit einer geschmeidigen Bewegung auf die Stelle vor mir und nimmt wieder meine beiden Hände.

Steif bewege ich meine Hüfte von einer Seite zur anderen, was sie mit einem zufriedenen Grinsen quittiert. Sie legt lachend ihre Hände an meine Hüfte und versucht meinem Rhythmusgefühl ein wenig auf die Sprünge zu helfen. Doch alles, was sie damit erreicht, ist, dass ich mich nicht mehr im Geringsten auf meine Bewegungen konzentrieren kann, sondern nur noch auf ihre Berührung. Ihre Fingerspitzen rutschen unter mein Shirt und berühren die nackte Haut an meinem Bauch. Ein leises Raunen dringt durch meine Kehle. Sie hat nicht den blassesten Schimmer, was sie mit mir anstellt.

Ich versuche wirklich, mich auf den Tanz zu konzentrieren, doch ich weiß nicht einmal, ob gerade noch Musik spielt oder nicht. Ich weiß nur, dass ihre Lippen in einem dunklen Rot schimmern und nicht einmal das schummrige Licht das Blau ihrer Augen erblassen lassen kann. Ich würde sie gerne küssen, doch mein schlechtes Gewissen hält mich zurück. Lucas hat Recht.

Ich muss bald wieder gehen und was soll dann aus uns werden? Sie wird nicht mit mir kommen, weil ich das niemals von ihr verlangen würde ...

***

Juna

Ich bewege mich mit geschlossenen Augen zur Musik, lasse mich treiben, spüre die Schwingungen der Luft tief in meiner Brust. Ich kann mich nicht erinnern, wann ich das letzte Mal feiern war. Ein Kinoabend mit anschließendem Besuch einer Bar war das größte aller Gefühle. Und ich war der Meinung, dass es mir nichts bieten würde. Tanzen kann ich auch allein zuhause. Musikhören auch. Doch es ist anders, wenn man die Energie der anderen spürt. Die letzten zwei Stunden habe ich mich vollkommen der Musik hingegeben.

Ich stoppe meinen Tanzflow nur, um an meinem vierten

Cocktail zu nippen. Kurz überlege ich, ob ich nach dem Rezept fragen soll. Gibt es etwas Besseres als Eisgeschmack mitten im Winter und das ganz ohne Hirnfrost? Doch Levis Blick nach zu urteilen, ist er jedes Mal eifersüchtig, wenn ich mich mit Niklas unterhalte und ich bin niemand, der Freude daran hat, dieses Gefühl in Menschen hervorzurufen, die er gerne hat. Und ich habe Levi verdammt gern …

Levi ist erstaunlich still, seit wir hier sind, doch das hindert mich nicht daran, ihn wieder zum Tanzen zu animieren, nachdem ich das Glas geleert habe. Mit geschlossenen Augen bewege ich meine Hüfte und spüre, wie er langsam von hinten an mich herantritt, um seine Arme um meinen Oberkörper zu legen. Er ist wirklich ein miserabler Tänzer, dennoch genieße ich den Körperkontakt, wenn er es doch probiert. Er versucht sich in meinem Rhythmus zu bewegen, doch bei der Berührung verliere selbst ich jegliches Gefühl dafür. Ich gebe mir große Mühe, mich zu konzentrieren, aber auch mein Herz schlägt nicht mehr im Takt, was es mir nicht gerade leichter macht. Levi schmiegt sich an mich. Bei jeder Bewegung berührt mein Po seinen Schritt, was mein Herz nur wieder poltern lässt.

Seit dem Kuss gestern Abend sind wir uns nicht noch einmal so nahegekommen, obwohl wir es offensichtlich beide gewollt haben. Ob es an meinen Eltern lag oder daran, dass wir beide immer auf den richtigen Moment warten, kann ich nicht sagen. Vermutlich ist es eine Mischung aus beidem, obwohl ich natürlich weiß, dass es nie den richtigen Moment gibt. Alles was es gibt sind Momente, und jeden davon können wir zu dem richtigen machen.

Also überliste ich meine Gedanken und handle einfach. Ich drehe mich in einer tanzenden Bewegung um und lege ihm meine Arme um den Hals. Mein Atem trifft zitternd seine Lippen, als ich mich auf die Zehenspitzen stelle und davor verharre. Nur einen Augenblick.

Nur einen Wimpernschlag lang. Die Musik verstummt in dieser Zeit. Die Welt dreht sich langsamer um uns herum.

»Juna«, haucht er an meinen Mund, doch ich lasse ihn nicht aussprechen, sondern führe meine Lippen sanft an seine. Obwohl ich eben noch so mutig war, gebe ich die Führung ab und küsse in seinem Tempo. Er spaltet meine Lippen, während er im selben Augenblick seine Hände an meine Taille legt und mich enger an sich zieht. Stöhnend lässt er von meinem Mund ab, um zärtlich eine Hand an meine Wange zu legen und sie hinunter zu meinem Hals wandern zu lassen. Seine Augen folgen der Spur, die seine Finger auf meiner Haut ziehen. Sie hinterlässt ein Kribbeln, das sich über meinen ganzen Körper verteilt. Ich schnappe nach Luft, schließe die Augen und spüre, wie er seinen Kopf senkt und seine Lippe an die Stelle legt, an der mein Kiefer in meinen Hals übergeht. Aus dem Kribbeln wird ein Brennen. Ich stehe in Flammen.

Levis Hände streichen über meinen Körper, scheinen überall zu sein und doch ist es nicht genug. Ich dränge mich ihm entgegen. Schmecke bitteres Bier. In diesem Kuss bewegen wir uns völlig synchron. Es ist, als hätten wir das seit Ewigkeiten einstudiert und gleichzeitig ist alles so aufregend und neu. Seine Hände legen sich immer fester an mein Kreuz, um mich zu sich zu ziehen. Wir sind uns so nah, als wären wir eins. Doch nicht nur körperlich fühlt es sich so an, sondern auch seelisch. Ich kenne keinen Menschen, der mir in derart kurzer Zeit so viel von sich preisgegeben hat. Er hat mir sein Herz und seine größten Ängste offenbart und ich durfte ihm helfen, diese zu überwinden. Niemals könnte etwas für mich anziehender sein als das.

Levi löst sich schwer atmend von mir und lehnt mit geschlossenen Augen seine Stirn gegen meine. Wir atmen dieselbe Luft. Wir fühlen dieselben Gefühle. Vorsichtig lege ich meine Hand auf sein Herz. Wir schlagen im selben Takt.

»Ich …« Ich lecke mir über die Lippen. Mein Hals ist trocken und vor meinen Augen beginnen Sterne zu tanzen. »Ich hole mir noch etwas zu trinken.«

***

Levi

Meine Lippen prickeln immer noch, was ich mir nicht mit irgendeinem Getränk ruinieren will, weshalb Juna nur sich etwas holt. Als sie wieder bei mir ankommt, trinkt sie das Glas aus, als wäre sie am Verdursten. Anders als bei mir liegt auf ihrem Gesicht kein dümmliches Grinsen. Sie lehnt sich gegen den hohen Tisch, an dem ich sitze.

»Mir ist irgendwie nicht so gut«, murmelt sie, ehe sie sich neben mich auf den Barhocker hievt.

»Das hört man gerne nach einem Kuss«, erwidere ich lachend.

Statt einem Lächeln verzieht sie nur schmerzerfüllt das Gesicht. »Ich mein es ernst.«

Juna nicht zum Lächeln zu bringen ist beinahe so unmöglich wie am Nordpol keinen Schnee vorzufinden. Besorgt ziehe ich die Augenbrauen zusammen und greife nach dem Glas in ihrer Hand. »Lass mal probieren!« Ich trinke den letzten Schluck aus und brumme ernst. »Juna, da ist eindeutig Alkohol drin. Vermutlich Wodka.« Ich stelle das leere Glas auf den Tresen. Der Wodka selbst hat kaum Geschmack, doch das Brennen in der Kehle hätte sie darauf aufmerksam machen müssen. »Wie viele hast du davon getrunken?«

»So vier? Fünf vielleicht.« Sie beginnt den Kopf vehement zu schütteln. »Aber Niklas hat nicht gesagt, dass da Wodka drin ist.«

»Vielleicht sollte ich Niklas mal die Fresse polieren«, knurre ich. Die altbekannte Wut, die ich all die Jahre mit mir herumgetragen habe, ist mit einem Mal wieder da. Nur dass sie sich nicht gegen einen Feiertag richtet, sondern gegen diesen Kerl. Ich frage mich, ob das seine Masche ist. Brodelnd balle ich die Hände zu Fäusten, bis sich meine Fingernägel ins Fleisch graben und will bereits aufspringen, da spüre ich Junas Finger, die sich sanft um meine legen, um mich zurückzuhalten.

»Nein. Bitte, Levi ... Ich will einfach nach Hause.« Ihr Blick ist flehentlich und weil ich diesen Ausdruck auf ihrem Gesicht nicht ertrage, puste ich die gestaute Luft aus und nicke. Dieses Mal nehme ich ihre Hand ganz selbstverständlich, verschränke meine Finger mit ihren und ziehe sie hinter mir her. So schnell es geht. Das hier war mein Vorschlag, also liegt es auch in meiner Verantwortung, dass es ihr gut geht. Ich könnte mich ohrfeigen, dass ich nicht selbst die Getränke geholt habe. Bis jetzt wirkte sie nicht angetrunken, doch sobald wir draußen ankommen und sie die kalte Luft in ihre Lungen lässt, taumelt sie. Sofort greife ich unter ihren Arm, um sie zu halten.

»Hey, alles ist gut!« Juna stützt sich mit einer Hand gegen mich, während sie mit der anderen ihren dröhnenden Kopf hält. Ihr Gesicht ist blass und matt.

»Komm!« Ich hocke mich vor sie hin und deute ihr an, dass sie auf meinen Rücken springen soll.

»Was?« Selbst ihre Stimme wirkt fahler als sonst.

»Spring auf! Ich trag dich zum Auto.« Ohne auf eine Reaktion von ihr zu warten, hieve ich sie wie ein Kind hoch, sodass sie ihre Beine um meine Hüfte schlingen muss. Sie ist so leicht, dass ich keine große Anstrengung aufbringen muss, um sie zu tragen. Ich muss lediglich darauf achten, wie ich sie halte, damit nicht jeder ihren halbnackten Arsch sieht. Mit jedem Schritt in die Dunkelheit lassen wir die letzten Töne, die aus dem Pub dringen, hinter uns. Vor uns ist nichts als Schwärze und Stille. Für beides bin ich im Augenblick sehr dankbar.

Juna atmet mir schwer ins Ohr. Hin und wieder ist auch ein klagendes Stöhnen zu hören. Erst als wir abseits des Trubels sind, bewegt sie sich hinten auf meinem Rücken wieder, als wäre sie zu neuem Leben erwacht.

»Ist die Narbe eigentlich von dem Feuer?«, fragt sie säuselnd, während sie ihre Fingerspitzen sachte über die Haut an meinem Hals fahren lässt. Ihre Berührung hinterlässt eine Gänsehaut, die sich meinen gesamten Rücken hinabzieht. Das Kinn hat sie auf meiner Schulter abgelegt und die Schläfe an meinen Kopf.

»Ja.« Ich versuche mich auf die Schritte vor mir und nicht an die Gedanken in meinem Schädel zu konzentrieren. »Es erinnert mich immer an meinen Verlust.«

»Ach Levi.« Sie haucht mir erneut schwer ins Ohr. »Es sollte dich daran erinnern, dass dein Leben ein Wunder ist.«

»Das sagt meine Tante auch …«, murmele ich.

»Hmm«, macht sie mit einem lautlosen Lachen. »Ich hätte gerne Plätzchen.« Obwohl ich es nicht sehe, glaube ich, dass sie ihre Augen mittlerweile geschlossen hat. Sie wird immer schwerer. Vermutlich wird sie noch einschlafen, bevor wir zuhause sind. »Wann fliegst du eigentlich wieder nach Hause?«

Ihre Frage trifft mich unerwartet, obwohl ich sie mir in den letzten Tagen selbst häufig gestellt habe. Ich hätte längst abhauen können. Das, wofür ich hier war, habe ich erledigt. Doch irgendetwas hält mich zurück … Bullshit: Jemand hält mich zurück.

Das Telefonat mit Lucas hat mich daran erinnert, was in England auf mich wartet: Freunde, die sich kaum für mich interessieren. Zumindest nicht so sehr, dass sie auch nur einmal nach meinem größten Wunsch gefragt haben; ein Studium, das mich nicht weiterbringt und ein Land, mit dem ich nichts verbinde. Meine Tante ist das einzig Gute, das dort auf mich wartet. Doch auch bei ihr kann ich nie der Mensch sein, der ich bin. Viel zu groß ist immer noch die Angst, sie mit meinen Gedanken und Gefühlen an ihren eigenen Verlust zu erinnern. Ich will sie nicht verletzen, doch gleichzeitig unterdrücke ich so meine eigenen Schmerzen. Und hier? Was bietet Finnland für eine Alternative? Noch beschisseneres Wetter als in England, Dunkelheit, wilde Tiere, die mich auffressen können.

Und Juna … die mir das Gefühl gibt, dass alles gut wird, ja, dass alles gut ist, wie es ist, dass ich alles sein darf aber nichts muss.

»Momentan …«, beginne ich. Mein Herz beginnt immer fester gegen meine Brust zu hämmern. Ob sie meinen Puls im Hals spürt? »Momentan ist das mein Zuhause. Weil du hier bist.«

Kapitel 14

26. Dezember

Juna

Langsam schlage ich meine Augenlider auf. Mein Schädel dröhnt wie verrückt, als ich versuche mich aufzusetzen. Sogar die dämmrige Beleuchtung vor meinem Fenster jagt Lichtblitze durch meine pochende Schläfe. Stöhnend stütze ich mich auf, da höre ich ein Rascheln neben mir und erstarre. Vorsichtig – um ja keinen Ton von mir zu geben – drehe ich den Kopf und sehe Levi, der seelenruhig neben mir liegt und ein kontinuierliches leichtes Brummen von sich gibt. Wie konnte ich das überhört haben?

Meine Kopfschmerzen sind vergessen, denn ich brauche Platz darin, um Erinnerungen hervorzurufen. Was ist gestern Abend passiert? Haben wir ... Mit weit aufgerissenen Augen starre ich Levi an.

»Ich fühle mich beobachtet«, murmelt er nach wenigen Sekunden verschlafen, ehe er vorsichtig ein Auge öffnet. Seine Stimme ist rau und verdammt sexy. Allein diese Stimme lässt mich erzittern.

»Haben wir letzte Nacht ...«

Levi stützt sich auf den Ellenbogen ab und beobachtet mich, wie ich nach den richtigen Worten suche. Verlegen lasse ich den Blick an die Decke wandern. »Du weißt schon?«

»Kannst du dich etwa nicht daran erinnern?«, fragt er. Ich kann seine Tonlage nicht einordnen. Ist er verletzt, weil ich mich nicht an die gemeinsame Nacht erinnere? O Gott!

Ich lasse den Blick wieder zu ihm gleiten. Vorsichtig versuche ich die Situation einzuschätzen, aber ich schaffe es nicht. Da ist rein gar nichts in meinem Erinnerungsspeicher, seit wir den Pub verlassen haben. »Nein«, nuschle ich also.

Levi legt die Stirn in Falten. Mist, er ist echt enttäuscht! Doch als ich ihn lange genug mustere, breitet sich ein keckes Grinsen aus.

»Denkst du wirklich, ich würde mit dir schlafen, wenn du betrunken bist?« Lachend schüttelt er den Kopf, was meine Anspannung deutlich löst. Nichts ist passiert, was ich hätte vergessen können! »Vielleicht bin ich verrückt nach dir, aber ich bin kein Arschloch.«

Okay, da ist sie wieder, die Anspannung. Er ist verrückt nach mir? Soll ich antworten, dass ich jetzt kein Auge mehr zubekomme, wo ich bei halbwegs klarem Verstand bin und nicht so bald vergesse, dass er neben mir liegt? Soll ich sagen, dass ich jetzt schon heulen könnte, wenn ich an den Tag seiner Abreise denke? Oder dass ich danach nur noch in seinem Bett liegen und haufenweise Eis in mich hineinschaufeln werde? Nichts davon kommt über meine Lippen, weil ich ihm kein schlechtes Gewissen einreden will.

»Okay«, hauche ich stattdessen tonlos, lege mich wieder hin und drehe mich um. Okay? Schlagfertiger war ich auch schon. Jegliche Müdigkeit ist aus meinem Körper gewichen, sodass ich schon jetzt weiß, wie die kommenden Stunden aussehen werden: Während ich mit weit geöffneten Augen daliege, werde ich versuchen an Levis Atmung zu erkennen, ob er schläft oder nicht. Am Ende der Nacht wird keiner meiner Sinne schärfer sein als mein Gehör.

***

Levi

Obwohl Juna einen heftigen Kater hat, haben wir uns heute nicht vor der Arbeit gedrückt. Allerdings haben wir mit zwei Kollegen getauscht, die eigentlich eine Gruppenreise betreuen sollten. Sie waren dankbar, da diese Reise ebenfalls eine Übernachtung beinhaltet; Juna war dankbar, weil sie einen Großteil des Morgens verschlafen konnte und ich war dankbar, weil ich die Zeit mit ihr verbringen darf.

Nachdem wir drei Stunden in einem Bus mit zehn anderen Leuten eingepfercht waren, bin ich dankbar für den kleinen Fußmarsch zu unserem Hotel.

Zumindest denke ich, dass es sich um ein Hotel handelt, bevor ich die vielen kleinen Glaskugeln ringsherum sehe. Jetzt bin ich mir absolut nicht mehr sicher. Dieser Ort befindet sich mitten im Nirgendwo. Bis auf das kleine Haus, in dem vermutlich die Rezeption ist, und die vielen Glaskugeln, ist weit und breit keine Zivilisation zu sehen. Beinahe fühle ich mich wie an dem Tag, an dem mein Auto mich im Wald hängen lassen hat. Dieser Ort wirkt allerdings deutlich einladender. Mit schweren Schritten stapfe ich hinter der Gruppe her durch den meterhohen Schnee, während Juna die Führung übernommen hat. Manchmal vergesse ich, dass das hier alles zur Arbeit gehört. Ich würde es niemals zugeben, aber so langsam gewöhne ich mich daran und finde sogar Gefallen an der ganzen Natur. Die Luft hier draußen ist so klar und kalt, dass sich meine Lungen zusammenzuziehen scheinen. Riesige Eiszapfen hängen von den tief baumelnden Ästen. Unter dem Gewicht des Schnees geben sie langsam nach und fallen nur stückchenweise auf die Erde hinab. Ich lasse den Blick ehrfürchtig an den hohen Bäumen hochwandern und versuche die Wipfel zu erspähen, doch von hier unten sehe ich nur Weiß.

Ein Paar vor mir streitet sich gerade darüber, wer den schweren Kamerarucksack tragen muss. Er sagt, sie will die Bilder, also soll sie auch das Equipment schleppen. Allerdings versinkt sie halb in den Schneemassen. Im Endeffekt gibt er stöhnend nach und schultert die Tasche wieder, die er ihr demonstrativ vor die Füße gepackt hat. Kopfschüttelnd sehe ich mir auch die anderen Gäste der Tour an.

Bisher war ich kein Mensch, der sich großartig für die Leben der anderen interessiert hat. Doch die letzten Tage haben etwas in mir verändert. Vielleicht war ich ja deshalb immer so einsam. Weil ich nicht wollte, dass andere sich zu sehr mit mir beschäftigen, habe ich es umgekehrt genauso gemacht.

***

Obwohl der Weg, dem wir folgen, vor einiger Zeit offenbar freigeschaufelt wurde, ist er nicht gerade leicht zu bestreiten. Er führt uns wie erwartet zu der Hütte, an der ein großes Schild mit der Inschrift »Rezeption« angebracht ist.

Hah! Ich hatte also recht.

Juna öffnet die schwere Holztür, in welche wunderschöne Ornamente geschnitzt sind, und lässt alle hinein. Als ich als Schlusslicht der Kette bei ihr ankomme, schenkt sie mir ihr zauberhaftestes Lächeln.

»Freust du dich schon?«, fragt sie, ehe sie dir Tür lautstark hinter uns ins Schloss fallen lässt.

Ich lasse den Blick schweifen. Selbst die Rezeption strahlt so viel Wärme und Geborgenheit aus, dass man zum Verweilen eingeladen ist. Überall stehen Sofas, die in Richtung der bodentiefen Fenster geschoben sind. An einer Seite des Zimmers befindet sich ein großer Kamin, in dem gerade schon ein knisterndes Feuer den Raum erwärmt. Ob ich mich auf einen entspannten Abend und großartige Gespräche mit Juna, die vielleicht zu mehr führen, freue?

»Ich wäre bescheuert, wenn nicht.«

Juna nimmt meine Hand und zieht mich hinter sich her zur Rezeption, auf die sie eine Liste mit Namen der Gruppenmitglieder legt. Eine ältere Dame beginnt die Namen in ihr Gästebuch zu übertragen. Als sie unten ankommt, schiebt sie ihre Lesebrille auf der Nase hinab, um uns besser sehen zu können.

»Die Gruppenführer haben gewechselt?«

»Ja«, bestätigt Juna und gibt unsere Namen durch.

Die Dame sieht zweifelnd von Juna zu mir und wieder zurück. »Hier steht ein Doppelzimmer. Soll ich das ändern?«

»Uns reicht ein Zimmer«, bestimmt Juna mit einem schüchternen Blick, der mein Blut augenblicklich zum Kochen bringt. Diese Frau hat so viele Facetten, dass ich mir sicher bin, niemals alle kennenzulernen. Allerdings könnte das meine neue Lebensaufgabe werden.

»Ja. Eins reicht«, bestätige ich und sehe zu, wie die Rezeptionistin die Daten ändert und mir vorlegt, damit ich sie noch einmal kontrollieren kann. Ich tue so, als würde ich ihre Notizen lesen. Aber dank meines Kopfkinos kann ich nicht ein Wort entziffern. Ich würde in diesem Moment alles absegnen. Juna sieht sich währenddessen die Liste der Gäste an, die ebenfalls korrekt zu sein scheint. Oder ergeht es ihr wie mir und ihr Verstand spielt ebenso wenig mit wie meiner? Die Rezeptionistin schiebt eine ganze Kiste Schlüssel über den Tresen, den Juna sofort an sich nimmt. Ich beobachte sie dabei, wie sie nacheinander zu den Gästen geht und die Schlüssel verteilt, als ein Kerl in die Hände klatscht, um die Aufmerksamkeit auf sich zu ziehen. Er steckt in dicken Winterklamotten und sieht so aus, als habe er gerade eine lange Schlittenfahrt hinter sich.

»Da es bald dunkel wird«, beginnt der Typ, der offenbar der Guide der Gruppe ist. »Wollen wir sofort los.« Er deutet auf die Schneeschuhe, die bereits neben der Eingangstür drapiert wurden.

Ich reagiere nicht, weil ich mich nicht angesprochen fühle. Doch als Juna sich ebenfalls zu diesen Schuhen begibt, die aussehen wie eine Mischung aus Skateboard und Tennisschläger, werde ich skeptisch. So schnell, wie ich mich die letzten Monate nicht mehr bewegt habe, bin ich an ihrer Seite und berühre sie am Arm, bis sie mich ansieht.

»Wir müssen da nicht mit, oder?« Wenn mein Blick auch nur halb so panisch ist wie meine Stimme klingt, verstehe ich ihr Grinsen.

»Natürlich. Dafür sind wir doch hier.«

»Fuck«, sage ich. »Jetzt verstehe ich, wieso die anderen nicht wild darauf waren. Ich bin jetzt schon erschöpft!«

Kichernd wendet sie sich ab. »Ich habe den Kater, nicht du!«

»Aber ich habe eine chronische Abneigung gegen Wanderungen.« Ich schüttele mich demonstrativ. »Und dann noch im Schnee?«

Juna legt die Schneeschuhe zur Seite und kommt auf mich zu, um nur wenige Zentimeter vor mir stehen zu bleiben. Sie greift nach meinen Händen und verschränkt unsere Finger miteinander und als wäre das nicht schon schlimm genug, hebt sie noch die Augen, ohne den Kopf dabei zu bewegen. Ihre großen Augen glänzen wie zwei Eiskristalle. Mein Hals wird ganz trocken. Fuck, sie weiß genau, wie sie mich rumkriegt. »Ich brauche dich da draußen.«

Ein Knurren kämpft sich durch meine Kehle. Ich sage nichts, doch der Blick aus meinen zusammengepressten Augen verrät alles. Sie hat mich in der Hand. Das hatte sie schon an meinem ersten Abend, als ich ihre Plätzchen retten musste.

Triumphierend stellt sie sich auf die Zehenspitzen und gibt mir einen Kuss auf die Wange. »Du bist der Beste!«

***

Meine Beine tun weh. Meine Füße fühlen sich wie zwei Eisklötze an. Meine Augen sind in meinen Augenhöhlen eingefroren.

Diese Wanderung hat meinen Erwartungen entsprochen, was nicht gerade ein Indiz dafür ist, dass sie toll war. Allerdings haben alle anderen das wohl anders gesehen, denn die haben gelacht und fotografiert was das Zeug hält. Habe ich vorher noch gedacht, dass ich die Zeit in der Natur mittlerweile genieße, habe ich meine Meinung nun wieder geändert.

Natur? Ja. Diese Kälte und Nässe? Nein.

Als ich die Tür hinter mir zuziehe und die Schuhe von meinen Füßen streife, fühlt es sich an, als liefe halb Finnland aus meinen Socken.

»Wow!«, höre ich da Juna, die nicht halb so erschöpft ist wie ich. Sie ist wie ein Flummi, den man gerade erst mit voller Wucht auf den Boden geprallt hat. Sie hüpft regelrecht durch den kleinen Raum, dessen Decke vollkommen aus Glas besteht. »Wow! O mein Gott!« Sie wirft sich rückwärts auf das breite Kingsize Bett und deutet nach oben, während sie meinen Blick sucht. Das Strahlen ihres Gesichtes sehe ich auch in dem schummrigen Licht der kleinen Schreibtischlampe, die schon geleuchtet hat, als wir ankamen. Sonst gibt es kein Licht hier. Vermutlich, um keine Lichtverschmutzung zu riskieren. Sie hält mir eine Hand hin, die ich liebend gerne annehmen würde. Doch wenn ich mich einmal hinlege, werde ich heute nicht mehr aufstehen. Also setze ich mich an die Kante und sehe nach oben in den schwarzen Himmel. Da oben ist nichts als Schwarz und Millionen kleiner Sterne. »Wow«, haucht sie erneut und lässt die Hand wieder sinken. Ihre Lippen verziehen sich zu einem glückseligen Lächeln, was mich die Qualen der letzten Stunden vergessen lässt. Wenn sie der Preis für dieses Lächeln sind, werde ich noch tausende Wanderungen machen.

»Heute Nacht sollen die Nordlichter gut sein.« Sie dreht den Kopf in meine Richtung. »Vielleicht sehen wir sie ja nach dem Saunagang.«

Ich lege die Stirn in Falten. Ist diese Frau nicht kaputtzukriegen? Sie ist wie ein Katzenjunges, mit dem man stundenlang spielt und man am Ende doch nicht schlafen kann, weil es die ganze Nacht weiter tobt.

»Du willst noch in die Sauna?«

Sie stützt sich auf die Ellenbogen ab und nickt euphorisch. »Und dann kühlen wir uns im Schnee ab …« Ich reiße kopfschüttelnd die Augen auf. Die Hitze der finnischen Sauna käme passend, doch auf die Abkühlung könnte ich auf alle Fälle verzichten. Noch habe ich mich nicht an diese arktischen Temperaturen gewöhnt. Ich stelle die Reisetasche, die Juna mir geliehen hat, neben dem Bett ab, um gemütlicher zu sitzen. Nach der Schneeschuhtour würde ich am liebsten nur noch im Bett liegen und in den Himmel sehen.

Juna hüpft auf, um sich im Schneidersitz neben mich zu hocken und mir spielerisch gegen das Knie zu stupsen. »Ach komm schon! Das wird sicher lustig!«

»Du willst nur meinen Penis sehn«, ziehe ich sie auf.

Juna hebt belustigt eine Augenbraue. »Wenn es mir darum ginge, hätte ich andere Methoden.«

Lachend schüttele ich den Kopf. »Du bist unmöglich!«

»Aber das liebst du doch so an mir«, sagt sie neckend.

Wenn sie wüsste, wie recht sie damit hat. »Okay«, sage ich. »Ich bin dabei.«

***

Juna

Jubelnd hüpfe ich auf der Stelle. Niemand darf Finnland verlassen, ohne auch nur einmal in der Sauna gewesen zu sein. Hier unter freiem Himmel und der frischen Luft ist der beste Ort dafür. Weil ich nicht riskieren will, dass Levi seine Meinung noch ändert, springe ich sofort auf und laufe ins winzige Badezimmer. In den rustikalen Schränken suche ich nach Badetüchern, wovon ich zwei Stück nehme und auf das danebenstehende Waschbecken lege. Schnell schlüpfe ich aus meinen klammen Klamotten und reibe mir die eisigen Beine, bis sie sich wieder einigermaßen normal anfühlen. Nachdem das Kribbeln darin verschwunden ist, binde ich mir eines der Tücher um den Körper und werfe das zweite über meine Schulter.

Kurz stehe ich mit einer Hand auf den Türgriff gelegt da und zögere, die Tür zu öffnen. Ich bin nicht prüde oder schüchtern und verdammt, das war schließlich meine Idee! Aber Levi gleich nur von einem Tuch bedeckt zu begegnen lässt meinen Bauch kribbeln. Schlussendlich hole ich tief Luft und schreite erhobenen Hauptes hinaus. Wenn man sich schon nicht so fühlt, sollte man zumindest

Selbstbewusstsein ausstrahlen. Bisher habe ich die Erfahrung gemacht, dass man sich in jedes Gefühl hineinentwickeln kann.

Ich bin selbstsicher!

»Hier«, sage ich, bevor er mich auch nur ansehen kann, und werfe ihm das zweite Tuch zu, welches er mit einer Hand aus der Luft auffängt. »Jetzt bist du dran!«

***

Erstaunlicherweise ist es eine kleine Erleichterung, dass wir nicht allein in der Sauna sind. So kann die Spannung zwischen uns immerhin nicht noch mehr anwachsen. Levi sitzt in einer Ecke der kleinen Holzhütte, während ich mich sofort am Eingang platziert habe. Mit einem Blick in seine Richtung sehe ich, dass er bereits mit sich kämpft. Schwer atmend hat er das Gesicht in die Hände gestützt und sieht immer wieder hoch zu der großen Uhr über der Tür. Wir sind gerade seit ein paar Minuten hier drin. Während mir zwar der Schweiß über den Rücken läuft und von meinem Tuch aufgefangen wird, ich ansonsten jedoch okay bin, scheint ihm die Hitze mehr auszumachen. »Alles in Ordnung?«, frage ich über den Mann hinweg, der völlig schmerzlos blankgezogen und sich neben mir ausgebreitet hat.

Levi hebt den Blick. Die Schweißtropfen perlen von seiner Oberlippe. Er schüttelt den Kopf. »Ich fühle mich wie bei einem Ausflug in die Hölle.«

Kichernd lehne ich mich zurück. Das Badetuch ist so eng um meinen Körper gewickelt, dass es keine Anstalten macht, hinunterzusinken. »Willst du raus?« Obwohl ich für gewöhnlich mindestens drei Saunaintervalle mache, kann ich Levi das offensichtlich nicht zumuten. Er als Finne sollte Saunagänge gewöhnt sein. Es macht mich traurig, dass es nicht so ist.

»Bitte«, antwortet er flehentlich und stellt sich so abrupt auf, dass er sich an der Wand abstützen muss.

»Na komm«, rufe ich. »Draußen ist es besser.«

»Das bezweifle ich«, murrt er, als er mit schnellen Schritten bei mir ist. »Von einem Extrem ins andere. Ich bekomme langsam den Eindruck, dass du mich für irgendetwas leiden lassen willst.«

Schulterzuckend öffne ich die Tür, vor der ein riesiger Schneehaufen aufgetürmt wurde. »Das ist die Rache dafür, dass du meine Lieblingskeksdose abscheulich genannt hast.«

Obwohl ich ihm das bei seinem Anblick nicht mehr zugetraut hätte, beginnt er zu lachen. »Du hast das hier von Anfang an geplant! Ich wusste es!«

»Alles«, bestätige ich und reibe mir diabolisch die Hände. »Und das Folgende ist der krönende Abschluss!« Mit diesen Worten reiße ich mir das Tuch vom Körper, laufe los und springe vornüber in den Schneehaufen. Die eisige Kälte lässt mich scharf nach Luft schnappen, während sich meine Lunge und mein ganzes Inneres zusammenzieht. »Oh wow!«, kreische ich schrill und außer Atem, doch sobald ich mich an die Kälte gewöhnt habe, drehe ich mich auf den Rücken und rufe Levi herbei.

»Niemals!«, antwortet er kopfschüttelnd. »Vergiss es!«

»Komm schon! Du musst dich deiner Angst stellen!« Langsam aber sicher friert mein Hinterteil ab, während ich mit meinen Armen meine Brüste und Scham abdecke.

»Ich habe keine Angst. Nur bin ich nicht lebensmüde.« Ich kenne niemanden, der so einen Sturkopf hat wie dieser Kerl.

Aber ich kann auch nach diesen Regeln spielen. »Ich komme erst raus, wenn du es hinter dich gebracht hast.«

»Fuck«, höre ich gedämpft, ehe er sich umdreht und das Tuch von den Hüften fallen lässt. »Du bist echt mein Kryptonit.« Mit diesem Satz läuft er auf mich zu und springt ein paar Meter neben mir in den Schneeberg. Er beklagt sich schon lautstark, bevor auch nur sein kleiner Zeh den Schnee berührt. Ich will nicht lachen, aber ich kenne niemanden, der so ist wie Levi. An manchen Tagen lässt er nicht einmal durch seine Oberfläche scheinen, wie es ihm geht und an anderen scheint er seine Gefühle nicht ansatzweise unter Kontrolle zu haben.

Noch vor mir hüpft er wieder aus dem Schnee und verschwindet in der Dunkelheit, um sich sein Tuch wieder umzubinden und mir meins zuzuwerfen.

»Das war's! Das nächste Mal suche ich aus, was wir unternehmen!« Während ich mich einwickele und auf ihn zugehe, trippelt Levi kopfschüttelnd von einem Fuß auf den anderen. »Kein Schneemobil, wo ich dich töten könnte und keine Sauna, wo ich einen Herzinfarkt erleiden könnte!«

»Okay«, sage ich nickend. »Nächstes Mal entscheidest du.«

Ich nehme seine Hand und ziehe ihn hinter mir her. So langsam frieren auch meine Füße, sodass sie zu Kribbeln beginnen. Da unser Glashaus zum Glück nur wenige Meter von der Sauna entfernt ist, erreichen wir sie noch bevor uns unsere Gliedmaßen abfallen. Vielleicht war es doch keine so gute Idee, ganz ohne Kleidung und Schuhe in die Sauna zu gehen. In demselben Augenblick, in dem wir vor unserer Tür ankomme, kommt auch die schockierende Erkenntnis. »Levi«, beginne ich. Sämtlicher Schalk ist aus meinem Gesicht verschwunden. »Wir haben keinen Schlüssel dabei.«

»Fuck …« Mehr sagt er nicht. Mehr muss er nicht sagen. Wir sehen uns hilfesuchend an, doch weder ich finde Hilfe bei ihm noch er bei mir. Levi beißt sich nachdenklich auf die Lippe und sieht sich um. Ehe ich mich versehe, ist er los gesprintet und steht vor dem Nachbarshaus. Auch dessen Decke besteht vollständig aus Glas, doch insgesamt ist es größer. Ich folge ihm, um auf der Terrasse davor zumindest auf dem Trockenen zu stehen.

»Hallo?« Levi klopft an die Tür. »Wir brauchen Hilfe!«

Mit jeder Sekunde, die verstreicht, wird mir kälter. Die Sekunden ziehen sich wie Stunden und als endlich jemand die Tür öffnet, bin ich halb erfroren.

»Himmel! Was macht ihr denn hier?« Eine ältere Dame mit grauem Haar steht vor Levi und wirft uns abwechselnd verdutzte Blicke zu, bis sie bei unseren nackten roten Füßen ankommt.

»Wir haben uns ausgesperrt«, mische ich mich ein. »Dürften wir hier bei der Rezeption anrufen?«

»Aber natürlich.« Als wäre sie aus einer Trance erwacht, stößt sie die Tür bis zum Anschlag auf und tritt zur Seite, um uns hineinzulassen. »Ich hole euch sofort etwas zum Anziehen!«

»Danke«, nuschelt Levi, ehe er im Inneren verschwindet. Schon der erste Schritt hinein ist eine Wohltat für meine Haut. Schon nach wenigen Sekunden hören meine Muskeln auf, ununterbrochen zu zucken.

»Gloria!« Die Dame ruft in die obere Etage. Das hier ist eindeutig eines der besseren Häuser. »Wir haben Besuch. Hast du etwas zum Anziehen?«

Eine weitere ältere Dame erscheint am Geländer. Sie hat noch dunkles Haar. »Ich habe gerade die letzte Wäsche angemacht, Gladis. Der Trockner läuft.«

»Setzt euch!« Gladis führt uns zu einem großen Sofa und reicht uns sofort eine Decke, die sie liebevoll über uns legt. Etwas an ihr erinnert mich an meine Oma. Sie hätte genauso reagiert. Keine Fragen stellen, sondern helfen.

Die Treppenstufen knarzen, als Gloria ebenfalls zu uns kommt und den Blick über uns schweifen lässt. »Da hat sich wohl jemand ausgesperrt.« Ein liebevolles Lächeln liegt auf ihren Lippen, das tiefe Falten auf ihrer Stirn entstehen lässt. »Es tut mir leid, dass wir nichts zum Anziehen anbieten können. Gladis hat das Badezimmer unter Wasser gesetzt und unsere ganzen Klamotten waren nass.« Lachend sieht sie hinüber in die Küche, wo Gladis gerade telefoniert. »Zum Glück kann sie besser kochen als Wäsche waschen.

»Nicht so schlimm«, sage ich. »Wir sind froh über die Decke.«

Auch Gladis tritt mit zwei dampfenden Kaffeetassen wieder

auf uns zu. Eigentlich trinke ich keinen Kaffee, aber im Moment würde ich einfach alles zu mir nehmen, was mich wärmt. Sie setzt sich auf den Sessel neben uns und reicht uns die Tassen. »Ich habe die Rezeption angerufen. Gleich kommt jemand mit einem Schlüssel.«

»Dankeschön!«, sagt jetzt auch Levi, bevor er einen großen Schluck des heißen Getränks zu sich nimmt. Die Wärme legt sich um meine Finger, die ich so langsam endlich wieder spüren kann.

»Seid ihr ein Paar?«, fragt Gladis und mustert uns interessiert. Sofort spüre ich, wie Levi sich neben mir aufrichtet. Innerhalb weniger Sekunden wiederholt sich die Frage in meinem Kopf immer wieder. Ich sehe zu Levi hinüber, der ebenfalls in meine Richtung blickt. Sein Mund scheint nicht recht zu wissen, ob er sich zu einem Lächeln heben oder sich verunsichert verzerren soll. Ich benetze meine Lippen, die plötzlich wie mein gesamter Hals staubtrocken sind. Doch ehe wir auf die Frage eingehen können, geht Gloria dazwischen und legt ihrer Freundin eine Hand auf die Schulter.

»Also wirklich! Sei doch nicht so neugierig!« Kopfschüttelnd sieht sie sie an, doch in ihrem Blick liegt kein Groll, sondern nichts als Liebe.

»Wir sind schon seit vierzig Jahren ein Paar, wisst ihr? Am Anfang mussten wir es geheim halten«, erklärt Gladis und nimmt Glorias Hand, die immer noch auf ihrer Schulter liegt und sieht zu ihr hinauf. Auf ihrem Gesicht erscheint ein liebevolles Schmunzeln. »Weißt du noch, wie wir uns immer heimlich im Schuppen deines Vaters getroffen haben?«

»Aber natürlich«, antwortet Gloria leise, beugt sich hinab und haucht Gladis einen Kuss auf die Wange. Mein Herz schmilzt bei diesem Anblick.

»Das klingt nicht besonders einfach«, antworte ich, bevor ich ebenfalls an dem Kaffee nippe. Sofort verziehe ich angewidert das Gesicht. Ich bleibe zukünftig lieber bei Kakao.

»Nein.« Gloria schüttelt den Kopf. In ihren Augen liegen so viele traurige Erinnerungen, doch als sie wieder zu Gladis schaut, verschwinden sie sofort. »Aber jeder noch schwere Tag hat sich gelohnt.«

Die beiden beginnen von ihrem gemeinsamen Leben zu erzählen und mit jedem Wort bin ich dankbarer, dass sie all dies mit uns teilen. Wir sind Fremde, die nur durch ein Unglück hier gelandet sind, doch ich habe das Gefühl, es wäre Schicksal gewesen. Diese beiden Frauen haben jeden Tag um ihre Liebe gekämpft. Nichts und niemand konnte sie davon abbringen. Wieder lasse ich den Blick zu Levi wandern und schenke auch ihm ein warmes Lächeln. Unter der Decke bewege ich meine Hand zu seiner. Seine Finger verschränken sich sogleich mit meinen und auch er lächelt mich an. Ich weiß sofort, dass er dasselbe denkt wie ich. Manchmal benötigt es nicht viele Worte um zu wissen, dass man das Gleiche fühlt. Obwohl ich ihn erst wenige Tage kenne, weiß ich, dass er etwas Besonderes ist. In deinem Leben begegnest du einer Handvoll Menschen, die dich wirklich berühren. Diese Menschen führen dich und werden zu einem Teil deines Lebens. Schon als Levi sich so sehr vor Snow erschrocken hat und wir die ersten Worte miteinander gewechselt haben, wusste ich, dass er nicht einfach nur eine Bekanntschaft sein würde.

»Ah!«, ruft Gloria und deutet hinaus, als gerade ein Mitarbeiter auf die Hütte zukommt. Er bleibt auf der Veranda stehen und winkt uns zu sich. Obwohl ich mir vorstellen kann, dass Levi nicht schnell genug wieder in seinen Klamotten stecken will, beeilt er sich nicht einmal. Er bleibt vor den beiden netten Damen stehen und gibt ihnen nacheinander die Hand. »Danke«, sagt er besonnen. Ich hingegen nehme beide in den Arm und drücke vielleicht ein bisschen zu fest für Menschen, die ich gerade erst kennengelernt habe. Doch beide erwidern meine Umarmung, also winke ich ihnen noch einmal zum Abschied zu, ehe wir den Schlüssel holen und uns zurück zu unserer Hütte begeben.

Im Innern ist es ebenso dunkel wie draußen und bis auf unseren Atem ist nichts zu hören. Sobald ich das Schloss hinter mir geschlossen habe, steht Levi so dicht vor mir, dass nicht einmal ein Blatt zwischen uns passen würde. Ich sehe zu ihm hoch und obwohl ich ihn nicht sehen kann, kann ich ihn spüren: ich sehe seine Augen vor mir, sehe seine Lippen, sehe die Narbe an seinem Hals. Vorsichtig lehne ich mich vor, um meine Schläfe an seine nackte Brust zu lehnen. Levi hebt die Hände, um eine davon um meine Schulter zu legen und mit der anderen liebevoll meinen Hinterkopf zu streicheln. Ich schließe die Augen, sauge seinen Duft ein, lausche dem Takt seines Herzens.

»Was hättest du geantwortet?«, fragt Levi plötzlich leise in die Stille hinein und ich schmiege mein Gesicht ein bisschen fester an seine Brust.

»Was hättest du denn gerne gehört?«, stelle ich ebenso leise eine Gegenfrage.

Ein nicht hörbares Lachen geht durch seinen Brustkorb, sodass ich mich von ihm löse, um ihn wieder ansehen zu können. »Das weißt du.«

Meine Mundwinkel ziehen sich nach oben, als hätte man zwei Schnüre daran gebunden und Levi habe die Enden in der Hand. »Dann kennst du auch meine Antwort«, sage ich.

»Wir sollten uns umziehen«, sagt er mit rauer Stimme. Sobald er sich von mir löst, fühle ich mich einsam. Die Nähe seines Körpers gibt mir in der kalten Nacht die Wärme, nach der ich mich sehne. Doch da sind auch seine Worte, die meine Seele erwärmen und das ist noch viel wertvoller.

»Okay«, hauche ich, obwohl er längst im Badezimmer verschwunden ist.

Ich höre das Wasser kontinuierlich in die Keramik der winzigen Dusche fallen und kurz darauf öffnet Levi die Tür. »Los. Du darfst zuerst. Das Wasser ist schön heiß.«

***

Eine Viertelstunde und eine ausgiebige Dusche später liege ich im Bett und höre Levi dabei zu, wie er duscht. In dem Moment, in dem er das Wasser abstellt, entdecke ich durch das Glasdach die ersten grünlichen Schlieren, auf die ich die letzten Minuten gewartet habe. Levi öffnet die Tür und kommt auf das Bett zu.

»Sieh mal!« Mit weit geöffneten Augen deute ich in den Himmel. »Das ist wunderschön«, hauche ich ehrfürchtig, als die ersten Nordlichter ihren einzigartigen Tanz aufführen. Es gibt Nächte, da erkennt man lediglich einen leichten grünen Schleier an der Himmeldecke, doch heute scheinen die Lichter mit all ihrer Pracht. Nach wie vor fasziniert mich dieses Naturereignis. Es gibt nichts auf dieser Welt, was atemberaubender ist. Dass die Lichter nicht durch Menschenhand entstanden sind, sondern es sie schon lange vor uns gab und sie noch lange nach uns immer wieder auftauchen werden, lässt mich vor Ehrfurcht erzittern.

»Du bist wunderschön.« Während ich in den Himmel geschaut habe, hat Levi sich auf das Bett neben mich gesetzt und mich angesehen. Er taxiert mein Gesicht, scheint sich jeden Millimeter einzuprägen. Es wirkt, als wäre ich für ihn das, was die Nordlichter für mich sind.

Mir stockt der Atem und ich spüre, wie ich rot werde. Ich bewege mich kaum merkbar in seine Richtung. Die Decke unter mir gibt ein raschelndes Geräusch von sich. Wo um uns herum völlige Stille herrscht, spielt in meinem Inneren die herrlichste Musik. Wo hier absolute Dunkelheit herrscht, leuchtet mein Herz in allen möglichen Farben.

Ich lasse meinen Blick zu meiner Hand wandern, die ich neben mir auf die Matratze gestemmt habe. Sie ist nur wenige Millimeter von Levis entfernt, also bewege ich sie stückchenweise in seine Richtung, bis ich schlussendlich seine erhitzte Haut spüre. Levis Augen sind ebenfalls nach unten gerichtet und auch er mustert unsere Hände, die sich vorsichtig immer weiter annähern. Ich hebe den Blick, genau wie er, und auf unseren Gesichtern entsteht ein liebevolles Lächeln. Sein Ausdruck scheint ein Spiegel dessen zu sein, was ich in diesem Augenblick empfinde. Levi löst den Kontakt unserer Hände, um seine an mein Gesicht zu legen. Mit halb geschlossenen Augen schmiege ich es ihm entgegen. Seine Pupillen sind groß, seine Iriden wirken so dunkel wie die Nacht. Ich würde ihn gerne küssen …

Als habe er meine Gedanken gelesen, zieht er mein Gesicht sachte zu sich heran. Unsere Münder verharren voreinander, kosten diese elektrisierende Spannung aus, die man vor dem ersten Kuss spürt. Zwar ist es nicht unser erster Kuss, doch bisher hat sich jeder einzelne genau so angefühlt. Jeder Kuss hat etwas Neues von Levi preisgegeben. Jeder Kuss war etwas ganz Besonderes.

In demselben Moment bewegen wir uns vor und überwinden die letzte Distanz zwischen uns. Levis Lippen schmiegen sich perfekt an meine. Er bewegt sie in meinem Takt, zu dem Rhythmus der Musik in meinem Herzen. Fordernd vergrabe ich die Finger in seinem dichten Haar und ziehe ihn enger an mich. Der Kuss wird leidenschaftlicher, wilder, erregender. Die Funken sprühen um unsere Köpfe, wandern in meinen Körper, legen sich um jeden einzelnen Muskel. Alles in mir pulsiert und sagt Ja: Ja zu der Leidenschaft, Ja zum Leben, Ja zu Levi.

Irgendwann löse ich mich von ihm, um seinen Kiefer zu küssen bis hinunter zu seinem Hals. Ich küsse die Narbe auf diesem, woraufhin er zischend die Luft einzieht.

»Hör auf. Das musst du nicht.« Er wendet den Blick ab, doch ich bewege mich nicht, nehme meine Lippen nicht von der weichen Haut, sondern beginne weiter federleichte Küsse darauf zu hauchen. »Nein. Es ist dein Wunder, also ist es wunderschön.«

Levi umgreift mit beiden Händen meine Schultern. Sanft und doch bestimmt. Ich genieße jede seiner Berührungen. »Du bist unglaublich«, raunt er und in dem Moment hebt er mich hoch, um seine Lippen auf meine zu legen. Er bewegt sich langsam, öffnet meine Lippen mit seinen und lässt seine Zunge in meinen Mund gleiten. Ein rauer Laut entgleitet meiner Kehle, als ich seinen Geschmack auf meiner Zunge erkenne. Es schmeckt nach Levi und nach der Lust auf mehr.

Seine Hände wandern meinen Hals entlang über meine nackten Schultern und Arme. Als Levi seinen Mund langsam von meinem löst, starre ich ihn atemlos an. Meine Blicke zucken über sein Gesicht, das so schön ist. Auch wenn er mittlerweile über seine Probleme sprechen kann, liegt immer noch eine Traurigkeit in seinem Blick, die vermutlich niemals verschwinden wird.

»Ich habe noch etwas für dich«, sagt er mit heiserer Stimme, ehe er sich von der Matratze zu seiner Jeans bückt. Meine Augen folgen seiner Bewegung. Ich bin froh um die kleine Auszeit, denn so kann ich wieder zu Atem kommen. Auch wenn mein Verstand sich noch immer verabschiedet hat.

»Was ist das?«, frage ich leise, als er mir seine noch geschlossene Hand hinhält.

»Ein Geschenk.« Er öffnet sie und in ihr liegt die Kette, die wir aus seinem alten Zuhause mitgenommen haben. Meine Brust verengt sich und sofort treten mir Tränen in die Augen.

»Das kann ich nicht annehmen«, flüstere ich, löse den Anblick jedoch nicht von dem wunderschönen Schmuckstück. Es ist schön, weil es voller Emotionen und Erinnerungen steckt.

»Doch.« Er nickt vorsichtig. »Ohne dich hätte ich weder die Kette noch das Fotoalbum oder Aavas Decke wieder. Mein Vater hat sie meiner Mutter geschenkt ...« Er öffnet den Verschluss, ehe er sich vorbeugt und sie mir umlegt. »Und ich schenke sie dir.«

***

Levi

Juna berührt mit zitternden Fingern die Kette um ihren Hals und wirft mir aus ihren eisblauen Augen Blicke zu, die mir beweisen, dass es die richtige Entscheidung war, ihr die Kette zu schenken. Ich habe darüber nachgedacht. Sie war viel zu lange in einer Kiste. Sollte sie weiter nur bei mir in einer Schublade liegen? Das wäre nicht der Wunsch meiner Eltern gewesen. Doch wem sonst würde ich sie jemals schenken sollen? Wer sonst hätte sie so sehr verdient wie Juna?

Junas Lippen sind einen Spalt weit geöffnet und ihr heißer Atem kommt stoßweise. Er trifft mich am Gesicht und lässt Blitze durch meinen Körper jagen. Wäre ich ihr nicht ohnehin schon völlig verfallen, wäre ich es spätestens jetzt nach diesem dankbaren Blick, den sie mir schenkt. Ich umfasse ihren Oberkörper, lege sie behutsam aufs Bett und beuge mich über sie, um sie zärtlich zu küssen. Ihre weichen Lippen, ihren perfekten Hals, ihre Brüste, bis hinunter zu ihrem Bauch. Stöhnend drängt sie mir ihre Mitte entgegen. Dieser Anblick verlangt mir alles ab. Ich beherrsche mich, ihr nicht sofort die Kleidung vom Körper zu reißen, doch dann setzt Juna sich wieder auf und zerrt an meinem Shirt, bis ich es ausziehe. Anders als erwartet übernimmt Juna die Führung. Sie schiebt mich von sich hinunter und dirigiert mich mit ihrer Hand, die sie auf meine Brust gelegt hat, auf die Matratze. Sie setzt sich auf meinen Schoß, sodass sich meine Erektion eng an sie drückt und mir ein Stöhnen entlockt. Die langen Haare wirft sie zur Seite über die Schulter, sodass die Spitzen meine nackte Brust kitzeln. Eine Gänsehaut geht durch meinen Körper. Während sie ihren Oberkörper zu mir hinabsenkt, um zärtlich meinen Hals zu küssen, malen die Nordlichter über uns die schönsten Bilder in den Himmel. Es ist das überwältigendste Naturphänomen, das ich jemals gesehen habe, doch ich würde all dies opfern, wenn ich nur für immer hier mit ihr liegen bleiben könnte.

Kapitel 15

27. Dezember

Levi

Ich wache schweißgebadet aus einem Albtraum auf, den ich seit meiner Kindheit habe. Kurz nach dem Brand kam er beinahe jede Nacht. Mittlerweile kommt er einmal im Monat. Ich sitze kerzengerade im Bett, bin fast orientierungslos. Atemlos sehe ich mich um, habe keine Ahnung, wo ich bin. Ich suche nach etwas, das ich kenne. Nach etwas, das mir Sicherheit gibt. Und in dem Moment, in dem ich auf den Platz neben mir blicke, weiß ich wieder, wo ich bin. Ich bin bei ihr. *Alles ist okay. Es war nur ein Traum.*

Juna liegt auf ihrem angewinkelten Arm. Ihr Gesicht ist in meine Richtung gedreht. Ich mustere ihre Züge. Ihre geschwungene Nase, ihre vollen Lippen und die langen Wimpern und spüre, wie ich mit jedem ihrer Atemzüge zur Ruhe komme.

Nach und nach kehrt Gelassenheit in meinen Körper, bis ich wieder bei klarem Verstand bin. Es kam schon öfter vor, dass ich nach diesem Albtraum minutenlang unter Strom und völlig neben der Spur war. Auch ist es nicht das erste Mal, dass ein Mädchen dabei neben mir lag, aber nie hat mich ihre Anwesenheit derart beruhigt.

Ich beuge mich vor, um ihr eine Strähne aus dem Gesicht zu streichen. Ihr Anblick lässt alles in mir gleichermaßen erbeben und erstarren. Ein gigantischer Kloß entsteht in meinem Hals bei dem Gedanken daran, sie bald zu verlieren.

Das kann ich nicht … Wie könnte ich?

Ich schlucke schwer, doch der Kloß verschwindet nicht. Ich bin mir sicher, dass er das niemals tun würde, wenn ich jetzt gehe.

Vorsichtig, um Juna nicht zu wecken, nehme ich mein Handy und wähle die Nummer meiner Tante.

Sofort hebt sie mit verschlafener Stimme ab.

»Hey.«

Ich höre am Rascheln ihrer Decke, dass sie sich aufsetzt. »Was ist los, Junge? Ist alles okay? Es ist mitten in der Nacht.«

Mein Herz schlägt viel zu schnell und viel zu fest. »Mir geht es gut. Aber ich muss mit dir sprechen.«

***

Juna

Summend schlüpfe ich in meine Handschuhe, die von innen glücklicherweise nicht so klamm sind wie von außen. Seit ich heute morgen in Levis Armen aufgewacht bin, habe ich ein Lied nach dem anderen auf den Lippen. Die Rückfahrt war vermutlich auch für den größten Kitschfan eine Zerreißprobe. Ob wir kichernd die Köpfe zusammengesteckt haben? Ob meine Beine über seinem Knie lagen? Ob er mir zärtliche Küsse in den Nacken gehaucht hat?

Ja.

Ja.

O ja!

Meine Nackenhaare stellen sich auf, als ich Levis Blick in meinem Rücken spüre. Mit Schmetterlingen, die wild in meinem Bauch umherflattern, sehe ich über die Schulter und beobachte ihn dabei, wie er ebenfalls seine Handschuhe überstreift. Ich fühle mich wieder in meine Teenagerzeit zurückversetzt. Ob es Zufall ist, dass wir ausgerechnet heute wieder bis zu den Knöcheln in Rentierscheiße stehen? Snow, den ich für meine Verhältnisse viel zu wenig gesehen habe, läuft am Gehege entlang und genießt seine freie Zeit. Unsere

Tiere werden nicht überfordert, doch in den Weihnachtstagen bleiben kaum ein paar ruhige Minuten, in denen wir Zeit zusammen verbringen könnten. Wenn sie nicht Gäste auf Schlitten hinter sich herziehen oder von ihnen gestreichelt werden, bleiben die Hunde in ihren Hütten, um zur Ruhe zu kommen. So langsam sind die Weihnachtstouristen weg und ich kann Snow wieder mit in meinen Tag integrieren und zu meinen Aufgaben mitnehmen.

Pete fährt mit seinem Truck vor und steckt den Kopf aus dem Fenster. »Da ist ja unser Dream-Team.« Er hebt grüßend die Hand. »Ich wäre euch sehr verbunden, wenn ihr die Rentiere nicht wieder frei durch den Park laufen lassen würdet.«

»Keine Sorge«, rufe ich lachend, während ich nach meiner Schaufel greife. »Wie du schon sagst, wir sind jetzt ein eingespieltes Team.«

Pete fährt kopfschüttelnd weiter und ich versuche mir einen Überblick über die Lage zu machen. Hier hat die letzten Tage eindeutig niemand etwas getan. »Na dann mal los«, sage ich und klatsche motivierend in die Hände. Obwohl ich ihm am liebsten nicht von der Seite weichen würde, deute ich Levi an, in der anderen Ecke anzufangen. So können wir uns in der Mitte treffen und uns eine kleine Belohnung für die Arbeit abholen.

***

»BWL«, beginne ich das Gespräch, vor dem wir uns die letzten Stunden und vielleicht sogar Tage gedrückt haben. Zwar ist noch kein Ende in Sicht, doch einen Teil des Rentierunrates haben wir mittlerweile von einer Seite zur anderen verfrachtet. Es ist eine unendliche Geschichte und niemand würde mir glauben, wenn ich das sage, aber irgendwie ist es sogar meditativ. Man ist völlig auf seine Arbeit konzentriert, achtsam, weil man keinen falschen Schritt machen will und gleichzeitig an der mehr oder weniger frischen Luft.

»Ich frage mich, ob der Weihnachtsmann nicht noch einem BWL-Studenten einen guten Job verschaffen könnte.« Ich scherze, doch mein Lachen klingt alles andere als echt. Ich bin mir sicher, dass Levi mich sofort entlarvt. Er kennt mein Lachen mittlerweile vermutlich in und auswendig.

»Keine Ahnung«, sagt er schulterzuckend. Die Schaufel lehnt er gegen den Schuppen und wischt sich mit dem Ärmel über die Stirn. Obwohl es so kalt ist, ist die Arbeit kräftezehrend und schweißtreibend. Mein Herz macht einen Sprung, als er langsam immer näherkommt und zugleich weiß ich, dass es in tausend Stücke zerspringen wird, wenn er wieder geht. Es ist verrückt, dass man gleichzeitig überglücklich und gleichermaßen traurig sein kann. Nur wenige Zentimeter bleibt er vor mir stehen und instinktiv ziehe ich mir die Handschuhe von den Fingern, um sie an seinen verschwitzten Hals zu legen. Meine Lippen kribbeln beim reinen Gedanken daran, wie unsere Münder sich wieder treffen. »Ist ja auch unwichtig.«

Seine Worte fühlen sich an wie ein Messerstich mitten in die Brust, doch ich versuche mir nichts anmerken zu lassen. Uns war von Anfang an klar, dass das mit uns keine Zukunft hat. Wir kommen aus zwei unterschiedlichen Welten. Dennoch tut es weh, weshalb ich nicht antworten und auch nichts dagegen tun kann, dass sich Tränen in meinen Augenwinkeln sammeln. Als Levi ebenfalls seine Handschuhe auszieht, sie in seine Gesäßtasche steckt und mir eine Träne von der Wange wischt, beginnt meine Unterlippe zu beben.

Levi jedoch wirkt nicht sonderlich traurig, was mich nur noch mehr verletzt. Ich frage mich, ob ich zu viel hineininterpretiert habe. Mit diesem Lächeln, was ein Grübchen in seine linke Wange zaubert, streichelt er mit seinem Daumen sanft über meine eisig kalte Wange.

»Da ich das Studium ohnehin aufgebe, muss kein neuer Job für mich gefunden werden. Wir müssen für mich nur denselben Deal herausschlagen wie für dich.«

Mein Atem stockt, genauso wie mein Verstand. Will er mir damit sage, dass er nicht geht? »Du meinst …« Meine Stimme bricht und all die Gefühle, die ich versucht habe zu unterdrücken, spülen aus der Tiefe an die Oberfläche und überkommen mich. »Du bleibst?«, frage ich, ehe der erste Schluchzer meine Kehle verlässt.

»Nur, wenn du willst«, antwortet er mit heiser Stimme und ist mir wieder ganz nah. Meine Antwort gebe ich ihm mit einem stürmischen Kuss, der so viel mehr als Worte ausdrücken kann. Zitternd lasse ich meine Finger über Levis Gesicht wandern. In seinen Augen liegt so viel Wärme. Aus zwei Welten wird nun eine: unsere.

Epilog

Ein halbes Jahr später

Levi

»Bist du soweit?« Juna legt von hinten ihre zarten Arme um meine Schultern und vergräbt das Gesicht in meinem Rücken.

Lachend schüttele ich den Kopf, während ich den Kuchenteig zu einem Klumpen zusammenpresse.

»Sehe ich etwa so aus?«

Vor einem Monat habe ich die Bäckerei eröffnet. Ohne die Hilfe von Juna und Tante Ann hätte ich das vermutlich niemals stemmen können, doch jetzt gibt es rein gar nichts, was mich mehr erfüllen könnte. Weil ich seit Monaten überlegt habe, wie ich mich dafür revanchieren könnte, habe ich die beiden für immer in dieser Bäckerei verewigt. Auch jetzt, mitten im Sommer, findet man überall Lichterketten und Weihnachtsdeko. Die Touristen lieben es. Am Eingang findet man einen Tisch, über dem ich einen Mistelzweig für Verliebte befestigt habe. Lange habe ich hin und her überlegt, wie ich auch meiner Tante für alles danken kann, was sie die letzten Jahre für mich getan hat. Nur durch das Geld, was sie mir aus dem Verkauf ihrer eigenen Bäckerei geschenkt hat, konnte ich diesen Schritt in meinem Leben überhaupt erst beschreiten. Sie hat ermöglicht, dass ich meinen eigenen Traum finden und ausleben darf. Weil sie mir mein Happy End geschenkt hat, habe ich meine Bäckerei »Sweet Happy Ann« genannt.

Juna hebt den Kopf, sodass sie nun ihr Kinn zwischen meine Schulterblätter schiebt.

Weil ich weiß, dass es keinen Sinn macht, versuche ich mich erst gar nicht aus ihrer Umklammerung zu befreien, sondern drehe mich um die eigene Achse, sodass ich nun ihr wunderschönes Gesicht direkt vor mir sehe. Das Grinsen auf ihren Lippen gibt mir freie Sicht auf ihre perfekten Zähne. Spielerich stupse ich ihr gegen die Nase und hinterlasse einen Mehlfleck auf der Spitze. Ich bücke mich, um ihn wegzuküssen, was sie kichern lässt. Auch nach einem halben Jahr kriege ich nicht genug von diesem Geräusch. An Tagen, an denen ich von Erinnerungen und Schuldgefühlen verfolgt werde, ist dieses Lachen mein Licht. An Tagen, die nur so vor Terminen strotzen, wirkt es entschleunigend. Es ist mein Anker und gleichzeitig meine Flügel. Passenderweise verfrachtet es mich heute buchstäblich in die Luft. Dass Juna wie ein Elefant ist, der niemals vergisst, hat sie mir vor einem Monat bewiesen, als sie mir einen Fallschirmsprung zum Geburtstag geschenkt hat.

»Wenn ich das hinter mir habe, gibt es nichts mehr, was ich noch erleben muss«, erkläre ich schmunzelnd. Ganz vielleicht habe ich ein bisschen Schiss, doch das würde ich niemals zugeben.

Juna legt ihre Schläfe gegen meine Brust und schließt die Arme noch enger um meine Hüfte. »Wir werden gemeinsam Dinge finden, die wir noch erleben müssen. Jeder Tag ist ein neues Abenteuer.«

Ohne auf das Mehl an meinen Händen zu achten, schließe ich jetzt auch die Arme um sie und bette mein Kinn auf ihrem Scheitel. »Du bist mein größtes Abenteuer.«

»Und das wird niemals enden«, flüstert sie an meine Brust. »Nicht einmal in der dunkelsten Nacht.«

Impress
Die Macht der Gefühle

Impress
Ein Imprint der Carlsen Verlag GmbH
Dezember 2021

Lektorat: Rebecca Steltner
Umschlagbild & Umschlaggestaltung: www.bookcoverstore.com
ISBN 978-3-551-30472-8
www.impressbooks.de